특수집행자(特殊執行者)

특수집행자

1판 1쇄 인쇄 ㅣ 2013. 3. 25.
1판 1쇄 발행 ㅣ 2013. 3. 30.

지은이 ㅣ 이원호
펴낸이 ㅣ 박연
펴낸곳 ㅣ 한결미디어

등록일자 ㅣ 2006. 7. 24.
등록번호 ㅣ 제 313-2006-000152호
주 소 ㅣ 서울 마포구 성산동 133-3 한올빌딩 6층
전 화 ㅣ 02)704-3331 팩 스 ㅣ 02)704-3360

ISBN 978-89-93151-49-7 03810

* 잘못 만들어진 책은 구입처나 본사에서 교환해 드립니다.

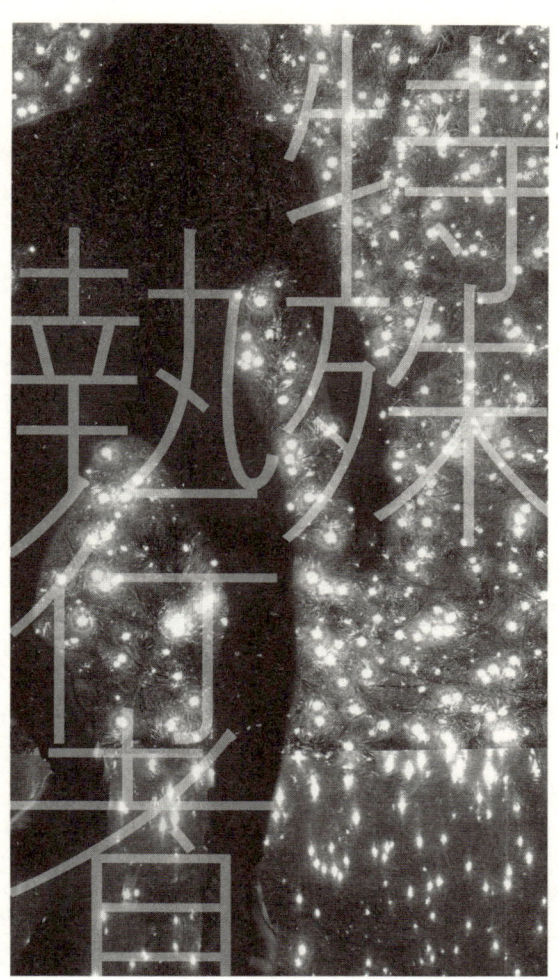

특수집행자

이원호 장편소설

한결미디어

저자의 말

『특수집행자』는 『밤의 대통령』 유형의 소설로 볼 수 있습니다. 원조가 『밤의 대통령』이되 내용은 전혀 다른 맛이 나도록 구성했습니다.

국정원의 해외공작용 살인기계, 일명 '특수집행자'로서 코드 넘버 6. 특수집행자의 존재를 아는 사람은 국정원 내부에서도 원장 포함 5명 미만입니다. 감춰진 폭탄, 그러나 절차를 무시하고 반역자, 적은 가차 없이 처단하는 살인기계입니다.

마치 나뭇가지를 부러뜨리듯이 상대방의 생명을 가차 없이 끊는 '특수집행자'. 물론 상대는 국가의 기밀을 적국에 넘기는 반역자, 탈북자의 생명을 위협하는 북한 탈북자 추적조, 그리고 반국가 세력입니다.

'특수집행자'는 곧 법의 집행자입니다. 재판을 받으면 틀림없이 집행유예, 벌금으로 풀려나올 '반국가사범'도 '특수집행자'는 목을 부러뜨려 죽입니다.

전에 국정원의 '고위층'을 만났을 때 보이지 않는 곳에서 목숨을 바쳐 일하는 '요원'의 소설을 써달라는 부탁을 받은 적이 있었습니다.

그때 기회를 놓쳤지만 나는 음지에서 묵묵히 일하는 '요원'들을 항상 머릿속에 넣고는 있었습니다. '특수집행자'가 그 시작이 될지도 모르겠습니다.

그래요.

'의미 속의 재미'를 찾으려고 요즘 누가 기를 씁니까? 낭비이고 허세, 그리고 자만이라는 생각도 듭니다. '재미 속의 의미'로 쉽게 갑시다. 시대에 영합하는 게 아니라 겸손해지는 것입니다. 뛰어드는 것이지요.

그것이 바로 소통이라는 생각도 드네요. 그놈의 소통을 여기서도 쓰는군요.

재미있게 읽어주시면 그것으로 저는 만족합니다.

감사합니다.

2013. 2. 이원호

차례

저자의 말 / 4

1장 생존 테스트 / 9
2장 하노이 공작 / 46
3장 특수집행자 / 111
4장 탈출 / 147
5장 죽음의 땅 / 185
6장 내일은 없다 / 225
7장 인조인간 / 265

1장 생존 테스트

"오빠, 식탁 위에 밥 차려 놓았어."

문밖에서 영미의 목소리가 들린 순간 김태일은 번쩍 눈을 떴다. 그러나 그 자세 그대로 한 동안 움직이지 않는다. 숨도 멈췄다. 곧 현관문 닫히는 소리가 들렸고 그때서야 김태일은 참았던 숨을 길게 뱉는다. 벽시계가 오전 7시 반을 가리키고 있다. 영미는 8시 반부터 슈퍼에 알바를 나가고 있는 것이다.

침대에서 몸을 일으킨 김태일은 버릇처럼 어깨를 좌우로 비틀었다가 머리를 돌려 목 운동을 한다. 목뼈가 부딪히는 소리가 낮게 울리면서 근육이 풀렸다. 방을 나온 김태일은 주방 앞 식탁에 신문지로 덮인 아침상을 본다. 그리고 위쪽에 만 원짜리가 놓여있고 쪽지가 접혀져 있다. 다가간 김태일이 쪽지를 집어 들었다. 영미의 메모가 적혀져 있다.

'오빠, 술 한 잔 마셔, 기운 내. 응?'

짧은 글, 손끝으로 만 원짜리를 건드렸더니 10장이나 된다. 쓴웃음을 지은 김태일이 털썩 식탁 의자에 앉았을 때 핸드폰의 벨 소리가 났다.

주위를 둘러보던 김태일이 몸을 일으켜 다시 방으로 들어가 핸드폰을 받는다.

"김태일 씨?"

응답했더니 사내가 대뜸 묻는다. 생소한 목소리다.

"네, 그렇습니다만."

오전 7시 40분, 이른 시간이다. 그때 사내가 불쑥 말했다.

"좀 만납시다."

"그런데 누구시죠?"

"취업 건 때문이죠."

그 순간 김태일의 어깨가 늘어졌다. 취업 원서를 낸 곳이 어디 한 둘인가? 10여 곳이 넘는다. 면접에서 떨어진 곳도 역시 10여 곳, 전문대 무역과 졸업에 군 경력 5년 반의 이력으로는 대기업은커녕 중견 기업의 심사 기준에도 닿지 않는다.

그때 사내가 말을 잇는다.

"어떻습니까, 8시 반, 거기 아파트 건너편 주유소 옆의 커피숍, 아시죠?"

놀란 김태일이 눈을 치켜떴다. 그 커피숍은 아파트에서 3분 거리에 있는 것이다. 이 사내는 지금 어디 있단 말인가? 사내가 김태일의 머릿속을 읽은 것처럼 웃음 띤 목소리로 말한다.

"내가 지금 라인 커피숍에 앉아 있습니다, 기다리겠습니다."

커피숍 안으로 들어선 김태일은 안쪽 테이블에 앉아있는 두 사내를 본다. 커피숍 안에는 손님이 그들 둘뿐이었다. 사내 하나가 손을 들어 보였으므로 김태일은 다가가 섰다.

"내가 전화했던 사람입니다."

자리에서 일어선 두 사내 중 나이가 젊어 보이는 가는 눈이 먼저 손을 내밀며 말한다. 악수를 끝낸 사내가 옆에 선 금테 안경을 소개했다.

"이 분은 저희 회사 국장님."

그러자 금테 안경이 웃음 띤 얼굴로 손을 내밀었지만 입을 열지는 않는다. 셋이 자리에 앉았을 때 김태일이 가는 눈에게 물었다.

"그런데 어디 회사라고 하셨지요?"

그래놓고 쓴웃음을 지어 보였다.

"제가 입사 원서를 많이 내어서요."

아직까지 사내는 신분은 물론이고 이름도 밝히지 않은 것이다.

"아, 그렇군요."

가는 눈이 웃음 띤 얼굴로 말하더니 힐끗 금테 안경을 보았다. 김태일은 입을 꾹 다물고 의자에 등을 붙였다. 대답을 기다린다는 자세다. 이제는 표정도 굳어져 있다.

그때 금테 안경이 입을 열었다.

"우린 정부 기관원이죠, 우선 그렇게만 알고 계시고 김태일 씨가 우리 조건에 동의를 하신다면 다 말씀 드리기로 하지요, 괜찮겠습니까?"

태도가 정중했으므로 김태일은 의자에서 등을 뗐다.

"알겠습니다."

"그럼 묻겠습니다."

금테 안경이 부드러운 표정으로 묻는다.

"꽤 위험한 일인데 해 보실 의향이 있습니까? 이를테면……."

잠깐 말을 멈췄던 금테 안경이 김태일을 똑바로 보았다.

"목숨을 걸고 하는 일입니다."

"불법입니까?"

불쑥 김태일이 묻자 둘은 거의 동시에 얼굴을 펴고 웃었다.

"아닙니다."

대답은 가는 눈이 했다. 그러더니 가는 눈이 묻는다. 둘의 호흡이 잘 맞는다.

"정부 기관이라고 했지 않습니까? 정부 일이지요, 불법일리가 있습니까?"

"그럼 합니다."

심호흡을 하고난 김태일이 말을 잇는다.

"제가 고소 공포증이 있어서요, 빌딩 유리창 닦는 일 같은 건 못합니다."

그러자 가는 눈이 웃지도 않고 다시 묻는다.

"정부 기관일이라고 했지만 비밀은 지켜야 합니다. 김태일 씨의 유일한 가족인 동생 김영미 씨한테도 밝히지 않아야 해요, 그러실 수 있지요?"

"그럼 보상금 같은 건 어떻게 받습니까?"

하고 김태일이 묻자 대답을 금테 안경이 했다.

"보상금 대신 선금을 주지요, 말하자면 계약금인데."

금테 안경의 얼굴에 웃음기가 떠올랐다.

"그걸 미리 동생 분한테 주셔도 되겠지요."

그날 저녁, 8시가 넘어서 지친 표정으로 집에 들어선 영미가 눈을 동그랗게 떴다.

"어머, 오빠."

주방에서 김태일이 음식을 만들고 있었기 때문이다. 이미 식탁 위에는 저녁상이 거의 차려져 있다.
"오빠, 웬일이야?"
얼굴을 환하게 편 영미가 묻자 김태일이 쓴웃음을 짓는다.
"빨리 씻고 와, 찌개 다 끓였다."
"별일이네, 오빠. 오늘 좋은 일 있어?"
"밥 먹으면서 이야기 하자."
"알았어."
영미가 서두르며 방으로 들어갔을 때 김태일은 심호흡을 했다. 이 세상에서 혈연은 둘 뿐이다. 어머니는 영미가 네 살 때 교통사고로 돌아가셨고 아버지는 암으로 작년에 세상을 떠났다. 이모 둘이 미국에서 살고 있다지만 얼굴도 모르는 상황이고 아버지는 독자여서 형제도 없는 것이다.
"나, 내일부터 회사에 나간다."
김치찌개를 떠먹은 김태일이 말했을 때 영미가 활짝 웃는다.
"거 봐, 내가 그럴 줄 알았다니까. 그런데 어디? 될 것 같다는 무역회사?"
"아니."
머리를 저은 김태일이 정색했다.
"대전에 있는 전자회사야, 꽤 꺼. 거기 영업사원으로 취직 되었어."
"회사 이름이 뭔데?"
"극동전자."
"들은 것 같네, 그런데 대전이야?"
영미의 얼굴이 조금 어두워졌으므로 김태일이 눈을 치켜떴다.
"임마, 너 어린애냐? 오빠하고 떨어지는 게 싫어? 그럼 오빠 취직하지 말고 네가 알바해서 번 돈으로 용돈 쓸까?"

"오빠도, 참."

쓴웃음을 지은 영미가 찌개를 떠 입에 넣더니 입맛을 다셨다.

"찌개 맛있다. 근데 월급은 얼마야?"

"신입 기간 동안 180, 6개월 후부터는 220만 원."

"괜찮네."

"그런데 6개월 동안은 회사 기숙사에서 교육을 받아야 해. 물론 토요일에 외박 나와서 일요일에 돌아갈 수 있지만."

"그쯤은 견뎌야지."

정색하고 말한 영미가 똑바로 김태일을 보면서 묻는다.

"어렵게 취직을 했는데 말이야."

집안 분위기는 밝아져 있다. 김태일은 소리죽여 숨을 뱉는다.

다음 날 오후 4시경에 김태일은 강원도 화천 북방의 산 속에 위치한 시멘트 건물 안에 앉아 있었다. 이곳은 군용지로 민간인의 접근이 철저히 차단된 군 작전지역이다. 창문도 없는 방의 테이블 건너편에 앉아있던 금테 안경이 입을 열었다.

"김태일, 지금부터 6개월 동안 내가 네 교육을 맡는다. 내 이름은 박영수, 앞으로 박국장이라고 부르도록."

방은 20평쯤 되는 넓이였고 벽은 시멘트다. 박영수의 목소리가 벽에 부딪쳐 울렸다. 김태일의 시선을 받은 박영수가 희미하게 웃었다.

"김태일, 4개월 전에 국정원 시험에서 탈락했었지?"

"그렇습니다."

김태일이 긴장했다. 1차 서류전형에서 탈락한 것이다. 경쟁률이 엄청

나서 기대하지도 않았기 때문에 곧 잊었다. 그때 박영수가 말을 잇는다.

"너, 이종격투기 전적이 7승 12패였지?"

"그렇습니다."

이제 김태일의 얼굴이 굳어졌다. 전적은 맞다. 그러나 지금은 부질없다. 그렇지, 죽은 자식 나이 세는 것이나 같다. 이종격투기 세계에서 영구 제명을 당했으니까.

박영수가 한 마디씩 천천히 말한다.

"넌 마지막 시합에서 상대의 눈을 찔러서 반칙패를 했지. 그리고 시합이 끝난 후에 심판위원장 코뼈를 부러뜨렸고 협회 임원의 이를 다섯 대나 부쉈다. 그렇지만 너는 제명당한 것으로 끝났지. 왜냐하면 그자들이 부정 시합을 주선했기 때문에 네가 고발 할까봐 두려웠던 거야, 맞지?"

"그렇습니다."

8개월 전이다. 만일 그런 사고가 없었다면 한 게임당 3백만 원쯤 받으면서 지금도 열심히 운동을 하고 있겠지. 머리를 든 김태일이 박영수를 보았다.

"결국 제 격투기 능력이 필요한 것이군요. 그렇지요?"

"격투기 선수는 많아."

쓴웃음을 지은 박영수가 머리를 저었다.

"너만한 오기, 지구력 그리고 어학 실력에다 지능, 그리고 신장과 용모까지 갖춘 인물이 드물거든."

그리고는 박영수가 지긋이 김태일을 본다.

"넌 게임에서 진 상대를 꼭 찾아가 다시 한 번 뛰자고 덤볐어, 규칙 없이 말이야. 그래서 맞붙은 상대 넷은 다 깨졌지. 네가 진짜 싸움꾼이라는 걸 보여 준거야. 그 소문이 나서 다른 놈들은 널 이기고 나면 도망

다니기 바빴고."
"국장님은 국정원 소속입니까?"
불쑥 김태일이 묻자 박영수가 쓴웃음을 짓는다.
"편의상 그렇지만 우린 별개 조직이다. 국정원에서 우리 조직을 아는 인간은 다섯 명도 되지 않는다."
김태일은 시선만 주었고 박영수의 말이 이어졌다.
"넌 국무총리실 산하의 환경연구회 소속으로 되어 있어. 외부에 노출되지는 않겠지만 준 공무원 신분이라는 것을 명심하도록."
"임무는 어떤 것입니까?"
"조국을 위한 것."
짧게 대답했던 박영수가 덧붙인다.
"6개월 훈련을 받는 동안 짐작하게 될 거야."

한 달쯤이 지났을 때 김태일은 대충 자신의 용도를 짐작할 수 있었다. 하루 15시간씩 훈련을 받았는데 교육 내용을 보면 총기 조작에서 사격, 독도법에다 변장술, 미행과 미행 따돌리는 방법에서 각종 무전기 사용법, 또한 영어와 일어회화 거기에다 북한말 교육까지 포함되었다. 강사는 골짜기로 초빙되었고 김태일이 근처의 군부대로 찾아가 교육을 받았을 때는 대위계급장을 붙인 군복을 입었다. 격투기 실력을 인정받아 육군특전대 중사로 격투기 교관을 지낸 김태일에겐 신분이 수직 상승된 셈이다.
"네 월급, 동생한테 보냈다."
저녁 식사를 마친 김태일에게 박영수가 다가와 말했다. 식당에는 그들 둘뿐이다. 이곳 골짜기의 시멘트 건물에는 20여 명의 인원이 있었지만 김태일은 강사 외의 교육생으로 보이는 사람은 만나지 못했다. 오후 6시 반이다. 30분 후에는 다시 교육이 시작된다. 식탁 앞에 앉은 박영수가 웃음 띤 얼굴로 김태일을 보았다.

"잘 견디고 있더군."

"이쯤은 견딜 만합니다."

"앞으로 좀 강해질 거다."

머리를 끄덕인 김태일이 묻는다.

"교육 끝나면 임무로 파견 됩니까?"

"그건 아직 알 수 없어."

"교육생이 또 있습니까?"

"그건 네가 알 필요가 없는 일이고."

그러더니 박영수가 말을 잇는다.

"여자가 필요하면 말해라, 다섯 시간 외출시켜 줄 테니까."

"오빠, 월급 올랐어?"

석 달이 지난날 저녁, 영미한테 전화를 했더니 그렇게 묻는다. 내막을 모르는 김태일이 더듬거렸다.

"응, 그래? 그런데 그게 얼마였지?"

"지난달까지는 185만 원이었는데 오늘 온 것 보니까 275만 원이야."

"그게, 시간 외 수당이 붙었나보다."

"신입치고는 괜찮아, 그런데, 오빠."

"왜?"

"언제 오는 거야? 만날 전화만 하고, 그렇게 바빠?"

"응, 조금. 앞으로 석 달은 더 있어야 될 것 같아."

핸드폰을 바꿔 쥔 김태일이 심호흡을 한다. 이 통화는 도청되고 있을 것이다.

이제는 느낌이 온다.

"훌륭해."

마크란 이름의 격투기 교관이 매트에서 몸을 일으키며 말했다. 안면 보호대를 썼고 가슴에 국부 가리개를 차고 있었지만 얼굴이 고통으로 일그러졌다. 방금 김태일에게 격파당한 것이다. 아니, 죽었다는 표현이 맞겠다. 가슴 급소를 가격 당한 후에 목뼈를 비틀어 부러뜨렸으니까.

일어선 마크가 머리를 흔들며 말했다.

"김, 난 안 돼. 내가 오히려 너한테 배워야 돼."

"마크, 당신이 최고야."

김태일이 영어로 말했지만 마크는 정색했다.

"아냐, 이곳에 있는 넷 중 네가 최고야."

이곳에서 넷이 훈련받고 있는 것이다. 쓴웃음을 지은 김태일이 수건으로 이마의 땀을 닦는다.

마크는 미군 교관으로 김태일의 세 번째 격투기 교관이 된다. 맨 처음 교관은 태국인, 두 번째는 한국인이었는데 유형이 모두 달랐지만 김태일은 열 번에 일곱 번은 이겼다. 이제 교육은 다섯 달째로 접어들었다.

"마크, 다른 셋은 지금 어디에 있지?"

김태일이 묻자 마크가 당황했다. 넓은 어깨를 치켜 올렸다가 내리더니 한쪽 눈을 감았다가 떴다.

"김, 비밀이야, 내가 실수했어."

"알아, 마크."

수건을 내던진 김태일이 힐끗 주위를 둘러보았다. 틀림없이 도청되었을 것이다.

망원경에서 눈을 뗀 교관이 김태일에게로 머리를 돌렸다. 어둠 속에서 교관 눈의 흰자위가 선명하게 드러났다.
"합격."
짧게 말한 교관이 몸을 일으켰으므로 김태일도 상반신을 세웠다.
밤 12시 반, 야간 사격 훈련이 끝난 것이다. 오늘은 600미터 거리의 30센티미터 표적을 10발 중 8발 명중 시켰다. 총은 드라구노프 저격총, 12번 사격훈련 과정이 오늘로 끝난 것이다. 교관은 40대쯤의 한국인이다. 말이 없는 대신으로 행동이 빠르고 절도가 있다. 영락없는 군인, 그것도 하사관이다. 중사로 제대한 김태일은 하사관을 안다.
총을 세워둔 김태일이 교관에게 묻는다.
"어때요? 넷 중 내가 제일 낫습니까?"
그러자 힐끗 시선을 준 교관이 먼저 발을 떼었다. 꾹 닫힌 입은 열리지 않는다.

5개월이 지났을 무렵인 어느 날 오후, 점심을 마친 김태일은 진행 교관실에 호출되었다. 진행 교관은 김태일의 교육 스케줄을 관리하는 교관인데 다섯 달이 지났지만 이름도 모른다. 책상 앞에 다가선 김태일을 진행교관이 웃음 띤 얼굴로 보았다.
"성적이 좋더군. 특히 격투기는 말이야."
"감사합니다."
"어때? 이제 바깥바람 한번 마시고 싶지 않나?"

불쑥 교관이 물었으므로 김태일은 긴장했다. 싫은 이유가 있겠는가? 그러나 잠자코 기다렸다. 그때 교관이 김태일의 앞으로 서류 봉투 하나를 내밀었다.

"안에 약도와 돈이 들어있다. 그 코스대로 진행해서 4일 후인 18시까지 귀대해야 한다. 귀환하는 코스는 네가 정하도록."

그리고는 눈웃음을 치며 말을 잇는다.

"목표는 안에 적혀 있어. 넌 그곳에 잠입해서 방해물을 제거 하고 나서 그 증거사진을 갖고 돌아와야 한다."

"어딥니까?"

하고 김태일이 서류 봉투를 집어 들었을 때 교관이 머리를 저으며 말한다.

"그건 방에 가서 펴 보도록. 네 방에는 장비와 지도, 옷이 준비되어 있을 것이다. 하지만 넌 신분증도 없어. 일이 실패하거나 사고가 나면 넌 이름 없는 부랑자로 처리된다."

그리고는 몸을 돌렸으므로 김태일이 등에 대고 묻는다.

"그럼 가족에게 보험금은 어떻게 지급됩니까?"

"그것도 네 방에 있다."

교관이 옆쪽을 향한 채로 대답했다.

과연 방에는 작업복 한 벌과 점퍼, 라이터만한 카메라와 헝겊재질에 고무창을 붙인 운동화가 침대 위에 놓여 있었다. 그리고 탁자 위에는 통장이 펼쳐져 있었는데 입금된 금액은 1억 원, 위쪽에 연필로 비밀번호가 적혀져 있다. 통장 밑에 쪽지가 있었으므로 김태일이 집어 들고 읽는다.

"이 통장을 가족에게 보내던지 보관하던지 마음대로 할 것. 단 소지하는 건 금함."

잠깐 생각하던 김태일은 통장을 침대 옆의 서랍에 넣고 이제는 교관이 준 서류 봉투를 집어 들었다. 봉투 안의 내용물을 쏟자 곧 지도와 돈뭉치가 떨어졌다. 1백 불, 50불, 5불짜리까지 섞인 3천 불이다.

지도를 펴든 김태일은 숨을 삼켰다. 지도에 그려진 붉은 선은 가야할 방향이다. 그런데 그 붉은 선이 휴전선을 넘어 북한 영토 내로 뻗쳐져 있다. 목적지는 양구군 북방의 어은산, 그 둘레로 별표 표시가 되어 있었다. 그 근처까지 침투한 후에 증거물을 갖고 수단껏 이곳까지 귀대하라는 것이다. 김태일은 손목시계를 보았다. 오후 1시 45분, 4일 후의 12시까지 귀대 하라니 이제 94시간이 남은 셈이다.

지도에는 백암산 근처까지 북상했다가 비무장지대를 통과하도록 그려져 있었는데 물론 교통편 표시는 되어있지 않았다. 백암산 근처까지 도로가 나 있고 버스 편도 있었지만 이곳은 휴전선 근처다. 도처에 검문소가 있는 것이다. 그렇다고 교통편을 놔두고 도로를 걷는다면 오히려 더 눈에 띄게 된다.

기지를 나온 김태일은 산을 타기로 작정을 했다. 백암산까지 직선거리는 27킬로미터, 그곳에서 비무장 지대를 거쳐 어은산까지는 20킬로미터 정도가 된다. 도중에 북한강을 건너야 한다. 길가 가게에서 빵과 우유를 사서 점퍼 주머니에 넣고 가까운 산자락으로 들어섰던 김태일이 문득 걸음을 늦췄다. 앞쪽에 7, 8명의 등산객이 지나고 있었기 때문이다. 모두 배낭을 멘 데다 완벽한 등산 차림이다. 11월 중순이어서 모두 파카를 입었고 모자도 썼다. 이윽고 김태일은 그들의 뒤를 따른다.

좁은 등산로를 일렬로 오르던 등산객들 사이의 대화가 뜸해졌다. 산이 가팔라서 숨이 찼기 때문이다. 그리고 차츰 일행의 간격이 떨어진다. 위험하지는 않은 길이어서 앞뒤를 체크 하지는 않는다. 김태일은 후미와 50여 미터쯤의 거리를 두고 산을 오른다. 맨 뒤쪽 사내는 비대한 체격의 사내로 점점 일행과 멀어지고 있다. 그러더니 버럭 소리쳤다.

"먼저들 가! 난 쉬엄쉬엄 갈 테니까!"

김태일은 걸음을 멈추고 길가의 나무 뒤로 몸을 숨겼다. 사내는 이제 바위에 앉아 배낭을 벗는 중이다. 다시 발을 뗀 김태일이 소리죽여 접근하는 동안 사내는 이쪽에 등을 보인 채 가쁜 숨을 뱉고 있었다. 거리가 5미터로 가까워졌을 때 사내는 옆에 놓은 배낭을 열더니 부스럭대며 뭔가를 꺼낸다. 그때 사내의 뒤로 다가선 김태일이 수도로 목덜미를 내려쳤다. 눈을 부릅뜬 사내의 쓰러지는 몸을 받아 바위위에 눕힌 김태일이 서둘러 옷을 벗긴다. 그리고는 곧 자신의 옷을 벗더니 사내의 등산복과 바꿔 입었다. 점퍼 주머니에 든 물건들을 모두 배낭에 넣은 김태일이 등산화 끈을 다시 조이고는 주위를 둘러보았다. 사내는 내복 차림이 되어 있었지만 정신이 들면 곧 자신이 벗어놓은 옷으로 갈아입을 것이었다.

오후 7시 반, 김태일은 백암산 중턱의 바위틈에 몸을 숨기고 앉아있다. 2백 미터 앞쪽은 비무장지대로 철조망이 쳐져있다. 아군 초소는 우측으로 3백 미터쯤 떨어져 있었으므로 수시로 경비병이 오갔는데 바로 조금 전에 1개 분대 병력이 지나갔다. 비무장지대는 폭이 2킬로미터 정도 나 있는데다 도처에 지뢰가 매설되어 있어서 그냥 통과하려면 운에 맡겨야만 한다.

이윽고 김태일은 바위틈에서 몸을 세웠다. 여전히 등산복 차림에 배낭을 메어서 등산객 같다. 조심스럽게 산을 내려간 김태일은 철조망 앞에 다가가 섰다. 그리고는 잠시 철조망 주위를 살피다가 곧 한 곳을 정하고는 쪼그리고 앉았다. 배낭에서 절단기를 꺼낸 김태일은 철조망을 자르기 시작했다. 오는 도중에 잠깐 시골 공구점에 들려 절단기를 구입한 것이다.

밑에서부터 잘라내기 시작해서 60센티미터를 잘라 오르고는 곧 옆으로 잘라 나갔다. 기역자로 자르는 것이다. 거의 같은 길이로 자른 후에 철조망을 앞으로 힘껏 밀자 삼각형 구멍이 생겼다. 몸이 다 들어가기엔 약간 좁았으므로 위로 20센티미터쯤 더 올려 자르고 다시 철조망을 밀어 삼각형 구멍을 다시 만들었을 때 몸이 빠져나갈 만 해졌다. 김태일은 철조망 안으로 들어선 후에 다시 철조망을 밀어 제자리에 눕혔다. 자세히 보면 드러나겠지만 철조망은 원상태로 회복되었다. 이제 비무장지대 안으로 들어와 있는 것이다. 그러자 곧 10미터 쯤 앞에 또 다른 철조망이 막혀져 있다. 김태일은 엎드려 다시 철조망을 자르기 시작했다. 온몸에서 땀이 흘렀고 숨이 가빠졌지만 쉬지 않았다. 이번에 만든 삼각 구멍은 훨씬 컸다. 다시 안으로 들어선 김태일은 이제 5미터쯤 앞의 다른 철조망에 달라붙는다. 이쪽 철조망은 둥글게 말려져 있어서 다 잘라야만 했다.

김태일은 헐떡이며 철조망을 잘라 던진다. 그때였다. 좌측의 통로에서 두런거리는 소리가 들리더니 플래시 불빛이 번득였다. 경비병이다. 이번에는 좌측에서 온다. 김태일이 숨을 죽이고는 그쪽을 향하고 엎드렸다. 어둠 속에서 플래시 불빛이 휘둘리며 다가오고 있다.

"너 휴가 언제 간다고?"

앞장 선 병사가 묻자 뒤에서 누군가가 대답했다.
"예, 다음 주 수요일 날입니다."
"자식, 좋겠다."
그 순간 플래시 불빛이 얼굴이 스쳤으므로 김태일은 숨을 죽인다. 짙은 어둠 속이었지만 병사들과의 거리는 20미터 정도인 것이다. 그때 병사들은 찢어진 철조망을 그냥 통과했다. 김태일이 어깨를 늘어뜨리면서 길게 숨을 뱉는다. 병사들이 모퉁이를 돌아 사라지자 김태일은 다시 세 번째 철조망을 마저 자르기 시작했다.

남방 한계선을 통과하는 동안 두 번 지뢰지역을 지났지만 다행히 지뢰는 밟지 않았다. 폭이 20미터쯤 되는 개울을 건넜더니 이제 북방한계선 안으로 들어섰다. 무릎 밑으로 몽땅 젖었어도 신발을 벗고 말릴 여유는 없다. 밤 10시 반이 되어가고 있다.
다시 북쪽을 향해 20분 쯤 전진했을 때 앞에서 인기척이 났다. 풀숲에 엎드린 김태일이 소리 없이 등에 멘 배낭을 벗어 놓는다. 목소리와 마른 풀 젖히는 소리가 점점 가까워졌다.
"어디야, 아직도 못 찾겠어?"
하고 퉁명스런 목소리가 울렸고 곧 다른 하나가 말한다.
"분명히 이 근처 입니다."
"이런 병신 같은, 올가미를 쳤으면 표시를 해놔야 될 것 아이가?"
짐승을 잡으려고 올가미를 쳐 놓은 모양이다. 둘은 인민군이 분명했다. 그때 거친 목소리가 말했다.
"동무는 그쪽 찾으라우, 난 이쪽을 볼 테니까, 짐승이 걸렸는가만 보면 되겠지."

그러더니 하나가 이쪽으로 다가왔다. 김태일은 슬그머니 자리에서 일어나 옆쪽 나무 둥치 뒤에 몸을 붙였다. 사내는 잠시 좌측으로 멀어지더니 곧 이쪽으로 다가온다. 플래시는 켜지 않아서 발자국 소리로만 분간이 된다. 이윽고 사내의 검은 윤곽이 앞쪽에서 드러났다. 두리번거리면서 다가온 사내가 다시 투덜거렸다.

"제기, 오늘은 허탕인 것 같군."

사내가 우뚝 걸음을 멈추더니 몸을 굳힌다. 풀숲 속에 놓인 배낭을 보았기 때문이다. 그 순간이다. 김태일이 와락 뒤에서 달려들어 사내의 머리를 양손으로 잡았다. 그리고는 몸을 바짝 붙이면서 다리로 사내의 몸을 감는다.

"우두둑."

다음 순간 나무 부러지는 소리가 사내의 목에서 났다. 김태일이 사내의 머리를 비틀어 목을 부러뜨린 것이다. 쓰러지는 사내를 잡아 풀숲에 눕힌 김태일이 주머니에서 꺼낸 사진기로 상반신만 찍는다. 풀숲 밟는 소리가 30미터쯤 좌측에서 들리고 있는 것은 다른 병사였다.

"조장동지! 잡았습니다! 노루 한 마리가 걸렸습니다."

그때 사내의 목소리가 울렸으므로 김태일은 번쩍 몸을 세웠다. 그리고는 그쪽으로 달려가기 시작했다. 풀숲을 마구 짓밟고 잔 나무를 밟아 부러뜨리면서 달려간다.

"잡힌 지 좀 됩니다. 죽었습니다."

사내가 다시 소리쳤을 때 김태일은 거친 숨을 뱉으며 뒤로 다가갔다.

"하지만 크지 않습니까?"

하고 쪼그리고 앉았던 사내가 머리만 돌렸을 때 김태일이 덮쳤다. 발끝으로 사내의 턱을 차올린 후에 넘어지는 몸을 잡았다. 그리고는 다시 머리를 두 손으로 움켜쥐고는 힘껏 비튼다.

"우두둑!"

주저앉은 사내의 목이 부러졌다.

인민군 하사 계급장을 붙인 군복을 입고 어깨에는 AK-47 소총을 맨 김태일이 산모퉁이를 돌아 산길로 들어섰다. 한 사람이 겨우 지나는 산길이다.

새벽 2시 반, 북한 쪽 철조망은 이미 짐승 잡으려고 오가느라 뚫려 있었기 때문에 절단기를 쓸 필요가 없었던 것이다. 둘이 어디서 빠져나왔는가만 알면 되었다. 어둠속에서 찾기 쉽도록 둘은 철조망에 흰 천을 매달아 놓았으므로 김태일은 금방 찾았다. 인민군 초소 옆쪽을 지나 뒤쪽으로 빠져나온 지 이제 한 시간 반이 지났다. 이곳은 전연지대로 인민군 1군단 관할지역이다.

등산복과 신발 그리고 배낭까지 비무장지대 안에 숨겨둔 김태일은 인민군 하사로 변신했다. 그러나 암구호는 물론이고 부대위치, 북한군사정을 모르는 터라 북한군과 맞닥뜨리면 바로 탄로가 날 것이다. 그래서 가능한 한 최전방에서 멀리 떨어진 후에 바다를 통해 탈출하기로 마음을 먹었다.

산길을 한 시간쯤 더 북상해 갔을 때 아래쪽에서 희미하게 마을이 보였다. 지도를 보면 이곳이 어은산의 동북방으로 광주산맥과 태백산맥이 부딪히는 지역이다. 그리고 오른쪽 아래에서 물소리가 났다. 북한강 상류인 것 같다. 비무장지대를 빠져나온 지 네 시간 가깝게 된 데다 오후 7시부터 12시간 가깝게 쉬지 않고 움직였다. 몸이 땅속으로 빠져드는 것처럼 피곤했으므로 김태일은 은신처를 찾았다.

눈을 뜬 김태일은 먼저 손목시계부터 보았다. 오후 1시 반, 그야말로 죽은 것처럼 꿈도 꾸지 않고 8시간 반을 잔 것이다. 한낮이었지만 날씨가 흐리다. 구름이 덮여 있는데다 습기 띤 바람이 헐벗은 나뭇가지를 흔들고 지나간다. 바위 사이의 공간에 나뭇잎을 깔고 잤기 때문에 온몸이 굳어졌고 뼈마디가 시큰거렸으므로 김태일은 몸을 웅크렸다가 펴기를 반복하면서 주위를 둘러보았다. 새벽에 민가가 보였으니 그쪽으로 내려가 볼 작정이었다. 지도에는 표시되지 않은 민가였는데 이곳 위치도 불확실했다. 북한령 금강군 남부 지역이라는 것만 안다. 이제 24시간이 지났다. 남은 시간은 72시간. 북한군 둘을 처치했으니 곧 부대에서 알게 될 것이다. 몸에 붙은 낙엽을 털어내면서 김태일은 일어섰다.

민가는 4채, 그러나 사람은 딱 한 명 보았다. 남루한 차림의 할머니, 마당에 앉아 뭔가를 널고 있었는데 아픈 사람처럼 행동이 느리다. 민가는 두 채씩 나란히 세워져 서로 마주보는 구조였다.

한동안 바위틈에 엎드려 50미터쯤 아래쪽의 민가를 내려다보던 김태일이 이윽고 몸을 세웠다. 그리고는 조심스럽게 접근했다. 김태일이 할머니의 10미터쯤 앞으로 다가갔을 때였다. 머리를 든 할머니가 김태일을 보았다. 그 순간 할머니가 놀란 듯 손에 쥐었던 풀잎 뭉치를 떨어뜨렸다. 식용식물 같다. 그러나 눈만 크게 떴지 입은 열지 않는다. 검은 피부, 움푹 들어간 눈, 말라서 뼈만 앙상하게 드러난 팔에다 맨발이었다.

그때 김태일이 묻는다.

"다른 동무들은 다 어디 있습니까?"

김태일은 AK-47 소총을 두 손으로 쥔 자세였다. 그러자 할머니가 입을 열었다.

"모두 산에 열매 따러 갔습메, 집에는 나하고 얼라 두 명 뿐임메."
겁에 질린 할머니의 표정을 본 김태일이 심호흡을 하고나서 다시 묻는다.
"여기서 속사는 얼마나 멉니까?"
지도에 표기된 지명 중 가장 가깝게 있을만한 소도시다. 그러자 할머니가 대답했다.
"저기 아래로 20리만 내려가면 됩네다."
할머니가 가리킨 방향은 남쪽이다. 그러면 예상보다 북쪽으로 온 것 같다. 머리를 끄덕인 김태일이 발을 떼었을 때 할머니가 빠진 이를 드러내며 말했다.
"군관동무, 식량이 있음 좀 놓고 가시라우요, 우리 얼라들이 나흘 째 밥을 굶고 있습네다."
김태일은 잠자코 군복 코트 주머니에서 빵 두개, 우유 두 팩을 꺼내어 할머니에게 내밀었다. 모두 한국제 상표가 붙여져 있었지만 상관하지 않는다. 빵과 우유를 받아 든 할머니가 눈을 가늘게 뜨고 상표를 보았으므로 김태일은 쓴 웃음을 짓는다.
"껍질을 벗겨 태우시오, 누가 보면 안 됩니다."
"알갔시요, 고맙습네다."
우유와 빵을 가슴에 품은 할머니가 앉은 채로 허리를 굽혀 절을 했다.

"동무 거기 스라우."
하고 뒤에서 부르는 소리에 김태일은 걸음을 멈췄다. 민가를 떠난 지 두 시간 반쯤이 지났다. 속사를 왼쪽으로 보면서 지난 후에 동쪽으로 방향을 잡고 나서 산길을 탄 지 30분쯤이 된 시점이다. 몸을 돌린 김태일의 앞으로 병사 두 명이 다가왔다. 둘 다 하사 계급장을 붙였는데 옷차림이 말쑥했다.

"동무, 어딜 가는 게야?"

그 중 체격이 김태일만한 하사가 위아래를 훑어보며 물었는데 의심이 가득 찬 표정이다. 둘 다 AK-47을 양손으로 받쳐 들었고 손가락이 방아쇠에 걸쳐져 있다. 김태일이 두 하사를 번갈아 보면서 이맛살을 찌푸렸다.

"동무들은 뭐야?"

버럭 소리친 김태일이 손가락으로 체격이 큰 쪽을 가리켰다.

"그렇게 무조건 불러 세우면 되는 게야? 똑바로 하라우!"

그러면서 두 발짝 쯤 앞으로 다가가 섰다. 그 서슬에 둘이 주춤거렸으므로 김태일이 다시 소리쳤다.

"방금 우리 대장 동지 못 봤어?"

"누구?"

하고 다른 하나가 물은 순간이다. 한 걸음 더 다가가 서있던 김태일이 주먹으로 키 큰 하사의 턱을 쳐 올렸다. 그리고는 다음 순간에 다른 하사의 어깨를 잡으면서 발길로 사타구니를 차올렸다.

"크윽!"

신음소리는 사타구니를 채인 하사가 내었다. 그때 어깨에 멘 AK-47을 풀어낸 김태일이 총신을 거꾸로 쥐고는 장작을 패듯이 키 큰 하사의 뒷머리를 내려쳤다.

"퍽석!"

머리가 깨지는 소리와 함께 키 큰 하사가 앞으로 쓰러졌다. 그때 쪼그리고 앉았던 하사가 AK-47을 고쳐 쥐었으므로 김태일은 다시 총을 휘둘러 옆머리를 쳤다. 하사가 비스듬히 옆으로 쓰러졌다.

순찰대원이다. 키 큰 하사의 군복을 벗겨 입은 김태일이 신분증을 훑어본 것이다. 둘의 몸을 비탈 아래로 굴려놓고 김태일은 이제 산길에서 평지로 내려왔다. 산길의 초소는 눈에 잘 띄지 않는데다 순찰대원까지 출현했기 때문이다.

오후 5시 반, 김태일이 작은 마을의 공터로 접근했을 때는 한창 장마당이 벌어져 있었다. 공터에는 백여 명의 남녀노소가 모여 있었는데 소란했고 활기에 찬 분위기였다. 김태일이 장마당에 들어섰지만 경계하는 주민은 없다. 안쪽에서 군복 차림의 병사 두 명이 뭔가를 흥정하고 있는 것이 보였다. 김태일은 장마당에 널린 물건을 보았다. 중국제가 대부분이었지만 놀랍게도 한국산 라면과 초코파이, 신발과 의류도 있다. 그때 김태일의 옆으로 코트 차림의 사내가 다가와 섰다.

새 모직코트였고 구두도 깨끗했다.

"동무, 얼음 있으면 1백 그램에 6백 불까지 쳐 드리지."

거침없이 말한 사내가 빙긋 웃는다. 피부는 거칠었지만 눈매가 날카롭고 건장한 체격의 30대였다. 김태일이 머리를 저었다. 마약을 얼음이라고 부르고 있다는 건 안다.

"난 그런 거 없소."

발을 뗀 김태일의 옆으로 사내가 바짝 따라붙는다.

"여자 필요하면 50위엔, 미제 달러로 5불이야. 아주 깨끗한데다 미인이지, 나이도 서른 밖에 안 된다구. 오늘 장마당에 처음 나왔어. 내가 두 시간 놀도록 해주지."

김태일이 걸음을 멈추자 사내가 싱긋 웃는다.

"여자는 하나뿐이오?"

불쑥 김태일이 묻자 사내의 두 눈이 번들거렸다.

"셋이 있어, 골라 보시려나?"

"어디 있는데?"

"저기."

사내가 턱으로 위쪽을 가리키더니 이제는 먼저 발을 떼며 말한다.

"미제 달라는 5불, 위엔 화는 50위엔 이야. 깎으면 안 돼."

사내가 안내한 곳은 장마당에서 1백 미터쯤 떨어진 골목 안의 민가였다. 문고리도 없는 나무판자 문을 밀치고 들어서자 마루 끝에 앉아있던 여자가 우두커니 그들을 보았다. 남루한 바지저고리 차림에 머리는 뒤로 묶었고 피부는 볕에 타서 거칠다. 그러나 이목구비는 분명해서 밉상은 아니었다.

"어때?"

하고 사내가 물었으므로 김태일은 주위를 둘러보는 시늉을 했다. 단층 흙벽돌집이었는데 문짝 하나는 떼어졌고 부엌문은 아예 없다. 찬 기운이 느껴지는 집안이다. 사내가 주섬주섬 말한다.

"나머지 둘은 일 나갔어, 시간이 좀 있어야 돌아와. 하지만 얘가 그 중 제일 나아, 얘하고 놀라구."

김태일이 주머니에서 5불짜리 한 장을 꺼내 내밀자 사내는 지폐를 펴들고 사방을 살핀다. 침을 묻혀 문질러 보기도 하고 구겼다 펴기도 했다가 이윽고 머리를 들었다. 얼굴에 웃음기가 떠올라 있다.

"됐어, 데리고 들어가."

그동안 둘은 제각기 외면한 채 기다리고 있었는데 사내가 말하자 여자가 먼저 일어나 방으로 들어갔다. 김태일이 신발을 신은 채로 마루에 올라섰을 때 사내가 웃음 띤 얼굴로 말한다.

"두 시간 후에 올 테니까 실컷 노시게."

방으로 들어선 김태일이 소총을 벽에 기대 세워놓고는 코트 단추를 풀었다. 그리고는 벽에 등을 붙이고는 앉아 두 다리를 길게 뻗는다. 방바닥은 짚이 깔려 있어서 마치 외양간 같다. 그러나 냉기는 느껴지지 않는다.

그때 앞쪽에 엉거주춤 서 있던 여자가 묻는다.

"옷, 벗을까요?"

김태일이 시선을 들어 여자를 보았다.

"여기 사시오?"

"아닙니다, 이곳에서 좀 떨어진 곳에 삽니다."

선 채로 여자가 대답했다.

"그곳이 바다에서 가깝습니까?"

다시 김태일이 묻자 여자가 다시 머리를 들었다.

"해금강까지 50리 쯤 되지요."

"조금 전 그 남자는 누굽니까?"

그러자 여자가 지친 표정을 짓더니 짚더미 위에 쪼그리고 앉는다.

"좀 아는 사람입니다."

"옷도 잘 입었던데 뭘 하는 남자지요?"

"당원인데다 무역업자 신분증도 있지요."

여자가 표정 없는 얼굴로 말을 잇는다.

"위쪽 마전리에 사는데 군에서 제대한 후에 농장 지배인까지 지냈다가 지금은 이 일을 하지요."

머리를 끄덕인 김태일이 손목시계를 보았다. 오후 6시가 되어가고 있다. 마당에 어둠이 덮이는 중이었고 습기를 띤 바람이 반쯤 열려진 문으로 휘몰려 들어왔다. 그때 무릎위에 턱을 올려놓은 여자가 묻는다.

"472부대에서 오신 건가요?"

순찰대의 신분증에 찍힌 부대명이었으므로 김태일은 머리를 끄덕였다.

"거기서는 남조선 쌀로 매일 이밥을 먹는다면서요?"

다시 여자가 물었고 김태일은 쓴웃음만 지었다.

"이밥 한번 배터지게 먹고 죽었으면 좋겠다."

여자가 혼잣소리처럼 말했을 때 김태일이 코트 주머니에 남아있던 빵과 우유를 앞으로 내밀었다. 어제 비무장지대를 넘어오기 직전에 한국 산골 가게에서 산 것이다. 여자가 주저 없이 받아들이더니 빵 포장지를 벗기고는 베어 먹는다. 다가앉은 김태일이 우유팩을 뜯어 마시기 좋게 만들어 주었다. 그야말로 눈 깜박하는 사이에 빵을 삼킨 여자가 이제는 벌컥이며 우유를 마신다. 여자는 쉬지도 않고 우유를 삼키더니 긴 숨을 뱉으면서 김태일을 보았다.

"잘 먹었습니다."

"혼자 살아요?"

김태일이 묻자 여자는 얼굴에 희미한 웃음기가 번졌다.

"10살짜리 아들이 하나 있습니다."

"남편은?"

"3년 전에 폐병으로 죽었지요."

"그럼 뭐하고 먹고 삽니까?"

"이렇게 장마당에서 몸 판지 2년이 되었습니다."

그러더니 다시 쓴웃음을 짓는다.
"저 오동일이 따라서 청도군, 금강군, 고성군의 장마당을 다 돌아다녔지요."
남자 이름이 오동일인 모양이다. 김태일이 다시 묻는다.
"그럼 그 남자는 마음대로 돌아다닐 수 있는 모양이지요?"
"통행증이 있으니까요."
여자가 뱉듯이 말을 잇는다.
"여기선 돈만 있으면 안 되는 일이 없지요, 난 두 시간 일하고 저 작자한테서 1달러 밖에 못 받습니다."

두 시간 후에 온다던 오동일은 한 시간 반이 지났을 때 떠들썩한 목소리를 내며 집 안으로 들어섰다. 이미 주위는 짙은 어둠에 덮여 있었지만 집 안팎의 불빛은 보이지 않는다.
"여어, 그동안 세 번은 충분히 하셨을 것 같은데 우리 하사동무 어디 계신가?"
하면서 마루에 앉은 오동일이 방에 대고 말을 잇는다.
"동무, 우린 일이 있어서 가봐야겠수. 거기 인숙이 너도 얼른 나와."
그때 김태일이 방에서 나왔으므로 오동일이 빙그레 웃는다.
"그래, 잘 노셨소?"
오동일이 빙글거리며 물었을 때 옆쪽에 앉는 것 같던 김태일이 두 손으로 머리통을 잡았다.
"뚜두둑!"
잡자마자 힘껏 비틀어 버렸으므로 얼굴이 뒤쪽으로 돌아간 오동일이 마루 위에 쌀자루처럼 쓰러졌다. 그러자 김태일이 차분하게 오동일의 옷을 벗기기 시작했다. 그때 방에서 여자가 나오더니 문 앞에서 석상처럼 서서 그것을 본다.

"군복으로 갈아입히고 방에다 불을 지르면 병사가 타 죽은 것이 될 거요."

김태일이 되풀이해서 말하고는 머리를 들고 강인숙을 보았다. 여자 이름은 강인숙이다.

"어서 바지하고 신발을 벗겨요."

그러자 강인숙이 다가와 오동일의 바지 혁대를 푼다. 둘이 공모를 한 것이다. 김태일은 오동일의 옷과 통행증, 신분증이 필요했고 강인숙은 돈이다. 김태일이 오동일을 처치하고 가진 돈을 다 주겠다고 했더니 강인숙은 머리만 끄덕였던 것이다.

옷을 갈아입은 후에 주머니에서 꺼낸 오동일의 지갑에 5불과 10불짜리 달러가 350불이나 들어있었고 위엔화는 모두 1,250위엔이다. 라이터를 켜 돈을 확인한 김태일이 그것을 모두 강인숙에게 주면서 말한다.

"잘 숨겨놓고 써요."

"이걸 다 주시는 겁니까?"

두 손으로 돈을 받으면서 강인숙이 놀란 듯 목소리까지 떨렸다. 김태일이 오동일의 신분증과 통행증을 라이터 불로 확인하면서 쓴웃음을 지었다.

"더 주고 싶지만 문제가 될 것 같아서 그것만 다 주는 거요."

"고맙습니다, 이 돈으로 2년은 충분히 먹고 삽니다."

오동일이 두 여자가 또 있다는 건 거짓말이다. 오늘은 강인숙만 데리고 일 나온 것이다. 오동일을 방에 끌어다 눕히고 짚더미를 몸 위에 쌓은 후에 반쯤 떨어진 문짝까지 떼어다 걸쳐놓은 김태일은 사진부터 찍

35

고 나서 짚에 불을 붙인다. 그리고는 강인숙과 함께 집을 빠져나온다.
 골목을 빠져나온 둘은 서둘러 장마당이 열렸던 공터로 다가간다. 짙게 어둠이 덮인 마을에는 이미 인기척이 드물다. 불을 켠 집이 한 곳도 없어서 희미한 초승달 빛에 길바닥만 희미하게 드러나 있을 뿐이다. 텅 빈 공터 앞에선 김태일이 강인숙에게 말했다.
 "자, 그럼 여기서 헤어집시다."
 "조심히 가시라우요."
 낮게 말한 강인숙이 김태일에게 머리를 숙여 보았다.
 "제 걱정은 마시라우요, 죽어도 입을 열지 않을 테니까요."
 번쩍 시선을 들었던 김태일이 곧 쓴웃음을 짓고 나서 몸을 돌렸다. 강인숙이 자신의 정체는 모를 것이었다. 그러나 바다로 가는 길을 물었으니 탈영한 병사가 탈북하려는 것쯤으로 알 것이다.
 강인숙과 헤어진 김태일이 공터를 지나 뒤쪽의 산으로 올랐을 때 아래쪽에서 소음이 일어났다. 몸을 돌린 김태일은 마을 왼쪽 편에서 타오르는 불덩이를 보았다. 마을 전체가 어둠에 덮여 있었으므로 화광은 뚜렷했다. 오동일이 타고 있는 것이다. 불길은 순식간에 커지더니 집 전체를 휘감고 타오른다. 주위에 선 사람들이 보였지만 아무도 불을 끄려는 동작도 하지 않는다.
 김태일은 몸을 돌렸다. 북한 전력 사정이 나쁘다고 들었지만 이 정도일지는 몰랐다. 식량 사정도 듣던 것보다 더 심하다.

 꼬박 여덟 시간을 걷고 난 새벽 5시경, 김태일은 바위산 중턱에서 아래쪽으로 내려오고 있다. 이곳은 고성군으로 국사봉을 지나 산길로 20리쯤 더 동진한 지역이다. 이제 동해바다까지는 20리, 산세가 뚝 끊긴 지형이라 더 이상 산길을 탈 수가 없는 것이다.

  평지로 내려온 김태일은 얼어있는 개울 바닥을 깨고는 지금까지 신고 있던 군화를 벗었다. 양말마저 벗은 김태일이 찬물에 발과 얼굴을 씻고 나서 마른 수건을 꺼내 닦는다. 그리고는 지금까지 끈으로 묶어 허리에 매달고 온 오동일의 양말과 구두를 신는다. 이제부터는 산을 탈일이 없을 것이었다. 개울가 바위를 들어 군화와 양말을 덮은 김태일이 손을 씻고 나서 다시 소지품을 점검한다. 빈 오동일의 지갑에는 아직도 2천 9백 불 정도가 채워져 있다. 3천 불을 가져왔다가 한국에서 절단기와 식품을 사고 남은 돈이다.

  주머니에서 지도를 꺼낸 김태일이 잘게 찢어서 흐르는 개울물 중심부로 던졌다. 그리고 나서 바지 주머니에 든 카메라를 꺼내 보았다. 증거물이다. 지금까지 다섯을 살해한 증거 사진이 다 찍혀져 있는 것이다. 김태일은 다시 카메라를 주머니에 넣었다. 개울가를 벗어난 김태일은 곧 도로를 찾아내었다.

  아직 오전 5시 반, 해는 뜨지 않았지만 동녘의 벌판이 붉어지고 있다. 찬바람이 휘몰려왔으므로 김태일은 코트 깃을 세우고 걷는다. 이차선 도로는 군데군데 구덩이가 파졌고 포장이 벗겨져 있었는데 차량 한대 지나지 않는다. 인적도 없다. 먼 앞쪽 낮은 야산 밑으로 희끗하게 보이는 것이 마을인 것 같다. 김태일은 서둘러 발을 떼었다. 오동일의 구두가 조금 작은지 발가락이 조였지만 견딜 만은 하다. 그렇게 20분쯤 걸었을 때 뒤에서 엔진음이 들렸다. 자동차다.

  라이트를 켠 채 다가오는 자동차는 군 트럭이었다. 길가에 서 있던 김태일이 손을 들자 트럭은 30미터 쯤 지나쳤다가 브레이크 소음을 내며 멈춰 섰다. 김태일이 달려가 섰을 때 운전석 옆쪽에 앉은 사내가 눈을 치켜뜨고 내려다 보았다.

어깨에 붙여진 견장이 중사다.

"동무, 뭬야?"

"어디까지 가십니까? 얼어 죽겄으니 태워주시오, 물론 사례는 하겠습니다."

한껏 북한말을 구사하면서 김태일이 너스레를 떨었다. 요즘 세상에서는 읍소하면 무시 받는다. 대가를 준다고 하면 대부분 관심을 갖는다. 그러자 중사가 김태일의 위아래를 훑어보았다. 번듯하다. 여덟 시간 산을 탔지만 코트는 새것이었고 금방 갈아 신은 구두는 말끔했다.

"동무는 누기야?"

그러자 김태일이 주머니에서 지갑을 꺼내 신분증과 통행증을 빼내 내밀었다.

오동일의 사진이 붙어있었지만 아직 어둑하다. 김태일이 다시 지갑에서 5불짜리 지폐 한 장을 꺼내 중사에게 내밀었다. 그러자 신분증을 살피던 중사가 힐끗 지폐를 보더니 덥석 받으면서 말했다.

"당원이시구먼, 타시오."

김태일이 서둘러 차 안에 오르고는 몸서리를 쳤다. 차 안은 훈훈했다. 운전사가 다시 차를 발진 시켰으므로 김태일이 길게 숨을 뱉으며 묻는다.

"어디까지 가십니까?"

"우린 고성 밑의 성북까지 가오."

"그거 잘 되었습니다. 거기까지만 데려다 주십시오."

반색하는 시늉을 한 김태일이 말을 잇는다.

"난 고성에 무역하러 가는 중이었는데 도중에 차가 고장 나서 길가에 숨겨두고 나오는 길입니다. 고성에 가서야 수리하는 사람을 찾을 수 있다더군요."

"그럼 운전수와 차는 아직 길가에 있소?"

"오면서 못 보셨지요? 산모퉁이를 돌기 전에 풀숲에 세워 놓았는데."

"동무는 무역일을 얼마나 했소?"

"3년쯤 됩니다. 중국에 자주 나갔지요."

그때 중사가 힐끗 운전사를 보았으므로 김태일은 심호흡을 한다. 중사의 얼굴이 굳어져있는 것이다. 그리고는 분위기가 어색해졌다. 다시 중사가 묻는다.

"동무는 무슨 무역을 합니까?"

"밀무역입니다."

바로 대답한 김태일이 몸을 오른쪽으로 비틀었다가 오른쪽 팔꿈치를 올리면서 중사의 얼굴을 찍었다.

"퍽!"

둔탁한 충격음이 울리면서 얼굴을 정통으로 찍힌 중사가 운전사 옆으로 넘어졌다. 놀란 운전사가 무의식중에 핸들을 왼쪽으로 비틀었다가 오른쪽으로 틀었을 때 김태일의 주먹이 날아가 코뼈를 부러뜨렸다.

그때 트럭은 길가의 나무를 들이받고 멈춰 섰다. 들이받는 충격으로 김태일은 유리창에 어깨를 들이받고 뒹굴었지만 밖으로 튀어 나오지는 않았다. 김태일이 신음소리를 뱉는 두 사내를 보았다. 차에 탄지 10분도 되지 않았다. 어렴풋이 보이던 마을이 이제 그 백 미터쯤 앞으로 다가온 위치였다. 김태일은 두 손을 뻗쳐 먼저 발밑에 쑤셔 박혀있는 중사의 머리통을 움켜쥐었다. 말을 많이 할수록 탄로가 날 가능성이 있다는 건

알고 있었다. 그러나 묻는데 어쩌겠는가? 중사는 허리에 찬 권총을 빼내
들 기색이었다.

　이곳은 금강산 동북방의 정천, 지도상에는 표기되지 않았지만 길가에
30여 호가 모여 사는 작은 마을로 바로 위쪽이 바닷가 도시 해방이다.
해방 위쪽이 성북, 그 위쪽이 고성인 것이다. 이곳은 전연지대로 북한군
1군 관할이며 금강산 특구에 포함되어 있어서 경비가 엄중했다.
　오전 7시, 마을 위쪽 길가 나무를 박고 부서진 군 트럭이 발견된 지
20여 분이 지났다. 마을 사람들이 10여 명 군 트럭 주위에 몰려서 있었
지만 아무도 손을 대려고 하지 않는다. 트럭은 비어 있는데다 군인 두
명은 시체가 되어 있었기 때문이다. 누가 보아도 둘은 사고사로 보였다.
트럭이 나무에 부딪힌 충격으로 죽은 것이다.
　"저기 경비대에서 오는군."
　차 주위에 서 있던 사내들 중 한 명이 말했으므로 모두의 시선이 위쪽
으로 옮겨졌다. 차량 두 대가 달려오고 있다. 군 차량으로 두 대 모두
순찰차다. 사고를 신고한 마을의 보위대원이 도로가에 섰을 때 지프 두
대가 멈춰 섰다. 서둘러 내린 병사들은 모두 팔에 붉은색 완장을 찼다.
국경 순찰대 표시다. 선임자는 상위 계급장을 붙인 군관이었는데 보위
대원의 인사를 받자 불쑥 묻는다.
　"시체는 건드리지 않았지?"
　"예, 그대로 두었습니다."
　병사들을 이끌고 트럭 운전석으로 다가간 군관이 한참동안이나 두 시
체를 바라보더니 한 걸음 물러서며 말했다.
　"둘 다 얼굴에 충격을 입었군."

그리고는 뒤에선 사내를 돌아보았다.
"사인을 조사해 봐."
손목시계를 내려다 본 군관이 혼잣소리처럼 말한다.
"차가 부딪힌 정도로 보면 둘이 죽은 게 왠지 이상해."

그 시간에 김태일은 바닷가 마을 해방의 장마당 구석에 서서 뭔가를 찾는 것처럼 두리번거리고 있다. 이곳은 바로 아래쪽이 해금강이고 금강산 관광지여서 통제가 엄격했지만 장마당은 막지 못한다. 장마당은 수산물 창고 앞마당에서 벌어져 있었는데 사고파는 주민이 이백 명 가깝게 되었다. 외지인도 많았고 트럭에 물건을 싣고 온 일행은 조선족 같았다. 군복 차림의 병사도 마당가에 몇 명 서 있었고 좌판을 벌린 사이로 다니는 사내 한 명은 기관원 같았다. 아주 대놓고 위세를 부렸기 때문이다. 상품 품목은 다양했다. 해산물에서부터 쌀, 옥수수 등 양식, 버섯도 있었고 신발, 의류, 라면, 비디오테이프 또 몇은 수군거리고만 다니는 걸 보면 숨겨놓은 물건을 팔려는 것 같다.
그때 옆으로 사내 하나가 다가왔으므로 김태일이 머리를 든다.
"동무, 뭘 사시려고?"
이쪽저쪽에 수군대면서 돌아다니던 사내였다. 오리털 파카 차림에 구두도 깨끗했다. 이 마을 사람은 아니다. 김태일이 머리를 젓는다.
"아니, 난 살 것 없소."
"그럼 파실 건 있소?"
다가선 사내가 눈웃음을 쳤다. 제법 살집이 붙은 몸에 호인풍 인상이어서 자신의 이점을 잘 활용하는 것 같다.
"얼음이 있으면 가장 좋은 값을 쳐 드리지."

사내의 시선을 받은 김태일이 쓴웃음을 짓는다. 역시 조선족 마약 구입상이었던 것이다. 그러나 김태일은 사내가 자신을 북한 주민으로 봐준 것에 만족했다. 오동일 덕분이다. 김태일의 반응을 본 사내가 몸을 돌리면서 말했다.

"파실 게 있으면 저기 저 트럭에 와서 박사장을 찾으시오."

사내가 마당 끝 쪽의 트럭을 턱으로 가리켜 보이고는 발을 떼었다. 중국 번호판을 붙인 트럭이다. 역시 사내는 조선족이었다.

장마당은 10시도 안 되어서 끝났다. 주민들이 서두르듯 장마당을 빠져 나갔고 외지에서 온 트럭들은 짐 정리에 바쁘다. 트럭 뒤에서 박스를 정리하던 박기문이 다가온 최명철을 보더니 쓴웃음을 짓는다.

"오늘은 장사가 안 되었어, 최동무."

"그건 나도 알아."

따라 웃은 최명철이 박스 안을 굽어보았다. 박스 안에는 중국산 의류가 가득 넣어져 있다.

"옷 몇 벌 드릴까?"

박기문이 묻자 최명철은 허리를 폈다.

"아니, 됐어."

"운동화는? 진짜 한국산이 있는데."

"됐다니까."

"그럼 핸드폰을 주지. 3백 불짜린데."

"나, 핸드폰 있어."

그리고는 최명철이 정색하고 박기문을 보았다.

"이봐, 박동무. 장사 안 되었어도 임대비는 내야 돼. 그건 상부에 입금

시켜야 되기 때문에 안 가져가면 내가 의심을 받는단 말이야."

"아, 그래도 한번 장마당에 온 대가로 현금 3백 불이면 너무 한단 말이야. 우린 오늘 5백 불 어치 장사도 못했어."

"그래도 할 수 없어."

머리를 저었던 최명철의 시선이 옆쪽으로 옮겨졌다. 사내 하나가 10미터쯤 옆쪽 나무 옆에 서 있었기 때문이다. 시선이 마주친 사내가 외면했지만 최명철은 한 걸음 그쪽으로 다가섰다.

"동무, 누구야?"

"아, 동무시구면."

그때 박기문이 말했으므로 최명철의 시선이 옮겨졌다. 최명철을 무시한 박기문이 사내에게 묻는다.

"동무, 볼 일이 있으시오?"

사내는 바로 김태일이다. 김태일이 머리를 끄덕였다.

"예, 상의할 것이 있어서."

김태일은 최명철과 박기문의 이야기를 들은 것은 우연이다. 박기문을 찾아왔다가 듣게 된 것이다. 트럭 앞쪽으로 김태일을 데리고나간 박기문의 다시 호인 인상이 되어서 묻는다.

"그래, 무슨 일이오? 사시거나 파실 물건이 있소?"

그러자 김태일이 힐끗 트럭 뒤쪽에 시선을 주고 나서 되묻는다.

"여기서 어디로 갑니까?"

"고성으로 가는데, 왜 그러시오?"

"그곳까지 태워주시면 사례하겠소."

"통행증은 있으시지?"

눈을 가늘게 뜬 박기문이 물었으므로 김태일이 주머니에서 통행증을 꺼내 내밀었다. 오동일의 사진이 붙여진 통행증이다. 통행증을 내려다본 박기문이 쓴웃음을 짓고 나서 김태일에게 내밀었다.

"동무, 얼굴이 많이 달라졌소."

"그땐 고생을 많이 했지요."

정색한 얼굴로 대답한 김태일이 똑바로 박기문을 보았다.

"얼마 드릴까요?"

"조선돈은 안 받소."

"미국 달러로 드리지요."

"1백 불."

선뜻 부르고 나서 박기문이 김태일의 눈치를 살폈다.

"동무 통행증이 가짜란 것이 발각되면 나도 위험해지거든, 비싼 값이 아니오."

"50불로 합시다. 가짜 통행증 갖고 다니는 사람이 어디 한둘이오?"

"허, 이 동무 좀 보게. 좋소, 그럼 80불로 정합시다. 더 깎으려면 다른 데 가보시오."

"좋습니다."

그러자 박기문이 잠자코 손바닥을 내밀었다. 두툼한 손바닥이다. 김태일이 주머니에서 구겨진 지폐를 꺼내 80불을 박기문의 손바닥에 놓고 나머지 30불 정도를 다시 주머니에 넣는다. 그것을 본 박기문이 웃음 띤 얼굴로 말한다.

"그럼 저 창고 안에서 30분만 기다리시오, 30분 후면 출발할 테니까."

박기문이 눈으로 가리킨 곳은 빈 수산물 창고 안이다.

10시 40분, 손목시계를 내려다 본 김태일이 심호흡을 한다. 귀대시간까지는 이제 7시간 20분이 남았다. 직선거리로 계산하면 차로 세 시간 거리밖에 되지 않았지만 휴전선이 가로막혀져 있는 것이다. 60년 동안 을 가지 못하고 기다리는 이산가족이 수십만이다.

창고 앞 공터는 이미 텅 비었다. 5대 있었던 트럭도 다 떠났고 박기문의 트럭과 또 한대만 남았다. 벽에 몸을 붙인 김태일이 눈 한쪽만 내놓고 트럭을 보았다. 지금 김태일은 창고의 뒤쪽 모서리에서 트럭 꽁무니를 보고 있는 중이다. 트럭은 창고 입구를 가로막듯 세워져 있었는데 출입구는 그곳뿐이다.

2장 하노이 공작

　박기문은 창고 안에서 기다리라고 했지만 김태일은 창고 안으로 들어가자마자 높이가 7미터 가깝게 되는 창고의 지붕을 뚫고 밖으로 나온 것이다. 그리고는 창고 뒤를 돌아 트럭 뒤쪽을 보며 서 있다. 트럭 뒤에 서 있는 사내는 보위대원 최명철이다. 그는 초조한 표정으로 트럭 앞쪽의 창고 입구를 힐끗거리며 서성대고 있다. 뻔한 것이다. 박기문은 최명철에게 가짜 통행증을 가진 수상한 놈이 고성까지 태워다 달라면서 달러를 내놓았다고 밀고를 한 것이다. 임대비 대신으로 정보를 준 것인지도 모른다. 이윽고 창고에 들어갔던 박기문이 황당한 표정을 짓고 나왔다.
　"놈이 안에 없어."
　트럭 뒤로 온 박기문이 서두르듯 최명철에게 말한다.
　"그 사이에 어디로 내뺀 모양이야."
　"뭐라구?"
　버럭 소리쳤던 최명철이 곧 헛웃음을 짓는다.

"어쩐지 수작이 어설프더라니, 그놈이 눈치를 챘단 말인가?"

김태일이 기대선 벽과는 10미터쯤밖에 떨어지지 않아서 목소리가 선명하게 들린다. 그때 박기문이 말했다.

"내가 동무한테 이야기하는 사이에 도망친 것 같은데?"

"기가 막히군."

입맛을 다신 최명철이 정색하고 박기문을 보았다.

"난 그놈이 어떻게 됐건 상관없어. 자 임대료나 내놔."

"어, 이것, 참."

투덜거린 박기문이 주머니를 뒤져 지갑을 꺼내었다. 그리고는 접힌 지폐를 꺼내 최명철에게 내밀었다. 미리 준비를 해놓고 있었던 것이다. 지폐를 펴본 최명철이 누런 이를 드러내며 웃는다.

"다음에는 장사가 잘 되어야지, 오늘만 사는 게 아니니까."

지폐를 주머니에 넣은 최명철이 위로하듯 말했을 때 박기문이 묻는다.

"그놈, 보고하지 않을 거야?"

"보고는 무슨."

입맛을 다신 최명철이 머리를 젓는다.

"가짜 통행증을 갖고 다니는 놈이 어디 한둘이야? 그리고 동무, 보위부에 들어가 조서 받고 싶어? 나도 귀찮지만 동무도 꼬박 서너 시간 시달려야 될거라구."

"하긴, 그렇지."

서둘러 머리를 끄덕인 박기문이 쓴웃음을 지으며 말했다.

"아, 거참, 그 새끼 운이 좋은 놈이구만."

어쨌든 난데없이 공돈 80불을 먹은 것이니만치 그놈은 복덩어리다.

짐을 정리한 박기문은 트럭 옆으로 돌아가 주위부터 둘러보았다. 장마당이 끝난 주변은 인적이 뚝 끊겼다. 휴지조각이 날리는 공터의 안쪽에 트럭 한대가 세워져 있을 뿐이다. 그쪽도 조선족 무역업자인데 건어물만 가져가는 놈이다. 이제 곧장 국경으로 떠날 작정이었으므로 박기문은 앞쪽 바퀴에 등을 붙이고 쪼그려 앉았다. 그리고는 배에 묶고 있던 가방을 풀고 지퍼를 내렸다. 결산을 해보려는 것이다. 달라와 위엔이 가득 들어있는 가방을 보자 박기문의 가슴이 뿌듯해졌다. 최명철에게는 장사가 안 된다고 엄살을 부렸지만 미화 4천 불에 2만 위엔을 벌었다. 모두 7천 불이 넘는다. 밑천이 3천 불 들었으니까 이번 장사에는 4천 불쯤 남았다. 한 달 고생해서 이만큼 벌었으면 평균정도는 된다. 그때 옆쪽에서 인기척이 났으므로 박기문은 머리를 들었다.

"어?"

놀란 박기문이 눈을 치켜떴지만 더 이상 말은 이어지지 않았다. 와락 다가선 김태일이 두 손으로 박기문의 머리통을 잡고 비틀었기 때문이다.

"뿌득!"

목뼈가 부러진 박기문은 얼굴이 등 쪽으로 향한 채 사지를 뻗었다. 눈동자는 아직 생명이 남아 있는 것처럼 흔들리고 있다. 김태일이 박기문의 상반신을 끌고 트럭 뒤로 가더니 몸을 짐짝처럼 구겨 짐칸에 던져 넣었다. 그리고는 짐칸에 올라 박기문의 돈가방과 지갑을 빼내고는 몸을 짐으로 덮었다. 그리고는 서둘러 운전석으로 다가가 시동을 켰다.

오후 1시 20분, 해방에서 4킬로미터 떨어진 바닷가에서 5톤짜리 어선의 엔진을 수리하던 김형만이 머리를 들었다. 바로 위에서 웬 사내가 내려다보고 있었는데 처음 보는 얼굴이다.

"뉘시오?"

상반신을 세운 김형만이 주위를 둘러보았다. 이곳은 부두 끝 창고 옆으로 언제나처럼 인적이 없다. 200미터쯤 떨어진 해안가 인민군 초소에서 두어 명의 인민군이 서성대고 있을 뿐이다.

"바다로 나갈 수 있습니까?"

불쑥 사내가 물었으므로 김형만이 헛웃음을 웃었다.

"기름도 없는데 어떻게 나가오?"

그러더니 사내의 위아래를 다시 보았다.

"그런데 뉘시오?"

"난 조선족 무역상입니다."

김태일이 말을 이었다.

"말린 생선 걷으러 왔는데 여긴 조용하구만요."

"모두 장마당에 다 갖다 팔았어."

김형만이 주머니를 뒤져 담배꽁초를 꺼냈으므로 김태일은 말보로를 꺼내 한 개비를 내밀었다. 박기문의 주머니에 들어있던 담배다. 놀란 김형만이 담배를 받더니 라이터를 켜자 서둘러 입에 물고 불을 붙였다.

"아, 맛좋다."

깊게 빨아들인 담배연기를 내품으며 김형만이 눈을 감았다가 떴다. 얼굴에 웃음기까지 떠올라 있다.

"왜 이렇게 적적합니까? 배도 없고."

부둣가에 쪼그리고 앉은 김태일이 묻자 김형만은 다시 헛웃음을 웃었다.

"동력선 여섯 척이 있지만 조업 나간 건 두 척뿐이오. 나머지 배들은 기름이 없어서 저렇게 묶어 놓았지."
　김형만이 턱으로 옆쪽을 가리켰다. 고만고만한 어선 세척이 옆쪽에 메어져 있었는데 모두 낡았다. 50년은 된 것 같다.
　"기름은 어디서 얻습니까?"
　김태일이 묻자 김형만은 한숨과 함께 연기를 뱉으며 턱으로 경비초소를 가리켰다.
　"전에는 배급을 받았지만 10여년쯤 전부터 끊겼지. 그래서 지금은 경비대에서 사야 된다구."
　"경비대에 가서 삽니까?"
　"아니, 연락하면 경비정이 기름을 싣고 와."
　담배를 힘껏 빨아들이자 불똥이 필터까지 닿았다. 김형만이 구름 같은 연기를 품어내더니 아깝다는 표정을 짓고 바다에 꽁초를 던졌다. 김태일이 주머니에서 담배갑을 꺼내 갑째로 건네주었다. 절반이상 담배가 남은 갑이었다.
　"이거 가지슈."
　"아이구, 이렇게 고마울 때가."
　먼저 냉큼 담배를 받고나서 김형만이 사례를 했다. 그러더니 술술 말한다.
　"경유 한통에 중국돈 2백 원여, 이놈들은 조선돈은 아예 안 받아. 경유 네 통은 있어야 한번 나갔다 오는데 요즘은 고기도 안 잡혀. 기름값도 안 나올 때가 많아."
　50대 중반쯤으로 보이는 김형만은 주름살투성이의 검은 얼굴을 들고 김태일을 보았다.
　"아침에 장마당에서 못 봤소? 여기 어부들은 오래전부터 단동에서 온

최씨하고 거래를 해왔는데."

　20톤급 북한군 경비정이 창고 옆으로 온것은 그로부터 한 시간쯤 후인 오후 2시 반쯤 되었다. 경비정에는 타륜을 쥔 중사와 상위가 타고 있었는데 낡았지만 굵고 힘찬 엔진음이 났다.
"이봐, 돈 없다고 하더만 1천 원이 어떻게 생겼어?"
　상위가 웃음 띤 얼굴로 묻자 김형만은 입맛을 다셨다.
"빌렸소."
"누구한테?"
　배를 어선에 붙이면서 묻던 상위가 옆에서 나타난 김태일을 보더니 이맛살을 찌푸렸다 묻는다.
"누구야?"
"조선족 무역상입네다."
　대답은 김형만이 했다. 상위의 시선을 받은 김형만이 말을 잇는다.
"생선을 넘기기로 하고 기름 값을 빌렸습니다."
"허, 넘길 생선이나 있을까?"
　비웃듯이 말했던 상위가 힐끗 김태일을 보더니 혼잣소리를 한다.
"최씨가 가만있지 않을 텐데 아마 뒷심이 단단한 모양이군."
　그때 로우프를 고정시킨 경비정이 조타실에서 중사가 나왔다.
"이봐, 기름통 조심해."
　김형만이 경비정으로 옮겨가자 상위가 주의를 주었다. 프라스틱 통이 선수에 쌓여있기 때문이다. 기름통이다. 김태일이 기름 나르는 것을 도우려는 듯이 경비정으로 옮겨갔다.
"여기 있습니다."

김형만이 주머니에서 붉은색 백 원짜리 지폐를 꺼내 내밀자 냉큼 상위가 받는다. 중사는 그 옆에 서서 돈을 보았다.
"어쨌든 김동무는 수단이 좋아."
상위가 웃음 띤 얼굴로 지폐를 세면서 말했다.
"기름값 대주는 동포도 잡고 말야."
지폐 열 장을 다 센 상위가 머리를 든 순간이다.
"퍽석!"
무딘 소리가 주위에 울리더니 머리가 부서진 상위가 뱃바닥에 엎어졌다. 그리고 상위의 몸이 바닥에 쓰러지기도 전에 김태일의 발끝이 날아 중사의 사타구니를 찍어 올렸다.
"억!"
배를 움켜쥔 중사가 허리를 굽혔을 때 다가간 김태일의 발끝이 다시 턱을 차 올렸다.
"터걱!"
턱뼈가 부서진 중사가 뒤로 반듯이 넘어졌다. 다시 엎어진 채 꿈틀거리는 상위의 머리를 스패너로 내려쳐 부순 김태일이 허리를 펴고 김형만을 보았다. 시선이 마주치자 김형만이 몸을 젖히며 말했다. 눈의 촛점이 흐려졌고 목소리가 떨린다.
"동, 동무, 이. 이러지 마시오."
"잘 들어."
김태일이 눈을 부릅뜨고 말했다.
"날 신고하면 당신도 걸려. 이놈들을 이곳까지 유인해온 셈이니까 말야. 무슨 말인지 알아?"
"동, 동무, 나는……."

"난 이 배를 끌고 갈 거야. 그러니까 당신도 모른척하면 돼."

김태일이 주머니에서 한 뭉치의 위엔화를 꺼내 김형만에게 내밀었다. 박기문한테서 빼앗은 돈이다.

"이거, 받아. 2만 위엔이 넘어. 이 돈으로 잘 살아"

김형만이 부들부들 떨리는 손으로 위엔 한 뭉치를 받았을 때 김태일이 조타실로 들어서며 소리쳤다.

"빨리 배에서 내려!"

오후 4시30분, 해군 1함대소속 고속정 216호 정장 박한이 대위는 레이다에서 시선을 떼었다. 마침내 경비정이 우회전을 하는 것이다. 부함장 오상현 중위가 기다리고 있다가 박한이의 시선을 잡았다. 표정이 밝다. 이른바 '득의양양' 한 표정, '그것 봐' 하는 말이 얼굴에 써 있다. 박한이가 그 표정을 향해 시치미를 뚝 떼고 말했다.

"물러나. 그리고 217함한테도 암호 연락을 해"

물러나라는 것은 받아들일 준비를 하라는 것이다. 오상현이 몸을 돌리더니 기운찬 목소리로 명령했다. 해사 2기 후배인 오상현은 두 달 후에 대위 진급을 할 것이고 진급과 동시에 고속정장이 될 것이었다. 그래서 작전에 나오면 오상현에게 지휘권을 맡겨 정장 연습을 시키고 있다. 이윽고 일사불란하게 지시를 마친 오상현이 다시 옆으로 돌아왔다. 그때 경비정은 이미 분계선 5백 미터 전방까지 접근하고 있었다. 경비정의 우회전은 곧 남하를 말하는 것이다. 40분쯤 전부터 216호는 전속력으로 동진하는 북한 소형 경비정을 주목했다. 북한령 어촌 해방에서 던져지듯 빠져나온 경비정이다. 연안 순시용으로 15톤급, 무장은 20미리 기관포 한정과 기관총 2정, 승무원 3명에 무장인원 8명을 실을 수 있는 연안 순시용이다. 속력은 20노트였으니 시속 32킬로미터, 그 경비정이 시속 30킬로미터의 속력으로 동해상으로 직진해 나왔던 것이다. 그러더니 지금 20킬로미터 직진 하고나서 우측으로 꺾어져 남하해온다. 부함장 오상현은 그놈이 내달린 지 10분쯤이 지났을 때부터 '투항선'이라고 단정했던 것이다. 뒤를 쫓는 배들도 없는 것을 보면 기습적 투항이다.

이제 경비정은 분계선을 돌파해서 대한민국 영해로 진입했다. 216함과의 거리는 비스듬히 4킬로미터 정도, 박한이는 무전기를 들고 모함(母艦)인 초계함에 다시 현재 상황을 보고했다. 6킬로미터 후방에 떠있는 원주함도 저놈을 보고 있을 것이었다.

"목표가 분계선을 통과, 3.5킬로미터 서북방에 위치하고 있습니다. 지시 바랍니다."

"접근하고 나포해라."

초계함인 원주함 함장 전호성 중령의 짧지만 단호한 명령, 그래서 박한이는 전호성을 존경한다. 무전기를 내려놓은 박한이가 지시했다.

"목표로 전속력 전진"

너는 이제 내 몫이다. 그러자 부함장 오상현이 자매함이자 호위함인 217호에게 명령을 전달한다. 216,217은 한 쌍이다. 함께 움직이는 것이다.

"정지!"

바짝 다가온 216정에서 마이크로 소리쳤으므로 김태일이 엔진을 껐다. 그러자 배는 천천히 진행하다가 멈춰 섰고 그때 파도를 일으키며 216정이 다가왔다. 파도가 밀려나 정비정이 흔들렸다. 이제 216정과의 거리는 5미터정도, 김태일이 조타실에서 나와 216정을 올려다보았다.

소총을 든 수병 셋이 자신을 내려다보고 있다. 긴장한 표정이다. 그때 그들 뒤에서 장교가 나왔다. 장교는 허리에 권총을 차고 있다. 계급이 중위다.

"거기, 혼자요?"

불쑥 장교가 물었으므로 김태일이 저도 모르게 풀썩 웃었다.

"예, 혼잡니다."

"아니, 왜 웃어요?"

그렇게 묻는 중위도 괴짜 같다.

"난 북한군 아뇨. 북한 경비정을 탈취해갖고 도망쳐 나온 거요."

"뭐요?"

놀란 중위가 소리 쳤을 때 김태일이 손을 까불어 내려오라는 시늉을 했다. 경비정이 높아서 올려다보아야만 한다.

"내려오세요. 할 이야기가 있습니다."

오후 5시 10분, 동해안 경비사령부, 즉 동경사 파견 기무부대장 강재석 대령이 이맛살을 찌푸리고 정보참모 이성문 소령을 보았다.

"김태일이 확실해?"

"예, 대장님. 주민증, 학교, 가족관계까지 확실합니다. 본인이 틀림없습니다."

이성문으로서는 컴퓨터 조회를 한 이래로 이만큼 확실하게 본인이 확인된 경우는 처음이었다. 아귀가 착착 맞는다. 그것도 15분 안에 1백퍼센트 확인되었다. 마지막으로 김태일의 동생 김영미까지, 그러자 강재석이 굵은 눈썹을 치켜떴다.

"아니, 그럼 멀쩡한 대한민국 놈이, 그 시부랄 놈이, 왜, 어떻게 북한으로 기어들어갔다가 경비정까지 탈취해서 넘어왔다는 거야? 도무지…….”
그때 보좌관 양기택 소령이 서둘러 다가와 말했다.
“대장님, 김태일이가 기무부대장하고만 이야기 할 것이 있답니다.”
“뭐이? 건방진 자식이.”
강재석이 버럭 소리치자 사무실 안은 순식간에 냉장고가 되었다. 그때 양기택이 말했다.
“제가 다녀오겠습니다. 대장님.”

“무리한 작전이었어.”
정색한 박영수가 말했는데 전혀 미련이 남지 않은 표정이다.
“의지나 실력보다 운이 붙어야 되는 작전이었다구.”
그리고는 박영수가 앞에 앉은 두 사내를 보았다. 교관들이다.
“당신들은 미련이 있는 것 같군.”
“그렇습니다.”
그렇게 말한 사내는 진행교관이다. 박영수의 시선을 받은 교관이 말을 이었다.
“갑자기 그런 훈련을 시킨 이유가 좀 납득이 안갑니다. 그건 죽이려고 작정한 것이나 같았거든요. 차라리…….”
그때 또 하나의 교관이 말을 이었다. 사격교관이다.
“실력도 뛰어났고 특히 생존력이 출중한 놈이었는데 그런 상황에 떨어뜨린 것이 이해가 안 갑니다. 그런 훈련은 김태일 같은 전문가에게 전혀 불필요한 것이었습니다,”
“그건 당신들이 판단할 일이 아냐.”

쓴웃음을 지은 박영수가 말을 잇는다.

"내가 판단한 일도 아니고, 이건 위에서 내려온 지시야."

그리고는 순식간에 정색하더니 덧붙였다.

"최악의 상황에 던져놓고 거기에다 운까지 시험해 보려는 의도가 있는지도 모르지."

그때 전화벨이 울렸으므로 셋은 서로의 얼굴을 보았다. 벽시계는 오후 6시 15분을 가리키고 있다. 이곳은 상황본부, 즉 박영수의 사무실 안이다. 벨이 세 번, 네 번, 다섯 번 울렸을 때 사격교관이 박영수에게 묻는다.

"이곳 전번을 김태일이가 압니까?"

"알 리가 있나."

이맛살을 찌푸린 박영수가 전화기를 노려보았다. 벨은 계속 울리고 있다.

"전번도 등록하지 않은 건데."

그러면서 박영수가 전화기를 집어 귀에 붙였다.

"여보세요."

"거기, 뭐냐, 훈련소죠?"

불쑥 사내가 물었으므로 박영수는 전화기를 고쳐 쥐었다.

"전화 잘못 거신 것 같은데요."

"여긴 기무사입니다."

사내의 목소리가 딱딱해졌다. 놀란 박영수가 눈만 치켜 떴을때 사내의 목소리가 이어졌다.

"기무사를 졸로 보지 마쇼, 거기 박영수라고 책임자 있습니까? 난 기무사 동경사 특보 양기택 소령인데 김태일에 대해서 상의할일이 있습니다."
 "아니, 뭐요?"
 박영수의 얼굴이 하얗게 굳어졌다.
 "당신, 지금 뭐라고 했습니까? 김태일?"
 해놓고 호흡을 고르는 동안 양기택 소령이란 사내의 말이 다시 쏟아진다.
 "김태일한테서 들은 정보로 당신을 찾은 거요. 대한민국에 있는 한 그런 훈련소를 우리한테 들키지 않고 운영할 수는 없지. 이전화도 말이오."
 "……"
 "김태일이 6시까지 임무를 끝냈다고 전해달라고 합디다."
 "김태일은 지금 어디 있습니까?"
 마침내 박영수가 물었는데 마치 적군에 항복하는 심정이 되어 있었다.
 "우리가 보호하고 있어요. 동해상에서 인민군 정비정을 탈취해서 넘어온 상태라서 말입니다."
 "……"
 "우리 해군과 접촉 하자마자 기무사를 찾더니 당신을 찾아달라고 하더란 말입니다. 보아하니 훈련을 시킨 것 같은데, 대단한 일을 저지르셨더구만."
 "내가 30분 안에 공문을 보낼 테니까 김태일 사건은 덮어두시오."
 박영수의 목소리가 팽팽해졌다.
 "해군총장 한테서도 지시가 갈 테니까 말요. 언론에 노출시키면 안 돼요."
 그리고는 박영수가 서둘러 전화기를 내려놓는다.

밤 11시 반, 5시간 전 셋이 둘러앉았던 상황본부의 사무실에 한 명이 더 늘어났다. 김태일이다. 셋은 김태일을 중심으로 둘러앉았는데 30분간 북한에서의 행적을 들었다. 탁자위에는 박기문한테서 빼앗은 가방, 지갑에서부터 온갖 증거물들이 어지럽게 놓여졌는데 군당국에 압류 당한 것을 다시 회수해온 것이다. 김태일이 이야기를 마쳤지만 방안은 잠시 조용하다. 아무도 입을 열지 않았다.

두 교관은 입을 반쯤 벌린 채 눈만 껌뻑였는데 황당한 표정이다. 이윽고 박영수가 입을 열었다.

"어쩔 작정으로 기무사한테 내 이야기를 한 거냐?"

"우선 이곳 정체를 확인하고 싶었지요."

김태일이 똑바로 박영수를 응시한 채 말을 잇는다.

"내가 제대로 된 국가기관의 소속원인가를 알고 싶었습니다."

"그럼 확인이 된 셈이구먼."

"그렇습니다."

"그렇게 되었을 때 네가 불이익을 받게 되리라는 건 예상했겠지? 예를 들면 우리가 네 존재를 부인하거나 기밀을 지키지 않은 너를 처벌할 수도 있다는 것 말야."

"예상했습니다."

"각오도 했겠구만?"

"당연하지요."

"어쨌든 넌 6시까지 귀대하지 못했어. 인정하지?"

"그렇습니다."

그러자 박영수가 머리를 끄덕였다.

"좋아 방으로 돌아가 대기해."

김태일이 자리에서 일어서자 박영수가 탁자 위에 널려진 증거물을 둘러보며 말을 잇는다.

"이 중에서 돈은 한국 돈으로 교환해서 전리품으로 너한테 돌려준다. 우린 요원을 시켜 돈을 벌 목적은 없다."

다음날 아침, 식당에서 혼자 아침을 먹은 김태일이 다시 방에 돌아왔을 때 전화벨이 울렸다. 전화기를 든 김태일은 진행교관의 목소리를 들었다. 딱 한마디다.

"국장실로."

김태일이 국장실로 들어선 것은 5분 후다. 방안에는 박영수와 진행교관 둘이 기다리고 있었는데 김태일이 앞쪽 자리에 앉았을 때 박영수가 말했다.

"넌 시험 통과했다."

김태일의 시선을 받은 박영수가 무표정한 얼굴로 말을 잇는다.

"지금부터 네 번호는 식스, 6이다. 섹스로 착각하지 마라."

어설픈 농담인 줄 스스로 알았는지 정색한 박영수가 눈으로 탁자 위를 가리켰다. 탁자위에는 한 뭉치의 서류가 놓여 있다.

"자, 서류가 여럿이야. 네가 받은 보험금, 상속인, 그리고 서약서, 거기에다 새 신분증용 서류도 있다."

그러더니 똑바로 김태일을 보았다.

"축하한다. 식스."

귀대한지 사흘째가 되는 날 아침, 식당에서 혼자 아침을 먹는 김태일에게 박영수가 다가와 앞에 앉는다. 박영수는 양복 차림에 넥타이까지 메었다.
 "식사 마치고 내 방으로 와."
 박영수가 정색하고 말했으므로 김태일은 손목시계를 보는 시늉을 한다.
 박영수가 덧붙였다.
 "교육은 이제 끝났어."
 김태일의 눈을 똑바로 응시한 채 박영수가 말을 이었다.
 "6개월 과정을 꼭 마치라는 규칙은 없다. 그리고 넌 이미 번호를 받았어."
 하긴 그렇다. 이곳에서 졸업장을 받을 수도 없을 테니까. 그리고 남은 13일간의 교육 과정도 어학과 세계 각국의 풍습과 정치상황 등이다. 사격, 격투기, 통신방법 등의 교육은 이미 마친 것이다.
 "그럼 이제 임무를 맡는 겁니까?"
 수저를 내려놓은 김태일이 묻자 박영수가 자리에서 일어섰다.
 "그렇다. 넷 중 네 성적이 가장 좋아."
 박영수의 입에서 교육생이 넷이란 말은 처음 나왔다.

 방으로 들어선 김태일에게 박영수는 눈으로 앞쪽 의자를 가리킨다. 김태일이 잠자코 테이블 앞에 앉았을 때 박영수가 억양 없는 목소리로 말했다.
 "짐작하고 있겠지만 넌 외국으로 파견된다."
 박영수가 테이블 위에 두 손을 깍지 끼더니 똑바로 김태일을 보았다.
 "컨디션 괜찮지?"
 "그럼요."

김태일의 대답은 시큰둥했다. 물을 필요도 없다는 시늉이다. 입맛을 다신 박영수가 옆에 놓인 노란색 서류봉투를 김태일 앞으로 밀었다.
"넌 베트남 하노이로 간다."
긴장한 김태일이 서류봉투를 쥐었을 때 박영수의 말이 이어졌다.
"하노이의 호텔에 묵고 있으면 곧 너에게 지시가 전해질 거야."
"어느 호텔 말입니까?"
"봉투 안에 적혀져 있어."
그러고는 자리에서 일어선 박영수가 테이블 위로 손을 내밀어 악수를 청한다.
"자, 이제 여기선 작별이다."
"감사합니다."
악수를 마친 김태일이 문득 생각났다는 표정을 짓고 묻는다.
"떠나가기 전에 제 동생을 만날 수 있을까요? 얼굴만 보고 갔으면 합니다만."
"임무를 입 밖에 내지 않는다면."
"그건 알고 있습니다."
"비행기 시간에 맞추려면 두 시간쯤 시간이 있을 거야."
그러더니 박영수도 생각났다는 표정을 짓고 주머니에서 통장을 꺼내 내민다.
"이건 이번 작업의 계약금이야. 성공 대가는 따로 주겠지만 이 계약금은 보험금 형식이 된다."
통장을 펼친 김태일은 1억이 입금되어 있다는 것을 보았다. 위쪽에는 연필로 비밀번호가 적혀져 있다.
"감사합니다."

만족한 표정을 지은 김태일이 통장을 주머니에 넣으면서 말을 잇는다.
"이만하면 동생이 결혼할 때까지 먹고 살 수 있겠구먼요."

"아, 이건 회사에서 보험금으로 만들어 준 통장인데."
하고 김태일이 통장을 내밀었더니 영미가 눈을 동그랗게 떴다.
"웬 보험금?"
"출장가면 다 그렇게 만들어줘."
"세상에, 1억이나."
통장을 편 영미가 감탄했다.
"너무 좋은 회사다. 그지?"
"다 그런데 뭐."
어깨를 늘어뜨리면서 김태일이 손목시계를 보았다. 오후 2시 반, 이제 공항으로 출발해야만 한다. 영미가 통장을 가볍게 받아들였기 때문에 긴장이 풀린 것이다. 김태일이 자리에서 일어서며 말한다.
"거기, 비밀번호 적혀있다. 알지?"
"내가 이걸 어쩌라고?"
통장을 내려놓은 영미가 눈을 흘겼다.
"출장이나 잘 다녀와."
"알았어. 걱정 말고."
영미의 어깨를 손바닥으로 가볍게 두드린 김태일이 말을 잇는다.
"내가 연락할게."
지금까지 사용했던 핸드폰을 폐지시킨다는 말을 할 필요는 없다.

밤 10시 반, 하노이 구 시가지의 36번 거리에 위치한 프린스17호텔,

낡고 싼 호텔이었지만 침대는 깨끗하고 가구도 잘 정돈되었다. 김태일은 반 팔 셔츠 차림으로 방안의 의자에 앉아 TV를 본다.

베트남어는 이해하지 못하지만 연속극의 남녀가 왜 싸우는지는 알겠다. 남자가 애인이 생겼기 때문이다. 눈으로는 대충 화면을 보지만 김태일의 머릿속은 상념에 채워져 있다. 지난 6개월이 마치 꿈처럼 느껴지는 것이다. 실감 나지 않는다. 이곳이 베트남의 하노이. 호텔방 안이라는 것도 신기해진다. 자신이 전혀 다른 인간이 된 것 같기도 하다. 그래서 저도 모르게 벌떡 의자에서 일어나 벽 쪽 옷걸이에 걸린 저고리에서 여권과 지갑을 꺼내 쥐었다. 지갑에는 백 불짜리 지폐로 현금 3천 불 정도가 들었을 뿐이다. 지갑 한쪽 포켓에 손을 넣은 김태일이 쪽지를 꺼내 읽는다. 박영수가 넣어준 메모다.

"11, 바람과 비"

심호흡을 한 김태일이 다시 손목시계를 본다. 10시 55분이다. 호텔 안은 조금 소란스럽다. 이곳에 배낭 여행자들이 많기 때문이다. 특히 한국인 여행자가 많다. 복도에서 술에 취한 한국인 남자가 누구를 부르더니 계단을 내려가고 있다. 옆쪽 방에서 여자들의 웃음소리가 들린다. 그쪽도 한국 여자들이다. 박영수는 한국인들이 많이 모인 숙소를 고른 것이다. 그리고 김태일의 차림도 배낭 여행자다. 가방에 옷가지와 침낭까지 넣었고 커다란 카메라도 매고 왔다. 그때 방안의 전화벨이 울렸으므로 김태일은 서둘러 몸을 돌린다. 전화기를 쥔 김태일이 귀에 붙였다.

"여보세요."

김태일이 한국어로 응답하자 곧 여자가 한국어로 묻는다.

"오실 때 바람 많이 불었죠?"

"비가 조금 왔습니다."

바람과 비는 암호다. 11시에 그렇게 상대방을 확인하기도 했던 것이다. 그러자 여자가 나긋나긋한 목소리로 말한다.

"아래쪽으로 1백 미터만 내려오시면 왼쪽에 해당화 카페가 있어요. 제가 문 앞에 서 있을게요."

그리고는 전화가 끊겼으므로 김태일은 길게 숨을 뱉는다.

해당화 카페는 3층 건물의 3층이었다. 그런데 3층 벽에 커다랗게 간판이 붙여져 있어서 멀리에서도 눈에 띄었다. 김태일이 건물 입구로 다가갔을 때 왼쪽 어둠 속에서 여자 하나가 다가왔다. 큰 키에 진 바지를 입었고 반소매 셔츠 차림이다. 한걸음쯤 앞에 다가선 여자가 똑바로 김태일을 보면서 말했다.

"바람요."

"비."

짧게 대답한 김태일이 여자를 보았다.

긴 머리를 뒤로 묶었고 그 위에 야구 모자를 썼다. 검은 눈동자가 반짝였고 입술은 야무지게 닫혀 있다. 그때 여자가 다시 말했다.

"저쪽으로 가세요."

유창한 한국어여서 한국 여자 같다.

이제 둘은 해당화 카페에서 왼쪽으로 50미터쯤 떨어진 식당에 마주앉아 있다.

늦은 시간이었지만 식당 안에는 손님이 반 정도 차 있었고 대부분이 한국인이다. 그들의 옆 테이블에도 한국인 남녀 넷이 소주를 마시는 중이다. 그때 여자가 입을 열었다.

"전 주엔이라고 합니다. 타깃은 내일 오전 10시와 모레 오후 2시에 각각 도착하는데 이곳의 체류 기간은 5일, 그러니까 둘이 함께 머무는 시간은 4일뿐입니다."

김태일의 시선을 받은 주엔이 바지 주머니에서 접혀진 서류 봉투를 꺼내 내밀었다.

"두 타깃의 사진과 참고사항이 적혀져 있습니다. 외운 후에는 없애야 됩니다."

봉투를 받은 김태일이 주머니에 쑤셔 넣으며 묻는다.

"도구는?"

"작업 직전에."

짧게 대답한 주엔이 자리에서 일어서며 말한다.

"한국 여자를 한 명 방으로 데려가 함께 계시지요. 그것이 자연스럽습니다."

주엔과 헤어져 해당화 카페 앞을 지나던 김태일은 배낭을 맨 두 여자를 보았다. 앞을 지나면서 들었더니 둘은 한국말을 한다.

"거긴 공동 화장실을 쓰는데다 4인실이야. 그리고 너무 더러워."

한쪽이 말했을 때 다른 하나가 말을 받는다.

"그럼 돈도 모자라는데 어떻게? 호치민에서 너무 썼잖아?"

앞에 걷던 김태일이 문득 몸을 돌리면서 서자 둘은 발을 멈췄다. 20대 초반쯤 될까? 하나는 길고 하나는 둥글다. 두 여자의 시선을 받으면서 김태일이 말했다.

"내가 침대 두 개짜리 트윈 룸을 쓰고 있는데 침대 하나만 더 가져다 놓으라면 되겠네. 어때요? 같이 내 방을 쓸까?"

하고 나서 서둘러 덧붙인다.

"대가 없어. 낮에 방 비울 테니까 빈방이 아까워서 그러는 거지. 화장실도 깨끗하고 거실도 있어. 어때?"

그러자 키가 큰 여자가 눈을 가늘게 뜨고 묻는다.

"아저씨, 정말이세요? 그런데 왜 그런 호의를 베풀어 주시는 거죠?"

"방값이 너무 비쌌어. 그래서 혼자 자기에는 아까운 생각이 들었거든."

"혹시."

하고 이번에는 얼굴이 동그란 여자가 입을 열었을 때 김태일이 쓴웃음을 짓고는 몸을 돌렸다.

"호의를 오해하면 기분 나빠져. 그럼 없었던 일로 하지."

"어머, 너무 좋다."

베란다를 열어본 동그란 얼굴이 다시 감탄한다. 둘은 김태일을 따라 방으로 들어온 것이다. 둘은 대학 동창으로 키가 큰 쪽이 한미정, 동그란 얼굴이 윤주민이라고 했다. 침대 가져오라고 할 것도 없이 벽장에 침구가 있었으므로 김태일은 소파에 베개를 놓고 잘 차비를 했다. 여자 둘이 질색을 했지만 등을 밀어 방으로 보내고는 김태일은 소파에 누웠다. 주엔의 충고를 따른 셈인데 여자 둘의 분위기가 더 안정되었다. 머리맡의 등을 켠 김태일은 엉덩이 밑에 깔고 누웠던 서류봉투에서 사진과 메모지를 꺼내 읽는다. 사진은 두 사내의 얼굴이었다. 앞모습과 옆모습 등 세장 씩 찍혀진 사진을 유심히 보고나서 김태일은 메모지를 읽는다.

"전석호, 외교부 제1부부장, 58세, 현역 육군 중장이며 전(前)제 17군단장, 군의 실세 중 한 명이며 군의 강경파, 대남 작전의 총지휘자."

이것이 반쯤 머리가 벗겨진 사내에 대한 기록이다. 이어서 금테 안경에 단정한 용모의 사내에 대한 프로필이 적혀져 있다.

"이덕수. 일본명 이시다 소젠, 조총련계 폭력조직 이시다파 총재, 이시다 건설회장, 친북계 기업가 모임인 일광회 회장 62세."

이 둘의 제거가 작전 목표인 것이다.

김태일은 꽤 오랫동안 두 명을 들여다 보고나서 몸을 일으켰다. 화장실로 들어선 김태일은 사진과 메모지를 잘게 찢은 다음에 변기 물로 씻어 내렸다. 깨끗해진 변기 안을 확인한 후에 거실로 돌아 왔을 때 침실 문이 열리더니 한미정이 나왔다. 한미정은 이제 짧은 면바지에 소매 없는 셔츠 차림이다.

"아저씨, 내일 하노이 관광 다니신다고 했죠? 그럼 저희들하고 같이 가요."

문에 기대선 한미정의 얼굴에는 수줍음과 기대감이 절반씩 섞여져 있다. 한미정의 시선을 마주친 김태일이 머리를 젓는다.

"아냐, 내일은 내 동창 녀석을 만나기로 했어. 다음에."

그래놓고 얼굴을 펴면서 웃는다.

"그러고 보니 둘 다 미인이구나."

이건 6개월 교육 과정에서 배운 수작은 아니었지만 한미정은 환해진 얼굴로 몸을 돌린다.

이덕수가 투숙한 방은 로얄호텔 최상층의 프레지던트 룸이다. 이른바 대통령실인데 하루 숙박비가 3천 불이나 되어서 전석호는 구경 해본적도 없다. 8층의 250불짜리 스위트룸에 묵고있던 전석호가 이덕수의 방으로 들어서더니 눈을 둥그렇게 떴다.

"어이쿠, 대단합니다."

응접실에 선 전석호가 사방을 둘러보며 감탄했다. 이덕수의 응접실만 해도 전석호의 방 두 배는 되었기 때문이다.

"자, 앉읍시다."

쓴웃음을 지은 이덕수가 전석호의 팔을 끌어 소파에 앉힌다. 물론 전석호의 태도가 조금 과장되었기도 했다. 이미 수행원들은 모두 내보냈으므로 응접실 안에는 두 사람뿐이다. 먼저 이덕수가 입을 열었다.

"이곳까지 놈들이 도청할 수 있을까요?"

"마음만 먹으면 가능하겠지요."

쓴웃음을 지은 전석호가 힐끗 천정을 올려다보았다. 위성을 가리키는 시늉이다. 그러자 이덕수가 입맛을 다시더니 턱으로 구석을 가리켰다.

"조금 전에 도착했습니다."

이덕수가 가리킨 곳에는 검정색 대형 헝겊 가방이 7개가 쌓여있다. 목소리를 낮춘 이덕수가 말을 잇는다.

"내일까지 다시 8개가 올 겁니다."

머리를 끄덕인 전석호의 얼굴에 웃음기가 떠올랐다.

"곧, 미국놈들이 두 손을 들 겁니다. 그때까지만 고생 좀 해주시라요."

가방 안에는 달라 뭉치가 들어있는 것이다. 모두 이덕수가 일본계 은행을 통해 하노이로 송금시킨 돈이다. 이번에 전석호가 하노이를 방문한 주목적이 바로 이것이다. 미국의 통제로 달라 반출이 막힌 북한 수뇌부는 온갖 방법을 다 동원하고 있는 것이다. 그때 이덕수가 묻는다.

"그자는 언제 만날 수 있습니까?"

"내일."

손목시계를 드려다 보는 시늉을 한 전석호가 말을 이었다.

"내일 오전에 연락이 오기로 했으니까 내일 오후에는 만나실수 있습니다."

로얄호텔은 10층 건물로 로비 라운지가 넓었고 출입구는 네 곳이었다. 엘리베이터는 좌우, 중앙에 각각 두 개씩 여섯 개, 객실은 250개 정도였는데 정문에서 호텔 현관까지의 거리는 50미터, 그 사이는 잔디밭과 수목으로 채워 놓았다. 로비에 앉은 김태일은 자주 손목시계를 내려다보면서 누구를 기다리는 시늉을 한다. 오늘은 단정한 흰색 긴팔 셔츠에 검정색 바지를 입었고 깨끗한 단화를 신었다. 뿔테 안경을 써서 성실한 회사원 같은 분위기를 연출하고 있다. 그때 로비 입구로 주엔이 다가온다. 오늘 주엔은 진회색 스커트에 크림색 블라우스 차림이다. 뒤꿈치가 드러난 검정색 단화가 잘 어울렸다. 머리도 풀어 내렸는데 파도처럼 크게 웨이브된 머리칼이 어깨에 닿는다. 눈에 띄지 않으면서도 품위 있는 차림이다. 앞쪽 자리에 앉은 주엔이 다가온 종업원에게 커피를 시키더니 낮게 말한다.

"이덕수는 1002호, 전석호는 808호실입니다."

주위를 둘러본 주엔이 웃음 띤 얼굴로 말을 잇는다. 마치 연인끼리 밤에 일어난 사연을 이야기 하는 것 같은 태도다.

"1002호실에는 침실이 네 개나 있어서 수행원 둘이 이덕수와 함께 있고 나머지 넷은 일반 룸인 504, 505호에 들어가 있어요. 전석호 경호원 넷은 807호실에 있습니다."

머리를 끄덕인 김태일이 커피잔을 들면서 묻는다.

"호텔 안 방범 장치는?"

"현관 오른쪽 후론트 데스크 안에 경비본부가 있어요. 경비원 셋이 항상 체크하고 있는데 감시카메라는 각 층의 복도, 비상계단, 엘리베이터 안에 장착되어 있죠."

그리고는 주엔이 눈동자만 조금 올리는 시늉을 했다.

"우리 머리 바로 위에도 있죠. 감시카메라의 사각지대는 주방과 화장실뿐입니다."

김태일은 심호흡을 했다. 호텔 안은 공안 병력에 의해 철저하게 경비되어 있는데다 타킷인 이덕수와 전석호도 각각 경호원을 대동하고 있는 것이다. 머리를 든 김태일이 로비의 대형 유리창 밖으로 시선을 돌렸다. 잔디밭 건너편에는 빌딩 서너 개가 세워져 있다. 물론 도로를 건너 2백 미터쯤 떨어진 곳이다. 그때 주엔이 말했다.

"808호는 안쪽에 위치해 있어서 앞쪽 건물에서는 보이지 않아요."

김태일의 의도를 알고 말하는 것이다. 방금 김태일은 건너편 빌딩에서의 저격을 생각했었다.

"내일 오전에 체크인하는 손님 중 한국인 한 명이."

돌아가는 택시 안에서 주엔이 소곤대듯 말한다. 둘은 연인처럼 바짝 붙어 앉았기 때문에 주엔이 입술을 귀에 붙이듯 말하는 것이 자연스럽다. 주엔은 말을 잇는다.

"타킷으로 추가 선정될 것 같아요."

"누구?"

긴장한 김태일이 묻자 주엔은 머리를 젓는다.

"아직 내역은 받지 않았습니다. 다만 한국인 것간 압니다."

그렇다면 타킷이 셋, 남북한에다 조총련계 일본인이다. 입을 다문 김태일에게 주엔이 생각 난 것처럼 말한다.

"방에 한국 여자들 둘 합숙 시켰더군요. 혼자 있는 것보다는 낫게 보이네요."

"대학 졸업하고 배낭여행 온 여자들이요."

"두 여자의 여권 카피를 서울로 보냈더니 2개월 전에 인터넷 홈쇼핑 사기로 수배자가 된 여자들이더군요."

놀란 김태일이 숨을 죽였을 때 주엔의 말이 이어졌다.

"베트남에 온 지는 한 달 되었는데 호치민시에서 이곳으로 온 것 같습니다."

"내가 오히려 끌려든 셈인가?"

쓴 웃음을 지은 김태일이 말하자 주엔이 정색한 채 머리를 젓는다.

"그 여자들의 여권은 아직 여행에 지장이 없습니다. 저처럼 서울에 조회를 하지 않는한 말이죠. 그러니까 당신도 모른 척 동거해도 됩니다."

"지갑 조심 해야겠군요."

그러자 주엔은 입을 다물었다.

프린스 17 호텔 1층에는 한국 식당이 있다. 주엔과 헤어진 김태일이 곧장 호텔 식당으로 들어섰을 때 안쪽 테이블에 앉아있는 두 여자가 보였다. 이쪽을 향하고 앉은 한미정이 반색을 하면서 손을 들었고 곧 윤주민도 활짝 웃는다. 그런 상황이라 따로 혼자 앉기도 거북해서 김태일은 그쪽으로 다가가 윤주민 옆에 앉는다. 가는 길에 앉은 것인데 한미정이 실쭉했고 윤주민의 얼굴은 환해졌다. 종업원이 다가왔으므로 김태일은 김치찌개를 시켰다.

"친구 만나셨어요?"

하고 윤주민이 묻더니 곧 제 말을 잇는다.

"이곳에 데려 오시지, 둘씩 같이 놀게 말이죠."
"그놈이 바빠서 그랬는데."
정색하고 대답한 김태일이 앞에 앉은 한미정을 보았다.
"내일 잠깐 내 심부름 좀 해줄래? 오전에 나하고 시내 나가서 말야."
"저 혼자요?"
하고 한미정이 묻더니 금방 대답한다.
"그래요, 따라 갈게요."
한미정의 시선은 앞쪽 윤주민에게로 옮겨가지 않았다.

그날 밤 11시가 되었을 때 김태일은 반바지에 반팔셔츠 차림으로 숙소를 나온다. 그리고는 곧장 해당화 카페를 지나 옆쪽 골목 안으로 들어섰다. 이곳은 가로등도 없어서 주위를 먹물 속처럼 어두웠지만 곧 사물의 윤곽이 드러났다. 안으로는 50미터쯤 나아간 김태일은 어두운 벽에 붙어 선 사람을 보았다. 양쪽은 건물의 벽이었고 창문도 없다. 쓰레기 냄새가 코를 찔렀으므로 김태일은 입으로 숨을 들이켰다. 김태일이 다가가자 그림자가 흔들리더니 말한다. 주엔이다.
"새 타깃에 대한 자료 가져왔어요."
옆에 붙어선 김태일에게 주엔이 배낭을 내밀었다. 받아든 김태일이 눈을 크게 떴다. 배낭은 무거웠다. 20킬로미터쯤 된다. 다시 주엔이 말을 잇는다.
"자료는 위쪽 포켓에, 그리고 가방 안에는 F-92 베레타두정과 소음기, 15발 실탄이 장전된 탄창 여덟 개, 수류탄 세발, 위장복 한 벌과 신발, 1백 달러 뭉치로 다섯 개, 5만 불이 들어있습니다."
주엔이 앞쪽 벽을 향한 채로 말했으므로 김태일도 앞쪽을 향해 묻는다.

"세 번째 타깃의 제거 장소는?"

"내일 연락드리지요."

"내일 오후 4시부터 호텔이 있을 거야. 작전은 그때부터."

"알았습니다."

그때 머리를 돌린 주엔이 김태일을 보았다. 어둠 속에서 눈의 흰창이 뚜렷하게 드러났다.

"작전 성공을 빌어요 A6."

"지금 뭐라고 했지? A6?"

김태일이 묻자 주엔이 억양 없는 목소리로 대답했다.

"그래요, 당신 호출 부호가 A6이거든요."

"최경만, 한국대학교 지리학과 교수, 환경재단 상임이사, 미군철수 집행 위원회부위원장, 국보법 폐지운동본부 상임위원, 민주화운동 본부 부본부장……."

김태일은 메모에 적힌 직함을 더 이상 읽지 않고 사진으로 시선을 옮겼다. 최경만은 반백의 머리에 웃음 띤 표정으로 이쪽으로 응시하고 있다. 약간 살찐 체격에 옷차림도 세련됐다. 나이는 52세. 격렬한 투쟁가로는 보이지 않았으므로 김태일은 더 오랫동안 최경만을 응시했다. 그때 침실의 문이 열리면서 한미정이 밖으로 나온다. 오늘은 팬티 같은 반바지에다 어깨끈만 달린 셔츠를 입어서 젖가슴 윗부분이 다 드러났다. 날씬한 체격이었고 젖가슴도 탐스럽다. 손에 쥔 사진을 구기면서 김태일이 몸을 일으키자 한미정이 다가와 섰다. 바짝 붙어 섰기 때문에 소파에 앉은 김태일의 바로 코앞에 한미정의 가슴이 떠 있다. 한미정한테서 옅은 향내가 풍겨졌다.
"오빠, 주민이하고 합의 했어요. 오빤 내거라구."
한미정이 눈웃음을 치면서 말을 잇는다.
"그래서 나, 여기에서 자도 돼요. 아니면 주민이가 여기로 나올 수도 있다고 했어요. 우리 둘이 방으로 들어 가구요."
그리고는 한미정이 두 팔을 뻗어 김태일의 어깨를 쥐었다. 이제 김태일이 바로 앞에 서있는 한미정의 허리만 감싸 안으면 되는 것이다. 그때 김태일이 부드럽게 말한다.
"내일 나하고 같이 가기로 했지?"
그리고는 김태일이 한미정의 허리를 두 손으로 받쳐 쥐었다. 감아 안는 것이 아니라 세우는 자세다. 김태일이 말을 이었다.
"내일, 더 좋은 곳에서."

오후 1시 반, 전석호가 문을 열자 최경만이 눈인사를 하면서 서두르듯 안으로 들어선다. 복도에 서있던 전석호의 경호원이 문을 닫았다. 방으로 들어선 최경만이 어깨를 늘어뜨리더니 손을 내민다. 얼굴에 쓴웃음이 떠올라 있다.
"오랜만입니다. 부부장님."
"긴장하고 계시는구만."
따라 웃는 전석호가 최경만의 손을 쥐고 흔들면서 소파로 안내했다.
"여긴 안심해도 돼요. 최선생."
소파에 앉으면서 전석호가 부드럽게 말했다. 그러자 최경만이 길게 숨을 뱉는다.
"감시가 심해졌습니다. 아마 우리 일행의 일정도 모두 체크 당하고 있을 겁니다."

최경만은 지리학회 회원들과 함께 학술회의 명목으로 하노이를 방문한 것이다.

"여기 있습니다."

최경만이 양복 가슴 주머니에서 접힌 봉투를 꺼내더니 전석호에게 내밀었다.

"안에 디스켓 세장이 들어 있습니다."

머리를 끄덕인 전석호가 안의 내용물을 확인하더니 조심스럽게 탁자 옆에 놓는다. 그리고는 굳어진 얼굴로 최경만을 보았다,

"오늘 오후 5시에 다시 내방으로 와 주시지요. 나하고 같이 이덕수 씨를 만나러 갑시다."

"알겠습니다."

"앞으로 공작금은 이덕수 씨를 통해서 받게 되실 테니까 이번 만남이 대단히 중요합니다."

그러자 최경만은 머리만 끄덕였다. 조금 전에 전석호에게 준 디스켓은 군 기지에 대한 정보와 방위산업체의 무기 생산 자료인 것이다. 모두 국가 기밀이었지만 최경만은 이미 십여 번이나 국가 기밀을 유출시켰다. 최경만에게는 조국이 북조선이었으니 오히려 조국에 충성하는 것이나 같다. 다시 전석호가 말을 잇는다.

"우리가 베트남처럼 통일이 될 날도 멀지 않았습니다. 분발합시다."

호텔 건너편 가게 앞에서 택시를 세운 김태일이 한미정에게 말했다.
"자, 여기서 내려."

한미정이 잠자코 김태일을 따라 내리더니 주위를 둘러보았다. 이곳은

신시가지에서 길도 넓고 건물도 깨끗했다. 한미정의 시선이 건너편 로얄호텔에 닿았을 때 김태일이 말했다.

"저 호텔방 하나를 잡아, 그렇지, 스위트룸이 좋겠다."

"저기요? 스위트룸?"

놀란 한미정이 눈을 동그랗게 떴을 때 김태일은 지갑을 꺼내 백 불짜리 지폐 5장을 세어 내밀었다.

"하룻밤 묵는다고 해. 이건 디포짓 하라면 내고, 3백 불이면 될 거야."

"하룻밤에 3백 불이나."

돈을 받으면서 말하는 한미정의 눈동자는 초점이 멀다. 그러자 김태일이 얼굴을 펴고 웃는다.

"인마, 좋은 호텔에서 연애하기로 했지 않어?"

"그래도 오빠."

"자, 네가 먼저 체크인하고 먼저 들어가 있어. 내가 친구 만나고 곧 방으로 갈 테니까."

"나 혼자 들어가?"

"응 먼저 가서 기다려."

그래놓고 김태일이 매고 있던 가방을 벗더니 한미정에게 내밀었다.

"이것도 가져가 줄래?"

"응."

가방을 받은 한미정이 무거웠으므로 눈을 동그랗게 떴다.

"뭐가 들었어?"

"옷하고 카메라, 신발."

가방을 어깨에 맨 한미정이 이제는 눈의 초점을 잡고 묻는다.

"오빠 언제 올 건데?"

"두 시간쯤 후에."

"빨리 와야 돼, 나 혼자 있기 싫어."

"나도 마음이 급하다. 너 안고 싶어서."

김태일이 정색하고 말하자 한미정은 그때서야 얼굴을 펴고 웃는다.

"나 씻고 기다릴게."

"내가 핸폰으로 연락할 테니까 네 방 번호 불러줘."

"물론이지."

머리를 끄덕인 한미정이 몸을 돌리더니 길을 건너 호텔을 향해 다가간다.

오후 2시 반, 하노이 공안청 정보국장 트람 반 노이는 방으로 들어선 제2정보과장 소동 소령을 보았다. 소동은 대외담당이다. 즉 외국인 사찰이 주 업무인 것이다.

"국장님, 로얄호텔에 한국 학술조사단 일원인 이 사내가 출입 했습니다."

소동이 사진이 붙여진 서류를 트람 앞에 놓았다. 서류를 집어든 트람이 읽는 동안 소동은 말을 잇는다.

"최경만은 지리학회 임원으로 학술회의차 하노이에 왔지만 반정부조직의 간부입니다. 그런자를 한국정부는 제멋대로 나가도록 내버려 두는 것 같습니다."

쓴웃음을 지은 트람이 서류를 내려놓고 묻는다.

"808호실 전석호를 만나겠지?"

"예, CCTV를 확인했더니 808호실에 들어갔습니다."

"이것들이 하노이를 제집 안마당으로 생각 하는 것 같군."

"1002호실 이시다 소젠 하고도 연관이 있는 것 같습니다."

"그렇지, 이시다도 조총련계다. 셋이 다 반한 세력이야."

그리고는 트람이 입맛을 다셨다. 이맛살도 찌푸려져 있다.

"우린 한국과 미국과의 유대가 필요해. 그런데 이것들은 아직도 우리를 제 친척들로 믿고 있는 모양이야."

"한국 정부가 알면 긴장하겠는데요."

"글쎄."

잠깐 눈썹을 모았던 트람이 시선을 들고 소동을 보았다.

"정보력으로 말하면 동남아에서 한국도 미국 못지않아. 그들이 알고 있을지 모른다. 소령."

긴장한 소동이 몸을 굳혔고 트람이 낮은 목소리로 묻는다.

"이시다가 가져온 돈 가방이 모두 몇 개가 되지?"

"15개, 1500만 불입니다. 국장님."

"전석호는 수금하러 왔고 그 최라는 간첩은."

머리를 기울였던 트람이 말을 이었다.

"정보를 넘기려고 온 것 같다. 어쨌든 그런 놈을 마음대로 나가게 두다니 한국 민주주의는 미국보다 더 발달되었어."

같은 시간, 바단구 캄마 거리에 위치한 한국 대사관 빌딩의 소회의실에는 두 사내가 마주앉아 있다. 하나는 한국 대사관 문화 담당 서기관 노기준, 그리고 회색 머리칼의 서양인은 미국 대사관 소속의 자문관인 아놀드 피셔다.

"어떻게 할 거야?"

하고 아놀드가 물었으므로 노기준은 들고 있던 커피잔을 내려놓는다.

지친 표정이다. 문화담당 서기관으로 되어있지만 노기준은 국정원 소속으로 대사관의 정보 책임자 인 것이다.
"본부에서 지침 받은 것이 없어."
노기준이 말하더니 아놀드의 기색을 보고나서 덧붙였다.
"그놈이 로얄호텔에 들어간 것까지는 우리도 파악했다구."
"이봐, 노."
정색한 아놀드가 노기준을 노려보았다.
푸른 눈동자가 마치 유리알 같다.
"그 개자식은 808호실로 들어갔다구, 전석호를 만났단 말야. 복도에 설치한 우리 카메라에 잡혔다니까?"
"그 필름을 주면 내가 조치를 하지, 아마, 그놈들 귀국하면 고생 좀 할 거야."
"고생?"
되묻은 아놀드가 쓴웃음을 짓는다.
"간첩죄로 구속 되는 게 아니고?"
"지금은 힘들어."
"그러다 한국 넘어간다."
정색하고 말한 아놀드가 의자에 등을 붙이더니 입맛을 다셨다. 둘은 동맹국의 정보 담당자로 자주 만났지만 작전을 같이 한 적은 없다. 만난 지 1년 동안 서로 정보 교환만 했는데 그것도 마지못해서 시늉만 낸 적이 많은 것이다.
"그 아시다란 놈은 3개 은행에서 현금 1500만 불을 빼내 전석호한테 바쳤어."
혼잣소리처럼 투덜거린 아놀드가 힐끗 노기준을 보았다.

"그, 한국 공인 스파이는 전석호한테 뭘 바쳤지? 그게 궁금하지도 않나?"

"나, 로얄호텔 803호실에 있단다. 여긴 스위트룸이야."
 누가 옆에 있지도 않은데 한미정이 핸드폰의 송화구를 손바닥으로 가리면서 소근거렸다.
 "방값이 얼마나 되는지 알아? 무려 255불이야. 그래서 하룻밤 자는데 300불이나 디포짓 했단다."
 한미정은 지금 윤주민한테 경과보고를 하는 중이다. 자리에서 일어선 한미정이 베란다로 나가 아래쪽을 내려다보면서 말한다.
 "베란다에도 흔들의자에다 탁자가 놓여 졌어. 방은 두 개, 거실 하나, 방마다 화장실이 있고, 참"
 머리를 돌린 한미정이 방안을 둘러보았다. 들뜬 표정이다.
 "안쪽 침실 침대는 따따불이야. 넷이 잘 수 있을 만큼 넓어."
 "야, 그자식이 좀 순진한가 보다."
 하고 윤주민이 말했으므로 한미정은 쓴웃음을 짓는다. 지금 윤주민은 질투하고 있는 것이다. 윤주민이 말을 잇는다.
 "하룻밤 자는데 방값으로만 3백 불을 투자 하다니, 좀 머리가 빈 놈이야."
 "나한테 5백 불 줬어. 2백 불이 남아."
 "걔 가방을 맡겨 놓았다고 했지? 뭐가 들었나 열어봐."
 "열쇠가 잠겨서 안 돼."
 그러더니 한미정이 탁자 옆에 놓인 가방으로 다가가 다시 열쇠를 만져보았다.

"카메라하고 옷, 신발이 들었다는데 좀 무겁더라."
"언제 돌아온다고?"
"두 시간쯤 후라고 했으니까 인제 한 시간 남았네."
"너, 잘해."
"뭘?"
했다가 한미정이 얼굴을 펴고 웃는다.
"그건 내 전공이니까 염려 놓으셔."
통화가 끊겼을 때 한미정은 가운 깃을 벌려 보았다. 그러자 미끈한 알몸이 드러났다. 준비가 다 되어있는 것이다.

결행 시간이 다가왔지만 김태일은 자신의 행동이 자연스럽다는 것을 의식하고 있다. 그렇다고 긴장하지 않은 것은 아니다. 예민해져 있어도 사고나 행동에 영향을 끼치지 않는 것이다.
"여기야."
씨클로 운전사의 어깨를 두드려 멈추게 한 김태일이 씨클로에서 내렸다. 로얄호텔의 뒷문이 보이는 길 건너편 골목 앞이다. 씨클로를 세운 운전사가 김태일에게 묻는다.
"5시부터 기다리란 말이지?"
"그래, 시간당 5불씩 계산해 줄 테니까."
그리고는 김태일이 운전사에게 10불짜리 지폐를 내밀었다.
"예약 한 거다. 알았지?"
"알았어, 보스."
20대의 씨클로 운전자가 이를 드러내고 웃는다. 따라 웃는 김태일이 운전사 어깨를 손바닥으로 툭 쳤다.

"10시까지는 나올 테니까 믿고 기다려."

그리고는 김태일이 호텔을 향해 발을 떼었다. 오후 4시 5분 전, 한미정이 지금 803호실에서 기다리고 있는 것이다. 조금 전에 연락을 했더니 펄쩍 뛰면서 반기는 것이 남편을 맞는 것 같다.

"잠깐만."

엘리베이터에 오른 김태일이 버튼을 눌렀을 때 두 사내 중 한 명이 부른다. 로비 기둥 옆에 서 있던 사내들이다. 사내 하나가 스톱 버튼을 눌렀고 다른 사내는 김태일의 정면에 섰다. 엘리베이터에 타려던 서양 남녀가 그들을 보더니 옆쪽으로 비껴갔다.

"지금 어디 가십니까"

사내가 유창한 영어로 묻는다. 검은 피부, 그러나 어깨가 완강했고 눈빛이 매섭다. 공안이다.

"803호실."

김태일이 사내의 콧등을 내려다보면서 말했다.

"거기 내 애인이 투숙하고 있어서."

"잠깐 여권 좀 보실까요?"

손을 내민 사내에게 여권을 건네준 김태일이 이맛살을 찌푸리고 묻는다.

"무슨 일이오?"

"잠깐이면 됩니다."

하더니 여권을 훑어보면서 사내가 다시 묻는다.

"애인 이름이 뭡니까?"

"한국인으로 한미정이요."

복창한 사내가 주머니에서 무전기를 꺼내더니 베트남어를 빠르게 지
껄였다. 그동안 엘리베이터는 문이 열린 채 멈춰서 있었고 손님 두 쌍이
왔다가 비껴났다. 이윽고 무전기의 수화구에서 말소리가 들리더니 사내
가 김태일을 보았다.
"좋습니다. 가시지요."
사내가 여권을 건네주면서 웃는다.
"미안합니다. 이해해 주십시오."
그러더니 엘리베이터를 나가면서 8층 버튼까지 눌러 주었다. 문이 닫
쳤을 때 김태일은 심호흡을 했다. 가방을 들고 왔다면 틀림없이 수색을
받았을 것이다.

엘리베이터에서 내린 김태일이 8층 복도에서 내렸을 때 왼쪽에서 인
기척이 났다. 인기척을 일부러 낸 것이라고 해야 맞다. 붉은 양탄자가
깔린 8층 복도 왼쪽 끝에 사내 하나가 서서 이쪽을 바라보고 있었다.
더운 날씨에 양복저고리를 걸친 이유는 딱 한가지다. 혁대에 권총을 꽂
고 있었기 때문이다. 803호도 왼쪽이었으므로 김태일은 사내를 향해 다
가간다. 사내는 목이 굵었고 머리도 짧다. 30대 후반쯤 되었을까? 다가
오는 김태일을 향해 위압적인 시선을 보내고 있다. 사내가 서 있는 808
호실 앞을 지나면서 김태일은 길게 숨을 뱉는다. 바로 머리 위쪽의 천정
에 부착된 CCTV는 이 장면을 모두 촬영하고 있을 것이다. 803호실 앞
으로 다가선 김태일이 벨을 누르자 3초도 안 되어서 문이 열렸다.
"오빠."
한미정이 환해진 얼굴로 김태일을 맞았다. 방으로 들어서면서 김태일
은 이쪽을 보고 있는 사내와 시선이 마주쳤다. 사내는 아주 넋을 잃고

이쪽을 보는 중이다.

"오빠, 왜 이렇게 늦었어?"

문이 닫혔을 때 바짝 다가붙은 한미정이 눈을 흘기는 시늉을 하며 묻는다. 한미정은 가운 차림이었고 맨 다리가 드러났다. 가운 밑에는 벗고 있다는 표시다.

오후 4시 10분이다. 10분밖에 늦지 않았으므로 김태일은 쓴웃음을 짓는다.

"오빠, 씻어, 내가 등 밀어줄게."

셔츠 단추를 풀면서 한미정이 말했으므로 김태일은 머리를 끄덕였다.

"그래, 먼저 맥주 한잔 마시고."

한미정의 허리를 두 손으로 잡아 세운 김태일이 몸을 돌려 냉장고로 다가갔다. 벗고 욕실에 들어가면 바로 작업에 들어 갈 수 밖에 없는 것이다. 한미정이 벗고 따라 올 테니 감당하기가 힘들어진다. 냉장고에서 맥주병을 꺼낸 김태일이 한미정에게 묻는다.

"너도 한잔 줄까?"

그러고는 대답도 기다리지 않고 덧붙인다.

"한잔 마셔, 그래야 분위기가 더 나아질 테니까."

"난 안 마셔도 분위기는 됐어."

뒤쪽에서 웃음 띤 목소리로 한미정이 말했다.

"하지만 한잔은 마실게."

오후 4시 55분, 방으로 들어선 최경만에게 전석호가 웃음 띤 얼굴로 말했다.

"이거, 하루에 두 번씩 오시게 해서 미안합니다."

"아닙니다."

자리에 앉은 최경만이 쓴웃음을 지었다.

"당연히 해야 될 일인데요. 뭐."

"아까 보내주신 자료, 체크해보았는데 훌륭했습니다."

"인정해주시니까 고맙습니다."

그러자 전석호가 정색하고 말했다,

"이번에 귀국하면 최선생이 훈장을 받도록 추천서를 제출할 생각입니다."

"아이구, 그렇게까지."

역시 정색한 최경만이 손을 젓는다.

"제가 훈장을 바라고 이런 일을 하는 것이 아닙니다. 모두 조국과 장군님을 위해서 하는 일입니다."

"그래도 보상은 있어야 합니다."

그리고는 전석호가 은근한 표정으로 말을 잇는다.

"이덕수씨한테 이야기 하겠지만 최선생은 앞으로 연간 공작금을 20만불씩 받게 될 것입니다."

놀란 최경만이 숨을 죽인다. 지금까지 최경만은 년간 10만 불씩을 받았던 것이다. 그것이 12년 동안 한 번도 인상되지 않았다. 눈만 껌벅이는 최경만을 향해 전석호가 얼굴을 펴고 웃어 보인다.

"미국놈들이 아무리 숨통을 조이려고 해도 우린 끄덕없습니다. 그러니까 기운을 내시라요."

"사람을 찾는데요."

하고 주엔이 말하자 프런트 여직원이 먼저 위아래를 훑어보았다. 그리고는 얼굴을 펴고 웃는다.

"네, 말씀하세요."

"투숙객 중에 타옹마이라는 남자를 찾는데요. 호치민에서 왔는데 방 번호가 몇이죠?"

"손님, 그건 좀 곤란한데요."

검은 얼굴의 여직원이 울상을 지으면서 웃는다. 기계적인 표정이다.

"규칙상 손님 방 번호는 알려주지 못하게 되어 있어서요. 손님한테 연락을 해보시는 것이 낫지 않을까요?"

"그럴까요?"

하고는 주엔이 손에 든 가방의 지퍼를 연다. 그리고는 옆쪽으로 비켜 서자 직원의 시선은 다른 곳으로 돌려졌다. 프런트 앞은 손님들이 들락였기 때문에 조금 혼잡하다. 그래서 주엔은 가방을 뒤적거리면서 조금 더 옆쪽으로 비껴 섰다. 그러자 이제는 몸이 경비실 문 옆으로 옮겨졌다. 주엔은 가방에 든 수류탄을 쥐고는 심호흡을 했다. 조금 전에 경비실로 경비원 하나가 들어갔는데 그냥 문고리를 비틀고 문을 열었다. 안에서 잠그지 않은 것이다. 다시 한 번 심호흡을 한 주엔은 주위를 둘러보았다. 이쪽에 신경을 쓰는 사람은 없다. 조금 더 문 옆으로 다가간 주엔은 경비실 문의 손잡이를 쥐었다. 손잡이를 비틀어 문을 20센티미터쯤 열고나서 주엔은 가방에 손을 넣었고 수류탄 두 개의 안전핀을 함께 뽑았다. 심장이 무섭게 뛰었지만 손놀림은 정확하다. 이윽고 수류탄을 꺼낸 주엔이 문 안쪽으로 집어 던졌다. 한 개, 두 개, 던지고 나서 손잡이를 잡아당겨 닫고는 다시 주위를 둘러보았다. 주엔이 다시 한 번 심호흡을 하고난 순간이었다.

"꽈광!"

엄청난 폭음이 울리면서 문짝이 부서지더니 폭풍이 품어져 나왔다. 문 옆으로 비켜섰지만 주엔은 비틀거렸다. 그때 다시 또 한 번의 폭음이 울린다.

"꽈광!"

이번에는 온갖 파편이 쏟아져 나오면서 주엔은 프런트 데스크의 모서리에 어깨를 부딪치며 주저앉는다. 그때 사방에서 비명이 일어났다. 주변에서 어물거리고 있던 직원들이 먼저 도망친다. 주엔도 몸을 일으켜 뛴다. 부서진 경비실 문 안에서 이제는 불길이 뻗어 나오고 있다.

"비켜! 비켜"

하면서 달려온 공안이 주엔을 밀치고는 경비실로 다가섰지만 안으로 들어서지는 못한다. 그때 겨우 구석 쪽 기둥에 붙어선 주엔이 로비를 둘러보았다. 난장판이다. 모두 한 덩어리가 되어서 현관 밖으로 도망치고 있다. 그때 주엔이 핸드폰을 꺼내들고 버튼을 누른다. 아우성을 치면서 남녀노소 할 것 없이 옆을 스치며 달렸고 몇 명은 넘어지며 울부짖는다. 누구도 주엔을 주시하지 않는다. 이윽고 신호음이 그치더니 응답소리가 들렸다.

"네."

김태일의 목소리, 그때 주엔이 짧게 말했다.

"시작해요."

"자, 가실까요."

하고 전석호가 소파에서 몸을 일으켰으므로 최경만은 커피잔을 내려놓았다.

"이덕수씨는 3년 전에 훈장을 받았지요."

"그래서 우리 공화국에서는 사단장 대우를 받습니다."

전석호가 정색한 얼굴로 말을 잇는다.

"이제 최선생은 그런 대우를 받게 될 것입니다."

오늘은 방안에 수행원 한 명이 들어와 있었는데 벽 쪽에는 어제보다 두 배는 될 것 같은 가방이 쌓여 있다. 모두 질겨 보이는 헝겊가방이다.

"동무는 여기 남아 있어."

전석호가 사내에게 말한 순간이다. 폭음이 울리면서 방이 흔들렸다. 놀란 전석호가 반쯤 문을 열다가 멈춰 섰다.

"꽈광!"

또 한 번의 폭음이 울리더니 선반에 놓인 장식물이 우르르 떨어졌다. 그때였다. 갑자기 방안으로 사내 하나가 밀치고 들어서는 바람에 전석호는 비틀거렸다.

이맛살을 찌푸린 전석호가 눈을 치켜떴다. 낯선 사내가 서있는 것이다. 거기에다 사내는 손에 권총을 쥐고 있다.

"누구야?"

전석호가 소리쳤다. 입을 딱 벌린 최경만은 몸이 굳어져 있다. 아래층의 소음이 이곳까지 울리고 있다. 비명과 아우성이다. 그 순간이다.

"퍽!"

모래주머니를 몽둥이로 두드리자 같은 소음이 들리더니 화약 냄새가 맡아졌다.

"퍽! 퍽!"

또다시 두 번 소음이 울렸을 때 먼저 벽 쪽의 경비원이 가슴을 움켜쥔 채 쓰러지는 중이었고 그다음에 앞에 서 있던 전석호가 뒤로 반듯이 넘어지면서 벽에 뒷머리를 부딪쳤다. 벽 쪽의 사내는 이미 엎어져 있다.

그때 사내의 총구가 최경만에게로 옮겨졌다.
"아이구."
저도 모르게 비명을 지른 최경만이 두 손을 휘저을 때였다.
"퍽! 퍽!"
두 발의 발사음이 다시 울렸고 최경만은 머리가 부서지는 느낌을 받으면서 의식이 끊겼다.

"꽈광!"
엄청난 폭음과 함께 방이 흔들리는 바람에 이덕수는 눈을 치켜떴다.
"무슨 일이야?"
이곳에서는 경비실의 폭음이 들리지 않았다. 그래서 이덕수는 응접실에 앉아 TV를 보면서 전석호와 최경만을 기다리는 중이었다. 창가에 서 있던 경호원이 서둘러 바깥 대기실로 나가더니 곧 굳어진 얼굴로 돌아왔다.
"회장님, 엘리베이터가 전기 합선으로 추락하면서 불길이 올라오고 있다는데요. 비상계단으로 대피하라는 연락이 왔습니다."
경호원이 보고 했을 때 이번에는 보좌관 기노시다가 들어와 말한다.
"회장님, 바깥 복도에 연기가 밀려오고 있습니다. 서두르셔야 됩니다."
"이놈의 호텔."
잇사이로 말한 이덕수가 몸을 일으켰다.
"역시 후진국은 별거 없다니까? 그럼 전석호도 오지 못하겠군."
"그럼요, 지금 대피하고 있겠지요."
경호원들이 서둘러 짐을 챙겨 나왔고 일행은 곧 안쪽의 비상계단으로 다가간다. 비상계단의 입구는 철문으로 닫혀있었는데 강철빗장까지 가로질려져 있다. 쇳소리를 내면서 빗장을 뺀 경호원이 비상 철문을 열자 신선한 공기가 몰려 들어왔다. 일행도 서둘러 비상계단을 내려가기 시작했다.

"전석호가 돈가방 치우느라 애쓰겠다."

문득 이덕수가 말했지만 아무도 대답하지 않는다. 9층까지 내려간 그들은 곧 8층의 계단으로 꺾어졌다. 앞장선 경호원은 손에 이덕수의 가방 하나를 쥐었는데 덤덤한 표정이다. 그가 계단의 모퉁이를 돈 순간이다.

"퍽!"

둔탁한 총성이 울리면서 경호원은 털썩 주저앉더니 뒤로 넘어졌다. 바로 그 뒤를 따르던 이덕수는 손에 총을 쥔 채 나타난 사내를 보았다. 바로 2미터쯤 앞이다.

"아앗!"

놀란 외침은 이덕수의 뒤쪽에서 울렸다. 보좌관 기노시다가 소리친 것이다. 그 순간이다.

"퍽! 퍽! 퍽! 퍽! 퍽!"

사내의 총구가 흔들리면서 발사음이 계속해서 울렸고 이덕수는 머리가 부서지는 느낌을 받으면서 계단 밑으로 굴러 떨어졌다.

시클로는 어두워지는 시내를 힘차게 달려가고 있다. 뒷좌석에 마주보고 앉은 김태일과 주엔은 말이 없다. 둘의 앞 차클로 바닥에는 가방 한 개가 놓여 있다. 김태일의 배낭이다. 그때 문득 김태일이 손목시계를 본다. 오후 6시 5분, 로얄호텔을 빠져 나온 지 15분이 지났다.

그동안 시클로는 호텔에서 4킬로는 떨어졌다. 사거리 7개를 지났고 주택가 2개를 지나 이제는 교외로 달려가는 중이다. 그때 주엔이 시클로 운전사에게 베트남어로 짧게 말했더니 속력이 뚝 떨어졌다. 1차선을 맹렬하게 달리던 시클로가 길을 대각선으로 가로질러 3차선으로 들어선다. 그리고는 국수가 그려진 음식점 앞에서 멈춰 섰다.

"여기서 내려요."

주엔이 낮게 말했으므로 김태일은 가방을 밖으로 던지고는 뛰어내렸다. 그리고는 10불짜리 지폐 2장을 꺼내 운전사에게 내밀었다. 약속보다 두 배를 더 준 것이다. 운전사가 어둠속에서 이를 드러내고 웃는다.

"땡큐, 보스."

시클로가 시야에서 사라졌을 때 주엔이 김태일에게 말했다.

"하이퐁으로 갑시다."

김태일이 눈썹을 모았지만 입을 열지는 않았다. 안내는 주엔의 임무였기 때문이다. 주엔이 턱으로 앞쪽을 가리켰다.

"저기 길가에 차를 세워 놓았어요."

그래서 이곳에서 시클로는 멈춘 것이다.

주엔이 앞장을 섰고 배낭을 멘 김태일이 지친 여행자처럼 뒤를 따른다. 이곳은 변두리 지역이어서 길가의 행인 차림새가 후줄근했다. 아이들은 맨발이 많다. 50미터쯤 길을 따라 걸었더니 꽤 큰 음식점의 간판이 보였고 길가에는 수십 대의 차량이 주차되어 있다. 주엔이 그 중 밝은색 소형차에 키를 꽂아 운전석에 오른다. 가방을 뒷좌석에 던져놓은 김태일은 주엔의 옆자리에 앉는다. 차는 한국산이다. 차를 발진시키면서 주엔이 말했다.

"10킬로미터쯤 가면 강이 나와요. 강에다 무기를 버리고 여권을 찢어 없앤 다음에 떠나요."

"하이퐁 다음의 목적지는?"

김태일이 묻자 주엔은 앞쪽을 향한 채 대답한다.

"그건 하이퐁에서."

길에서 1백 미터쯤 떨어진 작은 강가로 다가간 둘은 무기를 던지고서 김태일의 여권 등을 찢어 강물에 흘려보냈다. 이미 어둠이 덮인 강가에는 그들 둘 뿐이다. 김태일은 주엔이 준비한 옷으로 갈아입었는데 이번에도 여행자 차림이다. 강가에 앉아 플래시로 새여권을 살핀 김태일이 쓴웃음을 짓는다.

"이경수가 되었군. 얼굴도 비슷하고."

오후 8시가 되어가고 있다. 하이퐁까지의 거리는 30킬로 정도, 긴장이 풀린 김태일이 차의 바퀴에 등을 붙이고 앉아 어둠에 덮인 강을 보았다. 뒷쪽에선 주엔도 말이 없다. 강물 흐르는 소리가 희미하게 들린다. 희미하게 느껴지는 진동은 국도를 달리는 차량 때문일 것이다. 그러자 문득 이것이 꿈속 같다는 생각이 든다. 그래서 김태일은 차분하게 오늘 작전의 사상자를 세어보았다. 주엔이 처리한 경비실 쪽은 모르겠다. 이 쪽은 808호에서 경호원 둘, 전석호와 최경만 그리고 1002호의 경비원 넷에 이덕수까지 다섯, 모두 아홉 명이다. 심호흡을 한 김태일이 어둠속에서 오른손을 펴고 손을 보았다. 살인을 했어도 무감각하다. 이것은 북한에 침투한 후부터 이렇게 변한 것 같다. 마치 꿈속 같다. 그때 뒤쪽에서 주엔이 말했다.

"자, 갑시다."

아랫입술을 혀로 축인 노기준이 전화를 고쳐 쥐었다. 그때 송화구에서 굵은 사내의 목소리가 울렸다.
"나, 국장이야."
정광수 국장, 국정원 해외사업국장으로 노기준의 직속상관이다. 오후 8시 10분, 한국시간은 오후 6시 10분이다. 노기준이 어깨를 부풀리며 말한다.
"국장님, 오늘 오후 6시경, 하노이 신시가지 소재 로열 호텔에서 1급 상황이 발생했습니다."
1급 상황이랑 VIP의 암살을 말한다. 적군이나 아군이나 같다. 놀란 듯 국장은 침묵을 지켰으므로 노기준은 말을 이었다.
"호텔에 투숙했던 북한 외교부 제1부부장 전석호와 수행원 둘은 사살되었습니다. 그리고 현장에 있던 한국대학 지리학과 교수이며 환경재단 상임이사 최경만도 같이 살해되었습니다."
"……"
"그리고 또 있습니다."
노기준의 자신의 목소리가 조금 높아진 것을 깨닫고는 심호흡을 했다. 마치 기쁜 일을 보고하는 것 같은 분위기였기 때문이다. 진정해야 한다.
"특실에 있던 조총련계 일광회 회장 이덕수와 그 수행원 넷도 사살되었습니다. 거기에다 호텔 경비실의 경비원 셋이 수류탄 폭발로 폭사했습니다. 지금 하노이는 비상 상황입니다. 거리마다 검문이 실시되는 중이고 외곽도로는 봉쇄 되었습니다. 그리고……."
"이봐, 노영사."
정광수가 낮게 불렀으므로 노기준은 숨을 멈췄다. 지금 하노이의 모든 대사관은 본국에다 소리쳐 보고하고 있는 것이다. 인터넷이 있지만 역시 전화보고가 가장 효율적이다. 느낌이 그대로 전해진다. 그리고 이 사건은 비밀이 아니다. 숨겨 보고할 이유가 없는 것이다. 그때 정광수의 차분한 목소리가 송화구에서 울려나왔다.

"그럼 우리 한국 국민도 한 명이 살해 되었단 말이군, 그렇지?"

"예, 그렇습니다."

"일본인은 몇 명이라구?"

"다섯입니다. 국장님."

"북한 외교관 일행은?"

"셋입니다. 국장님."

그러자 송화구에서 정광수의 다부진 목소리가 흘러나왔다.

"지금 즉시 내역을 문서로 보고하도록, 기다리겠다."

"그렇다면 누구란 말인가?"

베트남 주재 미국대사 제임스 라이언은 국무부 아주 차관보 출신이다. 그래서 남북한 관계는 물론이고 베트남과의 인연도 깊고 있어서 의회에 단골로 출석하는 인물이다. 제임스의 질문을 받은 아놀드가 눈썹을 좁히고 대답했다.

"한국 정부가 관여했다는 증거는 현재까지 잡히지 않았습니다. 한국과의 거의 모든 통신을 체크했지만 그쪽도 당황한 것 같습니다."

"그들도 만만치 않아. 아놀드."

쓴웃음을 지은 제임스가 말을 잇는다.

"증거에 입각한 결과를 내놓은 당신입장도 이해가 가는데 이건 한국의 비밀조직 소행이야. 내 심증이 맞을 거야."

"그렇다고 대놓고 나설 수는 없는 일 아닙니까? 더구나 한국은 우리

맹방이고 처형당한 사내들은 모두 우리의 적이었습니다."
"금방 처형이라고 했나."
정색하고 물었던 제임스가 곧 어깨를 늘어뜨리며 긴 숨을 뱉는다.
"어쨌든 베트남 입장으로서는 어떤 놈이 집안에 불을 지르고 도망간 꼴이 되었군. 당분간 골치 아파 지겠어."
그러나 제임스의 얼굴에는 웃음기가 번져있다. 오랜만에 저런 얼굴을 본다.

밤 10시 반이다. 주위는 조용했지만 건너편 본관의 영사실에는 퇴근했던 직원들이 모두 불려와 있다. 제임스의 방을 나온 아놀드가 심호흡을 했다. 경비실의 감시 테이프가 모두 화재로 소실되었지만 베트남 공안청은 필사적으로 정보를 모으고 있다. 그리고 벌써 몇 가지 증거와 용의자를 추려 놓았다. 빠르고 정확한 솜씨다. 먼저 프런트에서 근무하던 직원 하나가 경비실이 폭파되기 전에 근처에 있던 여자를 신고했다. 긴 머리, 큰 키에 베트남 여인으로 미인, 지금 몽타주를 작성하는 중이다. 또 803호실에 투숙한 애인을 찾아가던 남자, 공안의 검문에서 한국인 여권을 제시했는데 803호실을 수색한 결과 약에 취해 쓰러진 여자만 발견되었다. 그 남자 몽타주도 작성 중이다. 계단을 내려가면서 아놀드가 혼잣소리처럼 말한다.
"북한놈들은 지금 자다가 벼락을 맞은 꼴이겠군."
죽은 전석호의 방에서 돈이 든 가방 14개와 한국의 군사 기밀이 기록된 디스켓까지 발견된 것이다. 모두 이시다와 최경만이 전석호에게 전해준 것이 분명했다. 세 놈 다 한국 입장에서 보면 적이며 반역자인 것이다. 증거 따지기 전에 늙은 제임스의 심증이 맞다고 봐야한다.

참사관 이진웅은 베트남어에 유창하다. 눈을 치켜뜬 이진웅이 말을 잇는다.

"그렇다면 용의자 몽타주가 완성되면 우리한테도 주십시오. 부탁합니다."

부탁한다고 했지만 태도나 말투는 위압적이다. 트람 반 노이는 소리 죽여 숨을 뱉는다. 오후 10시 40분, 처음에 이진웅에 호의적이었고 동정적이었던 마음은 이미 깨끗이 사라졌다. 이제는 슬슬 거부감이 쌓이는 중이다. 그러나 트람의 입에서는 마음과 다른 말이 나온다. 목소리도 부드럽다.

"알겠습니다. 적극 협조해 드리겠습니다."

"그럼 808호실에 있던 물품을 지금 회수해가도 되겠지요?"

"예, 확인서에 서명을 해주시면······."

"장물이 아니니까 그런 건 필요 없다고 생각하는데요."

트람의 눈을 똑바로 보면서 이진웅이 말을 잇는다.

"외교관의 소유물을 귀국 정부는 일방적으로 압류해간 것입니다. 이건 국제법에도 어긋납니다."

"알겠습니다."

여전히 부드러운 표정으로 트람이 머리를 끄덕였다.

"그럼 확인이나 해주시지요."

그리고는 트람이 책상 위에 놓인 서류를 이진웅 앞으로 밀어놓는다. 공안청의 정보국장실 안이다. 방안에는 트람과 제2 정보과장인 소동, 그리고 이진웅과 대사관 무관인 변용호까지 넷이 둘러앉았다. 서류를 훑어보는 이진웅의 눈썹이 치켜 올라갔다. 50대 중반의 이진웅은 현역 인민군 소장으로 베트남의 군 고위층의 친지가 많다. 트람 보다는 급이 높은 인간인 것이다.

"아니, 가방이 14개에 1,400만 불이라고 적혀있는데, 이건 틀렸습니다."

이진웅이 서류를 책상위에 던지듯 놓는다. 그리고는 주름진 눈꺼풀을 들고 트람을 노려보았다.

"가방 한 개가 빠져있어요. 현금 1백만 불이 빠졌단 말입니다."

"이것 보십시오. 참사관님."

마침내 트람의 얼굴에서 웃음기가 지워졌다. 트람이 한마디씩 분명하게 말한다.

"그건 우리 베트남 공안청을 모욕하는 말씀입니다. 우린 가방 14개의 현장 사진을 찍었고 내용물은 현장에서 발견한 그대로란 말씀입니다."

"받아 들일 수 없습니다."

하고 이진웅이 머리까지 저으며 말했을 때 트람의 인내력도 한계에 닿았다.

"그럼 원칙대로 하십시다. 사건이 해결될 때까지 현장의 모든 물품은 베트남 공안청이 압류해 놓겠습니다."

트람이 갈라진 목소리로 말했을 때 이진웅이 자리에서 일어선다. 의외로 얼굴에 웃음기가 떠올라 있다.

"좋습니다."

그러더니 몸을 돌리면서 덧붙였다.

"두고 보십시다."

눈을 뜬 김태일은 음식 냄새를 맡는다. 창밖은 환했고 열린 창을 통해 도시의 소음이 들려온다. 이곳은 하이퐁시 즈항사 근처의 이 층 시멘트 건물, 그러나 긴 복도 좌우에 수십 세대가 살고 있어서 연립주택이나 같다. 침대에서 상반신을 일으킨 김태일은 문짝대신에 늘어뜨린 구슬로 만든 발 건너편에서 오가는 주엔을 본다. 주엔이 음식을 만들고 있는 것이다. 집은 좁았다. 침실 하나에 주방 겸 거실, 그리고 현관 옆에 욕실이 배치된 구조로 모두 합해서 10평도 안 된다. 어젯밤 시내 주차장에 차를 세우고 거의 30분을 걸어 이곳에 도착했을 때 냉장고에는 음식이 가득 있었는데다 밥통의 밥도 지은 지 얼마 되지 않았다. 주엔이 키로 문을 열고 들어왔는데도 빈 집 같지가 않아서 김태일은 여러 번 집안을 둘러보았던 것이다. 그러나 주엔은 이 집이 어떤 집인지 말해주지 않았고 김태일도 묻지 않았다. 안내는 주엔의 몫인 것이다. 차일을 걷은 김태일이 밖으로 나왔을 때 주엔이 머리만 돌리고 말했다.

"뉴스에 보도 되었어요. 범인은 남녀한쌍으로 용의자 몽타주가 전국 공안에 배포되었다고 하는군요."

그러자 김태일은 잠자코 주엔을 응시한 채 움직이지 않는다. 주엔은 거실의 소파에서 잤다. 김태일이 소파에서 자겠다고 했지만 완강하게 고집을 부린 것이다. 그런데 밤사이에 주엔의 모습이 변했다. 길었던 머리가 짧아졌고 눈썹모양도 달라져서 다른 여자처럼 보인다. 끓는 물에다 국수를 넣으면서 주엔이 말을 잇는다.

"욕실에 변장 도구가 있어요. 식사 끝내고 얼굴을 만지고 나서 오후 1시까지 바닷가로 가야합니다."

"배로 떠나는 건가요?"

"하롱베이에서 한국 관광객들하고 합류해야 되니까요."

그러고는 주엔이 머리를 돌려 다시 김태일을 보았다.

"하롱베이에서 다음 스케줄을 말해드리지요."

그리고는 덧붙인다.

"빨리 서둘러야 해요."

"어쨌든 작전은 성공했으니까."

혼잣소리로 말한 김태일이 문득 생각났다는 표정으로 묻는다.

"주엔, 당신도 같이 탈출하는 거요?"

"난 당신을 베트남에서 떠나보내는 것으로 임무가 끝납니다."

다시 머리를 돌린 주엔이 국수를 저으면서 말을 잇는다.

"그러니까 오늘 밤까지가 되겠네요."

하이퐁에서 하롱시의 바이짜이까지 운행하는 여객선은 만원이었는데 수백 명의 승객중 절반이 여행자들이다. 여행자중 절반이 동양인이었고 그중 절반 정도가 한국인이었으므로 김태일과 주엔은 그들 속으로 끼어들었다. 그러나 멀찍이 떨어져 남남인 것처럼 행세를 했다. 공안청이 전국의 공안에 용의자 몽타주를 배포 했다지만 선착장의 공안들은 누구를 찾는 것 같지는 않았다. 김태일은 여객선 이 층 갑판 뒤쪽에 서서 스크류가 일으키는 물결을 본다. 여객선은 이제 부두를 떠나 머리를 바닷쪽으로 돌리는 중이다. 옆쪽에는 한국인 여자 셋이 떠들고 있다. 몸을 돌린 김태일이 주위를 둘러보았다. 승객은 2백여 명, 배에도 공안이 두 명 타고 있다. 오전에 주엔이 짧게 커트해준 머리가 어색하게 느껴졌으므로 김태일은 손으로 머리칼을 쓸어 올렸다. 눈썹의 선을 조금 가다듬고 테가 가는 안경을 끼고 나니까 고생 모르고 자란 집안의 막내아들처럼 보였지만 모습은 자연스러웠다. 그때 김태일의 시선에 주엔의 모습이 비춰졌다. 왼쪽의 난간에 서서 두 남자하고 이야기를 주고받고 있는 주엔의 표정은 밝다. 가끔 이를 드러내며 웃기도 한다. 심호흡을 한 김태일의 시선이 옆으로 옮겨졌다. 그러자 기다리고 있었다는 듯이 옆쪽 여자가 시선을 받는다. 그리고 웃어 보인다.

"한국분이시죠?"

하고 여자가 한국어로 물었으므로 김태일은 먼저 웃는다. 그리고 자신의 이름 이경수라는것을 다시 상기 해놓는다.

"예, 잘 아시네."

"그럼요."

활짝 웃는 여자의 모습이 귀엽다. 스물 두엇쯤 되었을까? 문득 로얄호텔 803호실에 두고 온 한미정이 떠올랐다. 맥주에 약을 타 먹였지만 지금은 깨어나 공안청에 잡혀있을 것이다. 여권조회도 끝나 한국에서 수배자가 되어 있다는 것도 드러났겠지. 그러나 곧 풀려나게 될 것이다. 그때 여자가 말했다.

"전 윤희선이라고 해요. 오빠는요?"

"난 이경수."

분명하게 이름을 말한 김태일이 덧붙였다.

"회사에다 한 달 휴가를 내고 여행 중이야."

그리고 베트남에 온지는 오늘로 사흘째가 된다. 입국 스탬프에 그렇게 찍혀져 있는 것이다.

여객선이 하롱시의 바이짜이에 도착했을 때는 오후 3시경이다. 여행자들과 함께 부두에 내린 둘은 제각기 다른 일행에 섞여 있었지만 서로 위치는 확인했다.

"오빠, 우린 저 위쪽의 '파라다이스'란 여행자 숙소에 머물건데."

윤희선이 눈으로 앞쪽 길을 가리키며 김태일에게 말했다. 두 친구는 뒤쪽에서 웃음 띤 얼굴로 서 있다.

"오늘 오후에 연락해요. 찾아오면 더 좋고."

"그래, 알았어."

머리를 끄덕인 김태일이 손을 들어 보이고는 몸을 돌렸다. 마침 주엔도 두 사내하고 헤어지는 중이다. 앞장선 주엔이 길가에 선물가게 안으로 들어갔으므로 두리번거리는 시늉을 하던 김태일도 들어선다. 여행자가 많아서 부두의 좁은 길은 행인들도 어깨를 부딪칠 정도였다. 선물가게 안에는 서양 손님 두 명이 조각상을 고르고 있었는데 주엔은 안쪽에서 싸구려 선글라스를 써보는 중이다. 김태일이 다가가자 주엔은 외면한 채 말했다.

"6시 정각에 쾌속정을 타고 바다로 나갑니다."

"어디로?"

"중국 국경 근처의 몽까이."

주엔이 입술만 달싹이며 말을 잇는다.

"거기서 다시 중국령 팡청강까지 가는 거죠. 당신 여권에는 당신이 이틀 전에 하이난에 도착한 것으로 스탬프가 찍혀져 있으니까요."

"그 쾌속정이 팡청강까지 곧장 가나?"

"몽까이까지 세 시간이 걸려요. 난 몽까이에서 내리고 거기서부터 당신이 혼자 갑니다."

"섭섭하군."

그러자 주엔이 쓰고 있던 싸구려 선글라스를 벗었다. 시선이 똑바로 김태일에게 향해져 있다.

"팡청강에 도착하면 연락을 하세요."

주머니에서 핸드폰을 꺼낸 주엔이 김태일에게 내밀었다.

"전원을 켜면 번호가 한 개 입력되어 있을 겁니다. 그것이 중국 연락원 번호죠."

"배를 타려면 아직 세 시간이나 시간이 남아 있는데."

손목시계를 내려다보는 시늉을 하면서 김태일이 말했다.

"장소를 옮겨야겠어."

잠시 후에 둘은 혼잡한 시장의 국수가게에서 마주보며 앉았다. 이제는 익숙해진 쌀국수를 김태일은 국물까지 다 마셨지만 주엔은 젓가락으로 깨작거리다가 말았다. 국수집 손님은 여행자와 원주민이 반반쯤 되었는데 소란했다. 쉴새 없이 웃음이 일어났고 고함소리에 놀랐다가 곧 익숙해졌다. 오히려 안정이 된다. 주엔이 먼저 입을 열었다.

"이곳까지는 계획에 차질이 없었지만 미리 말씀드리죠. 7번 부두에서 '샤크'라는 이름의 쾌속정이 6시에 기다리고 있기로 했어요."

김태일의 시선을 받은 주엔이 말을 잇는다.

"선장 이름은 후앙, 접선 암호는 비엔과 타오니까 외워두세요."

"같이 가는 거 아냐?"

"만일에 경우에 대비 하는 거죠. 선장은 돈만 받으면 우릴 실어다 줄 테니까요. 몽까이를 거쳐 팡청강까지 5천 불 주기로 했어요."

"주엔, 당신은 몽까이에서 하노이로 돌아가나?"

불쑥 김태일이 묻자 주엔의 얼굴에 쓴 웃음이 번졌다.

"그래요, 김. 돌아갑니다."

김태일의 얼굴에도 웃음기가 떠올랐다.

주엔은 연락원겸 지원 업무를 했다. 주엔의 지원이 없었다면 작전은 실패했을 것이다.

그러나 서로의 신상이나 계획을 알 필요가 없는 것이다. 작전의 기본이다. 그때 김태일이 손목시계를 보는 시늉을 하면서 자리에서 몸을 일으켰다.

"주엔, 배를 탈 때까지 떨어져 있는것이 낫겠어."

"그래요, 난 아까 배에서 만난 두 남자하고 같이 있겠어요. 둘은 직장 다니다가 여행을 나왔다던데 괜찮아 보이더군요."

"나도 옆쪽 파라다이스 모텔에 가서 배에서 만난 애들하고 어울리겠어."

"6시 정각에 6번 부두의 '샤크'예요."

김태일의 등에 대고 주엔이 다짐하듯 말했다.

"선장 이름이 후앙, 암호는 비엔, 타오."

'파라다이스'는 배낭 여행자 숙소로 윤희선은 친구 둘과 함께 4인실을 빌려 쓰고 있었다.

물론 방에는 화장실도 없다. 김태일을 방으로 안내한 윤희선이 말했다.

"오빠, 방 잡지 않았으면 여기서 같이 자, 침대 하나가 비었어."

그러자 친구 둘이 깔깔 웃는다.

"어휴, 우린 귀 막고 자라고?"

하나가 눈을 흘기며 말했으므로 김태일도 따라 웃었다.

"나, 방 잡았어, 저기 그린 모텔."

"어휴, 오빠 돈 많은가 봐, 거긴 일 인실 방값이 50불이나 되던데."

친구 하나가 감탄한 표정으로 말한다.

셋은 고등학교 동창으로 대학을 졸업하고 일 년 째 백수로 지낸다고 했다. 그러다 한 달 예정으로 동남아 배낭여행을 떠난 것이다.

"시간은 좀 이르지만."

손목시계를 본 김태일이 말했다.

"내가 너희들한테 밥 사지, 해물요리가 유명하다던데 맛있는 집 가자."

"정말?"

하고 친구 하나가 금방 나섰고 다른 친구는 손뼉을 쳤다.

"배고파, 가자."

그러자 김태일이 윤희선의 어깨를 팔로 끌어안는 시늉을 했다.

"가자, 오빠가 다 너한테 점수 따려고 이러는 거란다."

"어휴, 소름."

친구 하나가 어깨를 움츠리며 말했지만 윤희선이 활짝 웃는다.

바르홍이 머리를 들고 창밖을 보았다.

창 밖은 바로 바이짜이의 혼잡한 시장통이어서 소음이 그대로 전해져 온다.

오후 3시 반, 가장 거래가 활발한 시간이다. 창에서 시선을 뗀 바르홍이 푸이에게 말한다.

"어쩔 수 없어, 일제 검문을 실시해, 4시 이후로 떠나는 배들은 모두 체크하고, 특히 한국 연놈들은."

잠깐 말을 멈춘 바르홍이 거친 피부의 얼굴을 손바닥으로 쓸었다.

"철저하게 조사하도록."

"알겠습니다."

대답은 했지만 푸이의 얼굴은 찌푸려져 있다. 바이짜이지역 공안소장 바르홍은 부임한지 일 개월도 되지 않는다. 이른바 낙하산 인사로 하노이 공안청 교통계장이었다가 하룽베이 지역까지 담당하는 하룽시 산하 바이짜이 공안소장으로 영전되어 온 것이다. 머리를 든 푸이가 바르홍을 보았다.

"소장님, 배를 모두 체크하면 관광객들의 반발이 만만치 않습니다. 지난번에는 하룽베이행 관광선 출항을 늦췄다가 하노이에서 감찰반이 내려온 적도 있습니다."

푸이가 정색한 얼굴로 자신보다 나이가 다섯 살이나 어린 소장을 보았다.

바이짜이 공안소 보안과장인 푸이는 하룽베이 지역의 경비, 관광객 안전을 담당한 실무 책임자인 것이다. 바르홍의 기색을 살핀 푸이가 말을 잇는다.

"모조리 체크 할 수는 없으니까 의심나는 배나 관광객을 체크 하도록 하겠습니다."

그러자 바르홍이 쓴웃음을 짓는다.

"이봐, 푸이과장, 만일 그 두 년 놈이 여길 빠져 나갔다는 사실이 밝혀지면 자네가 책임 질 텐가?"

"그것은."

침을 삼킨 푸이가 입을 다물었다. 이런 식으로 말하면 견뎌낼 방법이 없는 것이다. 그때 바르홍이 말을 잇는다.

"관광객 불평은 어쩔 수 없어. 우리가 관광객 덕분으로 먹고 살지만 말야. 지시한 대로 해, 검문을 통하지 않고 나가는 연놈들이 있어선 안 돼."

"알겠습니다."

머리를 숙여 보인 푸이가 사무실을 나왔을 때 길가에 서서 기다리던 부하 짜로가 묻는다.

"어떻게 되었습니까?"

"4시 이후에 출항하는 모든 배는 검문검색을 받는다."

거리의 행인을 둘러보며 푸이가 지친 얼굴로 말했다.

"길목마다 막고 하노이에서 보내온 몽타주를 체크하고 특별히 한국인 연놈들은 철저히 조사하도록."

하노이 로얄호텔에서의 살상사건은 이제 전 세계 언론의 특종으로 보도 되어 있었지만 정작 베트남 안에서는 관심이 시들어졌다.

북한 당국이 보도 통제를 요구했기 때문이다. 그래서 이제는 사건을 보도하는 언론도 없는 상황이다. 그때 짜로가 입맛을 다시며 말한다.

"그럼 모든 여행스케줄은 엉망이 됩니다. 하롱베이는 물론이고 몽까이 지역까지 난리가 날겁니다."

그러나 어쩔 수 없다. 신참내기 바르홍한테 덜미를 잡힐 수는 없는 것이다.

"오늘 스케줄은 뒤로 미루고 여기서 술이나 마시자구."

주위를 둘러본 오학렬이 말을 잇는다.

"스케줄대로 움직이는 인생이 짜증나서 여행 떠난 것 아냐? 어때?"

"그러다가 내일부터는 늦춰진 스케줄을 맞추려고 두 배 고생을 하겠지."

정두성이 빈정거렸지만 싫은 내색은 아니다. 주엔은 웃음 띤 얼굴로 앉아 둘을 번갈아 본다. 부두 옆쪽의 여객선을 개조한 카페에는 여행객들로 혼잡했다. 주엔이 만난 한국인 배낭여행자 오학렬과 정두성은 직장 동료로 베트남을 여행 중이었다.

종업원에게 맥주를 시킨 오학렬이 은근한 눈빛으로 주엔을 본다.

"주엔씨는 한국에 한번 와 보셔야 돼요. 한국에서 일 년만 살면 그땐 완전한 한국 사람이 되는 겁니다."

주엔을 잠자코 웃기만 했다. 배에서 만난 이 두 한국남자한테 자신은 대학에서 한국어를 전공했지만 한국에 가본 적은 없다고 했던 것이다. 오학렬이 말을 잇는다.

"주엔씨 정도의 한국어 실력이면 장학생 코스로 유학도 될 텐데, 내가 알아볼까요?"

"아뇨, 괜찮아요."

웃음 띤 얼굴로 말한 주엔이 날라져온 맥주병을 쥐었다. 뻔한 수작이지만 오학렬의 진지한 태도가 호감이 갔다. 그때 정두성이 말했다.

"이놈은 주엔씨를 꼬시려고 지금은 정신을 못 차리고 있지만 내일 아침이면 제가 무슨 말을 했는지 다 잊어버렸을 겁니다."

"얀마."

오학렬이 눈을 치켜떴다가 곧 웃는다.

"주엔 씨, 정신을 못 차리고 있는 건 사실이지만 내일 다 잊는다는 건 악담입니다. 저놈은 지금 질투를 하고 있는 겁니다."

"알아요."

주엔이 웃음 띤 얼굴로 두 사내를 번갈아 보았다. 나쁜 인간들은 아니다. 감정에 솔직하고 밝은 성품들이다.

"저도 여행 중이라 들떠 있거든요. 그래서 내일이면 다 잊을지도 몰라요."

그러자 오학렬과 정두성이 서로의 얼굴을 보았다. 해석하기에 따라서는 오학렬이 오해 할 수도 있는 내용인 것이다. 그때 주엔은 카페 입구로 들어서는 세 사내를 보았다. 사복 차림이었지만 남방셔츠로 덮은 허리춤이 볼록했고 둘은 선글라스를 썼다. 공안이다. 잠깐 입구에 멈춰선 셋은 안을 둘러보더니 곧 발을 떼었다. 한 명이 뒤쪽 비상구로 다가갔고 둘은 입구에서부터 검문을 시작하는 것이다. 소란했던 카페 안이 잠깐 조용해졌다가 다시 이야기 소리로 덮어졌다.

그러나 모두의 시선은 검문을 하는 두 사내에게로 향해져 있다.

"저놈들이 동양인들만 조사하는데."

그쪽을 주시하던 정두성이 투덜거렸다.

"하노이 로얄호텔 사건 때문인가 보다."

하고 오학렬이 말하고는 맥주병을 들었다.

"소문으로는 한국에서 보낸 킬러가 저질렀다던데."

그대 두 사내가 한국인으로 보이는 여행자 한명과 시비가 붙었는데 금방 조용해졌다. 여행자의 손목에 수갑이 채워졌기 때문이다.

사내 한명이 수갑을 채운 여행자를 데리고 밖으로 나갔으므로 카페 안에는 둘이 남았다. 하나는 여전히 비상구를 지켰고 이젠 하나가 검문을 한다.

"빌어먹을 기분 잡치는데."

투덜거린 오학렬이 주엔을 향해 쓴웃음을 지어 보였다.

"베트남 공안은 체포할 때 피의자 권리를 말해주지 않는군요."

주엔은 웃기만 했고 어느새 검문은 옆쪽 테이블로 다가왔다. 옆쪽은 한국인 남녀 두 쌍이다. 여권을 받아 쥔 공안이 손에 쥐고 있던 사진과 비교를 한다. 사진과 여권, 그리고 실물의 얼굴을 차례로 훑어보는 것이다. 그런데 자세히 보면 손에 쥔 것이 사진이 아니었다. 축소된 몽타주 사진이다. 이윽고 공안이 여권을 돌려주면서 이쪽으로 몸을 돌렸다.

"패스포트."

공안이 손을 내밀며 말하자 셋은 모두 여권을 내밀었다. 그런데 주엔이 건네준 것은 신분증이다. 먼저 신분증을 살핀 공안이 주엔에게 베트남어로 묻는다.

"정보국에 계시군요. 여긴 웬일이십니까?"

"작전 중이오."

주엔이 짧게 대답하자 공안은 신분증을 건네주었다. 그때 주엔이 서둘러 말했다.

"아는 체 하지 마세요, 지금 위장하고 있으니까."

"알겠습니다."

굳은 얼굴로 말한 공안이 건성으로 오학렬과 정두성의 여권을 살피더니 돌려주었다. 공안이 옆쪽으로 건너가자 오학렬이 주엔에게 묻는다.

"뭐라고 합니까?"

"신분증은 꼭 갖고 다니라고 하는군요. 며칠간 여행이냐고 묻기에 곧 돌아간다고 했습니다."

"살벌했는데 무사히 끝났네요."

공안의 등판을 보면서 정두성이 말했다. 개운한 표정이다.

3장 특수집행자

　가구도 있고 식품 재료, 어구까지 쌓여진 창고다. 김태일이 주머니에서 권총 한정과 탄창 하나를 꺼내 주엔에게 내밀었다.
　"아까 두 놈한테서 뺏은 거야. 만일의 경우에 대비해서 갖고 있도록 해."
　"만일의 경우."
　김태일의 말을 되뇌인 주엔이 권총을 받아 쥐더니 익숙한 손놀림으로 약실의 탄알을 확인했다. 로얄호텔에서 사용했던 무기를 강에 버렸다가 이제 다시 무장하게 된 것이다.
　"아마 지금쯤 이곳에는 공안과 정보국요원, 특수부 요원까지 수백 명이 증원되었겠죠."
　주엔이 어두워진 부두를 내려다보면서 말했다.
　"나도 이제 정보국 요원 생활을 청산하게 되었구요."
　놀란 김태일이 주엔을 보았다. 주엔은 처음 자신의 신상을 털어놓은 것이다.

김태일의 시선을 받자 주엔이 쓴웃음을 지었다.

"그래요, 난 정보국 요원으로 4년 근무 했습니다. 2년 전부터 한국 측에 포섭되어 있었지요."

"나한테 그런 말 안 해줘도 되는데."

"돈 때문이었죠. 어머니가 아팠고 오빠는 사고로 팔을 잃어서 가족이 굶게 되었으니까요. 그래서 월 3천 불을 받는 조건으로 일을 했습니다."

"……."

"조국을 배신하는 일은 안 한다는 조건을 붙였지만 그건 핑계일 뿐이죠, 난 계약한 순간부터 조국을 배신한 것이나 마찬가지였으니까."

"가족 생각해서 몸조심해야 돼."

겨우 김태일의 그렇게 말했을 때 주엔이 어둠속에서 이를 드러내고 웃는다.

"오빠 가족하고 아버지, 그리고 남동생까지 모두 라오스로 옮겨갔어요. 거기에서 제법 큰 정미소를 하고 있어요. 땅도 있어서 가족들이 먹고 살만 해요."

그러더니 주엔이 불쑥 묻는다.

"김, 당신은 어때요?"

"나 말인가?"

당황한 김태일이 손목시계를 보는 시늉을 했다. 6시 50분이다. 시간이 참 느리게 가는 것 같다. 김태일이 입을 열었다.

"그렇지, 내 여동생이 하나 있군."

이제야 생각났다는 듯이 김태일은 정색하고 말을 잇는다.

"부모는 다 돌아가셨고, 둘이야."

"조심해요, 김."

불쑥 말한 주엔이 이제는 어둠이 짙게 내려앉은 앞쪽 부두를 바라보았다.
 "난 조금 전에 마지막 지시를 받았어요. 앞으로 연를 끊겠다는 통고였죠, 그것은 이제 내 효용 가치가 없다는 말이나 같거든요."
 주엔이 머리를 돌려 김태일을 보았다.
 어둠 속에서 눈의 환창이 뚜렷하다.
 "그건 당신도 마찬가지 상황이죠. 당신 여권에는 중국 입국 스탬프까지 찍혀져 있지만 팡청각에서 요원과 접촉이 될지도 분명하지 않아요."
 "상관없어."
 쓴웃음을 지은 김태일이 손목시계를 보았다. 6시 55분이다.
 "날 놔둔다면 중국 관광이나 하지 뭐. 어쨌든 내가 아쉬울 건 없으니까."
 그리고는 엉거주춤 상반신을 일으켰다.
 "그럼 여기서 헤어지자구 주엔."
 김태일이 내민 손을 잡은 주엔이 정색하고 말한다.
 "잊지 말아요. 선장 이름은 후앙이고 암호는 비엔, 타오."
 출발 시간을 한 시간 늦췄지만 과연 배가 기다리고 있을지 알 수가 없다. 배낭을 어깨에 멘 김태일은 잠자코 몸을 돌렸다.

 "아직 안에 있을까요?"
 짜로가 묻자 푸이는 자신 있게 머리를 끄덕였다.
 "버스 터미널과 부두를 봉쇄 했으니까 안에 있어. 연놈들은 아직 빠져나가지 못했다."
 오후 7시 정각이다. 푸이는 짜로와 함께 임시 본부로 사용되는 5번 부두 앞의 휴게소에서 상황을 지휘하는 중이다. 그때 창가에서 귀에 리시버를 꽂고 통신을 하던 부하가 푸이에게 말했다.
"과장님, 4번 부두에서 한국인 두 명을 체포했답니다."
부하가 소리치듯 말을 잇는다.
"유효기간이 지난 여권을 갖고 있는 놈 하나하고 또 하나는 여권이 없는 놈입니다."
머리만 끄덕여 보인 푸이가 쓴웃음을 짓는다.
"오랜만에 바이짜이를 청소하는 셈이군."
로얄호텔의 용의자라면 그따위로 허술하게 여권 관리를 할 리가 없는 것이다.
그때 반대쪽 부하가 자리에서 일어나 푸이에게 송수기를 건네주었다.
"과장님, 소장님 전화입니다."
이맛살을 찌푸린 푸이가 수화구를 귀에 붙였을 때 곧 소장 바르홍의 목소리가 울렸다.
"과장, 곧 거기로 북한 대사관 직원들이 갈 거야, 하노이 본청에서 그들에게 협력하라는 지시를 받았으니까 적극 협력해주도록."
"북한 대사관 직원입니까?"
푸이가 되묻자 바르홍이 한마디씩 또박또박 말했다.
"그렇다. 정보를 다 알려주도록. 그들이 요구한다면 현장 투입도 허용해라."
이번 검문에 부정적이었던 푸이로써는 신참 소장 바르홍에게 약점을 잡힌 꼴이다. 통화가 끊겼을 때 푸이가 얼굴을 일그러뜨렸지만 입은 열지 않았다.

부두에서 배로 이어지는 부교가 어둠에 묻혀 보이지 않는다. 그러나 쾌속정의 선체는 보인다. 이곳은 7번 부두의 끝, 뒤쪽에서 희미한 소음이 들렸지만 이곳은 조용하다. 물결이 부교의 기둥에 부딪치는 소리가 선명하게 들린다. 김태일은 몸을 조금 숙인 자세로 쾌속정을 향해 한걸음씩 전진했다. 그러자 눈앞에 흔들리는 밧줄이 드러났다. 부교를 이은 밧줄이다. 발을 뻗자 나무판자의 감촉이 닿았다. 밧줄은 좌우로 뻗쳐져 있었는데 그것이 부교의 넓이일 것이다. 넓이는 일 미터 정도, 한 사람이 겨우 오갈 수 있도록 만들어졌다. 두 걸음 더 나갔던 김태일은 허리춤에 끼웠던 권총을 빼내 쥐었다. 베레타92-F, 15연발, 이곳 공안도 미군용 92-F를 사용한다. 쾌속정과의 거리는 이제 30미터 정도로 가까워졌지만 주위는 조용하다. 배 안에도 인기척이 없다. 오른쪽으로 50미터쯤 떨어진 곳에 2백 톤 정도의 하물선 한척이 매어져 있었는데 그쪽도 불을 켜지 않아서 검은 산 같다. 쾌속정과의 거리가 15미터쯤 되었을 때 김태일은 부교위에 엎드렸다. 쾌속정이 물결에 흔들리면서 삐걱이는 소리가 난다. 김태일의 엎드린 채 총을 쾌속정을 향해 겨누었다. 그리고는 낮게 부른다.

"후앙!"

그러나 대답이 없다. 잠시 숨을 고른 김태일이 다시 불렀다.

"후앙!"

그때 조타실 안에서 어른거리는 물체가 보이더니 사내의 목소리가 울렸다.

"비엔"

"타오."

김태일이 대답하자 조타실 밖으로 사내가 나왔다. 그때였다. 갑자기 사방이 눈이 부시도록 환해졌으므로 김태일은 눈을 가늘게 떴다. 그리고는 다음 순간 몸을 굴려 버렸다. 그러자 몸이 부교 밖으로 굴러 떨어지면서 바닷속으로 가라앉는다. 배낭까지 메고 있어서 깊게 가라앉고 있다. 김태일은 가라앉으면서 권총을 다시 혁대에 꽂았고 배낭에 넣은 산소 호흡기를 꺼내 입에 물었다. 배낭 안에는 삼십분용 작은 산소 탱크까지 넣어져 있다. 그동안 바이짜이의 시장에서 산 것이다. 그때 환해진 위쪽에서 요란한 발자국 소리와 함께 외침이 들렸다. 김태일은 이제 천천히 앞으로 헤엄쳐 나가기 시작했다. 목표는 옆쪽 8번 부두의 끝 쪽, 해가 지기 전에 미리 봐 두었던 곳이다.

"이런 썅."
이를 갈아붙인 변용호가 발을 구르자 부교가 심하게 출렁거렸다. 부교 위에 서 있던 요원들이 질색하고 양쪽 밧줄을 쥐었다. 그때 끝 쪽에 서 있던 부하가 소리쳤다.
"중좌동지, 공안들이 옵니다!"
머리를 돌린 변용호는 위쪽 부두에서 어지럽게 흔들리는 후레시 불빛들을 보았다. 공안들이 이곳으로 달려오는 것이다. 서치라이트를 환하게 켜내고 있으니 부두 전체의 주목을 끌었을 터였다.
"김대위, 네가 가서 돌려보내라."
변용호가 옆에 선 부하에게 지시했다.
"우리한테 협조하라는 지시가 내려 왔을 테니 조사 중이라고 돌려보내."
김대위가 서둘러 사라졌을 때 변용호가 소리쳤다.
"라이트 꺼!"

그 순간 옆쪽 화물선 갑판에서 비치던 서치라이트 불빛이 꺼졌다. 변용호가 다시 소리친다.

"저놈 데리고 돌아간다."

그리고는 어둠에 덮인 바다와 부교 주위를 부릅뜬 눈으로 둘러보았다. 거의 잡았는데 놓쳤다. 놈을 생포하려고 했던 것이 실수였는지 모른다. 그러나 놈은 용의주도했다. 놈은 부두를 통해 이쪽 부교로 접근해오지 않았다. 부교까지 물속으로 다가온 것 같다. 놈이 부교 위에 갑자기 나타났을 때는 요원들이 숨어있던 화물선에서 30㎡터쯤이나 떨어져서 손을 쓰지 못했던 것이다. 곧 요원들이 쾌속선 선장을 끌고 다가왔으므로 변용호는 어금니를 물었다. 선장의 입에는 테이프가 붙여져 있다. 김태일의 암호에 대답한 것은 변용호의 부하였던 것이다.

쾌속정 안에도 요원이 넷이나 있었지만 속수무책이었다. 아직도 근처를 수색하고 있는 요원들을 훑어 본 변용호가 몸을 돌리며 말했다

"이곳에 다섯만 남아 수색을 계속하고 철수다."

이미 놈은 사라졌다. 선장을 심문해도 윗선까지 닿지는 못할 것이었다. 놈들의 조직이 그렇게 엉성하지 않다.

"놓쳤단 말야?"

버럭 소리친 이진웅이 주먹으로 테이블을 내리쳤다. 하노이의 북한 대사관 안이다. 벽시계가 오후 7시 29분을 가리키고 있다. 핸드폰을 고쳐 쥔 이진웅이 소리쳐 묻는다.

"연놈들이 왔어?"

"하나만 왔습니다."

수화구에서 변용호의 목소리가 울렸다.

"하지만 바로 바닷속으로 들어가는 바람에……."

"이런 병신들."

"선장놈은 잡아 놓았습니다."

"그 선장놈이……."

했다가 이진웅은 어금니를 물었다. 7번 부두에 정박한 쾌속정 '샤크'에 두 명이 예약을 했다는 제보가 들어온 것은 오후 5시 반경이다. 제보자는 하롱시의 정보원 판시, 판시가 '샤크'의 선장 후앙의 친구이며 밀수업자인 로이한테서 1백 불을 주고 사들인 정보였다. 정보 내용은 놀란 만했다. 후앙이 중국령 광청강까지 두 명을 데려다주는 조건으로 5천 불을 받기로 했다는 내용이었다. 귀가 번쩍 뜨인 이진웅이 변용호와 요원을 헬기로 태워 보냈지만 이 꼴이 되었다. 이진웅이 핸드폰을 고쳐 쥐더니 눈을 치켜뜨고 앞쪽 벽을 보았다.

"이봐, 그, 판시한테 정보를 줬다는 놈, 그놈도 잡아라."

화물선 한 척이 다가오고 있다. 속력은 느렸지만 선수가 높았고 그 바람에 파도가 넓게 크게 일어났다. 어둠 속이어서 조타실에서는 이쪽이 보일리가 없었기 때문에 김태일은 서둘러 옆으로 비껴나기만 했다. 온몸이 피곤했지만 견딜 만은 했다. 8번 부두에서 4백 미터쯤 떨어져 있는 바다 위다. 이곳은 북동쪽으로 항해하는 배가 지나야하는 길목이다. 이제 산소탱크는 비었으므로 김태일은 구명조끼에 의지한 채 바다 위에 떠 있다. 화물선이 파도를 일으키며 옆을 지나고 있다. 선체 높이가 10여 미터나 되어서 기어오를 수도 없다. 화물선이 지나고서 일으킨 파도에 흔들리던 김태일이 다시 다가오는 배를 보았다. 거리는 1백미터 정도, 어둠속이어서 검은 선수만 보였는데 여객선 같다. 지금까지 수십

척의 배를 지나치게 했으므로 대충은 짐작할 수가 있는 것이다. 오후 8시 반이 되어 가고 있다. 7번 부두에서 바다를 뛰어든지 한 시간 반이 지났다. 이번 배도 속력이 느리다. 선수가 낮아서 올라탈 수 있을 것 같다. 김태일은 배의 선수를 겨냥하고 조금 옆으로 비켜 위치를 잡는다. 등에 맨 배낭의 끈을 조인 김태일이 다가오는 배를 노려보았다. 이윽고 어둠속에서 앞쪽에 흰 파도를 붙인 배가 다가왔다. 옆으로 비낀 김태일은 화물선인 것을 보았다. 그리고 선체도 낮다. 2미터 정도, 배가 3미터 쯤 사이를 두고 스치고 지나갈 때 김태일은 배의 후미가 더 낮아진 것을 보았다. 배는 자갈 채취선이었다. 김태일은 파도를 두릅쓰고 배로 접근했다. 그리고는 배의 선체를 두 손으로 움켜쥐었다. 그러자 몸이 배와 함께 끌려가고 있다. 이윽고 김태일은 다리 한쪽을 올려 선체에 걸쳤다. 다음 순간 몸이 솟구치면서 자갈더미 위로 떨어져 내렸다.

오전 9시 10분, 오늘은 아놀드 피셔의 방으로 노기준이 들어섰다. 아놀드가 쓴웃음을 지으며 눈으로 앞쪽 자리를 가리키며 말한다.

"어제 잡히려다가 말았어. 그래서 지금도 바이짜이는 모든 교통편이 통제되고 있어."

"어디서 잡히려다 만 거야?"

노기준이 묻자 아놀드는 의자에 등을 붙인다.

언론은 아무것도 보도하지 않은 것이다.

오직 정보기관들만 치열하게 움직이고 있다. 그중 정보력이 떨어지는 위치가 되면 이렇게 노기준처럼 구차한 방문을 해야만 한다. 노기준의 시선을 받은 아놀드가 입을 열었다.

"북한 애들이 덮쳤다가 실패 했어. 하지만 중국까지 실어 주기로 했던 선장은 잡아 갔더군."

"그럼 북한 애들이 정보를 먼저 얻었다는 말이군."

"그런 셈이지, 베트남 당국은 또 구정물을 뒤집어쓴 꼴이 되었지."

그리고는 똑바로 노기준을 보았다.

"마지막 과정이 허술해. 전문가답지가 않단 말야."

"글쎄, 그런가?"

"북한 측 정보원이 선장의 친구한테서 정보를 얻었다는데, 그 친구란 놈도 북한 측이 잡아갔더군. 그놈들도 뭔가 허술하다는 걸 눈치챘겠지."

"함정이란 말인가?"

"함정이라기보다 누가 정보를 흘린 것 같아. 선장 친구 놈을 통해서 말야."

"왜?"

하고 노기준이 묻자 아놀드는 쓴웃음을 짓는다.

"그걸 내가 아나? 효용 가치가 없으니 그 시점에서 끝내려고 했는지도 모르지. 또 내부 분란, 상대를 혼란시키려는 목적이 있는지도. 이유야 얼마든지 있어."

"어쨌든 그놈들은 더 깊게 숨겠군."

단정하듯 노기준이 말하자 아놀드도 머리를 끄덕였다.

"접촉하려다가 간신히 도망쳤으니까. 베트남 당국은 체면을 구겼지만 저희들이 놓친 건 아니니까 속으로 웃겠지."

노기준은 길게 숨을 뱉는다. 오늘 얻은 정보도 본국에 보고를 해야만 되는 것이다. 그쪽도 귀를 세우고 있다.

하노이 공안본청 정보국장 트람 반 노이가 바이짜이 공안소에 온 것은 이번이 처음이다. 오전 10시, 본청의 거물을 맞은 공안소는 비상 상황이 되어있다.

소장 바르홍은 현관에 나가서 트람을 맞았는데 긴장해서 말을 제대로 못했다.

더구나 어젯밤 7번 부두의 사건의 본청에 보고가 된 후부터 수십 번의 질책과 질문이 쏟아져 내려오는 통에 바르홍은 집에도 돌아가지 못하고 사무실에서 밤을 새웠다. 상황실에 안내되어 앉은 트람이 브리핑을 시작하려는 바르홍에게 말한다.

"여자 신원은 파악되었다. 본명은 지엔 사운, 25세, 하노이대 졸업 후에 정보국에 들어가 경력 4년, 주로 정보 5과 업무를 수행했다."

그리고는 소파에 등을 붙인다.

"그년이 한국놈의 안내역을 맡은 거야. 한국놈의 인적 사항은 아직 모른다."

상황실 안에는 간부들이 부동자세로 서 있었는데 그중에 푸이도 끼어 있다. 모두 숨을 죽였고 트람의 말이 이어졌다.

"북한 요원이 데려간 선장 후앙은 우리가 두 시간 후에 빼앗아왔다. 후앙의 정보를 팔아먹은 로이라는 놈도, 북한 정보원 놈은 놔뒀지만 곧 잡아 올거다."

쓴 웃음을 지은 트람이 둘러선 간부들을 훑어보았다.

"이건 우리 영토에서 일어난 남북한간 전쟁이야."

그렇다면 한국이 일으킨 전쟁이다. 푸이가 속으로 말했을 때 트람의 목소리가 울린다.

"남북한 양쪽 다 우리 법을 어긴 상황이다. 어느 한쪽 편을 들어줄 수가 없는 입장이야. 따라서."

길게 숨을 뱉은 트람이 결론을 낸다.

"봉쇄를 풀어라. 그렇다고 검문을 하지 말라는 것은 아니다. 수상한자는 검문을 하되 여행사, 여행자 모두 불편하지 않도록 하란 말이다."

그렇다면 원상으로 돌아왔다. 이 사건이 없었을 때처럼 행동하란 뜻이다. 어깨를 늘어뜨린 푸이가 힐끗 앞쪽에 서 있는 바르홍을 보았다. 바르홍도 안심한 표정이다. 부동자세로 선 채 연신 머리를 끄덕이고 있다. 이번에 바르홍도 교훈을 얻었을 것이다. 모든 일이 다 무 자르는 것처럼 뚝딱 해치워지는 것이 아니다.

개울가에서 나온 김태일이 다시 자신의 몸을 내려다보았다. 차림새를 훑어보는 것이다. 젖은 옷을 갈아입었고 개울물에 머리도 감아 말린데다 수염까지 깨끗이 밀어서 깔끔해졌다. 그러나 이곳은 중국령, 국경에서 15킬로미터 정도밖에 떨어지지 않은 곳이어서 혼자 어슬렁 거렸다가는 대번에 수상하게 느껴질 것이었다. 더구나 이곳은 관광지도 아니다. 외국인이 올 이유가 없는 것이다. 어깨를 편 김태일은 다시 발을 떼었다. 자갈 채취선은 베트남 국경의 항구 몽카이까지 간 것이다. 몽카이에서 어둠을 타고 북상하여 감시가 소홀한 국경을 걸은 시간이 새벽 4시, 다시 내륙으로 3시간쯤 진입한 후에 지금은 광청강으로 남하하려는 것이다. 국도를 피해 다시 한 시간쯤 걸었을 때 마을이 보였다. 오전10시 반이다, 마을은 제법 컸다. 붉은 등을 매단 가게 주위로 행인도 많다. 도로의 양쪽에 가게가 늘어선 전형적인 시골 마을이다. 김태일은 북쪽 도로에 들어서서 마을로 접근하기로 시작했다. 카메라를 목에 걸었고 배낭을 맨 여행자 차림이다. 중국 내륙을 횡단하여 남쪽 끝까지 내려온 여행자로 보이기를 바란 것이다. 가게 주인들이 힐끗 거리면서 눈치를 살폈는데 김태일은 불러주기를 기대했다. 가게 주인이 여행자로 인정하면 완벽한 변장이 증명될 것이다. 그때 가게 주인 하나가 불렀다.

"싸요, 싸요, 안녕하세요."

한국말이다. 한국인 여행자로 본 것이다.

걸음을 멈춘 김태일이 주인을 보았다.

비대한 체격의 여자다. 40대쯤 되었을까? 손에 조잡한 포장의 분말 녹차를 들고 있다. 시선이 마주치자 여자가 누런 이를 드러내고 웃었다.

"싸요, 싸요, 안녕하세요."

한국어는 이것밖에 못 하는 것 같다. 웃어 보인 김쾌일이 다시 발을 떼었다.

"헬로, 캄, 캄."

하고 부르는 가게 주인은 남자, 30대쯤 된 것 같은 사내가 김태일의 시선을 받더니 말을 잇는다.

"이곳 목각 인형이 유명합니다. 사세요."

유창한 영어다. 발을 멈춘 김태일이 목각 인형을 둘러보다가 하나를 집으면서 묻는다,

"여기서 광청강까지 가는 버스 있습니까?"

그러자 사내가 목각인형에 시선을 준 채로 대답했다.

"그건 200위엔입니다. 광청강 가는 버스는 30분쯤 기다리면 옵니다."

광청강은 항구도시지만 베트남을 거쳐 오는 관광객을 대상으로 관광업도 발달하고 있다. 그래서 동서양 관광객이 보였는데 특히 한국인이 많았다. '광서장족자치구'를 거쳐 동쪽 광동성, 복건성으로의 여행 루트가 개발되어 있는 것이다. 시내 중심가의 공중전화 박스에 들어선 김태

일이 주위를 둘러보고 나서 손목시계를 보았다. 오후 3시 10분, 김태일이 전화기를 들고 나서 동전을 넣은 다음 차분한 손놀림으로 버튼을 누른다. 그러자 곧 신호음이 울리더니 세 번 만에 전화가 들려졌다.

"웨이"

굵은 목소리의 중국어 대답, 김태일이 전화기를 고쳐 쥐고 영어로 말했다.

"나, 김이요."

사내는 대답하지 않았고 김태일이 말을 잇는다.

"A 식스"

"기다리고 있었습니다."

사내의 입에서 영어가 나왔다.

"지금 어딥니까?"

"팡청강이요."

"내가 그쪽으로 가지요. 위치를 알려주시오."

"내가 당신을 알아볼 수 있어야 되겠는데……."

그러자 사내의 목소리에 웃음기가 띄워졌다.

"이곳에서는 안전장치를 해놓지 않았어요. 여긴 후방이란 말입니다. 전선이 아니죠."

"내가 어디서 무슨 일을 하고 왔는지 알고 있습니까?"

"모릅니다."

"좋아요."

김태일이 전화박스 밖을 둘러보고 나서 말을 잇는다.

"'금복당'이란 식당이 있네요. 옆에는 '파라다이스' 여행사가 있고."

"압니다."

바로 말한 사내가 말을 잇는다.

"한 시간 후에 내가 식당 앞으로 가겠습니다. 오른쪽 옆구리에 신문을 둥그렇게 말아 끼고 있지요."

"……."

"1분쯤 서 있다가 걷겠습니다. 천천히 걸을 테니까 내가 미끼가 되어 있는지를 살펴 볼 수 있을 것입니다. 안심할 수 있다면 절 잡으세요."

그리고는 전화가 끊겼으므로 김태일이 길게 숨을 뱉는다.

오후 4시 15분, 금복당 앞에 사내 하나가 서 있다. 40대 중반쯤으로 보였고 반팔 티셔츠에 검정색 바지, 단화를 신었는데 겨드랑이에 둥글게 만 신문을 끼었다. 평범한 용모에 보통 체격, 도무지 특징이 없는 얼굴, 옷은 후줄근하다. 금복당 앞에는 오가는 행인도 많은데다 옆쪽이 택시 정류장이어서 서 있는 사람도 넷이나 되었다. 사내는 택시에서 내리더니 주춤거리면서 서 있었는데 옆쪽을 두리번거리지도 않는다. 이윽고 사내가 발을 떼었으므로 김태일은 주위를 둘러 보고나서 뒤를 따른다. 김태일은 길 건너편의 옷가게 안에서 기다리고 있었던 것이다. 사내는 뒤도 돌아보지 않고 천천히 걸어가고 있다. 김태일도 대각선의 뒤쪽에서 따라 걷는다. 지금까지 본국과 한 번도 연락을 한 적이 없는 것이다. 모두 연락원을 통해서 지시와 정보가 전해졌다가 뚝 끊어진 상황이다.

주엔한테서 받은 전화번호 하나가 단 하나의 연결고리인 셈이었다. 사내의 뒷모습에 시선을 주면서 김태일의 얼굴에 쓴웃음이 떠올랐다. 암호명 'A6', 자신은 마치 인간이 아닌 'A6'라는 기계명으로 느껴졌기 때문이다. 살인기계, 6번 기계다.

그 시간의 한국, 시차가 두 시간이었기 때문에 이곳은 오후 6시 20분이다. 을지로3가의 허름한 5층 건물 3층 사무실에 세 사내가 원탁에 둘러 앉아 있었는데 박영수와 국정원 해외작전국장 정광수, 그리고 작전차장보 심기택이다. 심기택이 둘을 훑어보며 말했다.

"생존력이 뛰어난 놈이야, 빠져나온 것을 보면 운도 따르는 놈이고."

박영수의 두 눈에 생기가 떠어졌다. 지금까지 심기택의 입에서 이런 칭찬이 흘러나온 것은 처음이었기 때문이다. 칭찬은커녕 말도 인색한 사내가 심기택이었던 것이다.

그때 다시 심기택이 말을 잇는다.

"식스한테 기름칠을 해줄 필요가 있어. 그래야 기계가 잘 돌아가는 법이지."

"그렇습니다."

맞장구를 친 것은 정광수다. 정광수가 웃음 띤 얼굴로 말을 잇는다.

"요즘 중국땅에 관광객이 쏟아지는 터라 놀기도 좋습니다."

"그래서 말인데."

심기택의 시선이 박영수에게로 옮겨졌다.

"식스한테 간단한 일을 하나 맡겨 봐야겠다. 중국 현지 적응력도 키울 겸해서 말야."

"예, 차장님."

차장보지만 그들은 심기택을 한 단계 위인 차장으로 부른다. 일반 회사와 마찬가지 관행이지만 실제로 심기택은 차장역할을 한다. 작전에 관해서는 원장과 직접 협의하기 때문이다. 심기택이 다시 박영수에게 말했다.

"앞으로는 박국장이 식스에게 직접 지시를 해라. 식스는 지금부터

2급이다."

 놀란 박영수가 숨을 들이켰고 정광수는 입을 딱 벌렸다. 지금까지 2급은 세 명뿐이었다. 그런데 셋은 모두 기록에서 사라졌다. 그 셋을 운용했던 국장과 작전차장도 은퇴하거나 사망했으니 2급은 전설이 되어 있었던 것이다. 2급이란 작전행위가 원장과 작전차장보, 그리고 담당국장까지만 공개되는 '특수집행자'를 말한다.

 지금까지 2급 업무를 맡은 적도 없었던 터라 박영수가 놀라는 것은 당연했다. 또한 식스가 2급이 되면서 해외작전의 책임자인 정광수가 소외되었다. 정광수는 식스의 존재만 알게 되었을 뿐이다. 심기택이 말을 잇는다.

 "원장하고 합의가 되었어. 지금부터 식스는 특수집행자다."

 "알겠습니다."

 겨우 정신을 차린 박영수가 감정을 억누르고 말했거니 다른 사람의 목소리가 나왔다. 지금 박영수의 기분은 1500cc 소형차를 타다가 3500cc 대형차를 선물 받은 것이나 같다. 같은 국장급이었지만 해외작전국장 아래 서열이었던 관리국장이 식스를 운용하게 됨으로써 차장과 직보체제가 되었다. 정광수는 무표정한 얼굴이었지만 똥먹은 심정이 되어있을 것이다. 그때 심기택이 자리에서 일어서며 혼잣소리처럼 말했다.

 다시 '특수집행자'가 탄생했군.

 골목으로 들어섰던 사내가 몸을 돌리더니 김태일을 보았다. 골목에는 둘 뿐이다. 김태일은 10분 가깝게 사내의 뒤를 따른 것이다. 사거리 하나를 지나고 골목 두 개를 빠져나와 세 번째 골목에 들어선 참이다. 시선이 마주치자 사내가 빙그레 웃었다.
"뒤에 미행이 있는지 확인했습니까?"
사내가 물은 순간 김태일을 숨을 들이켰다. 한국말이었기 때문이다.
"한국분이시오?"
김태일이 묻자 사내는 머리를 젓는다.
"조선족이죠."
"여기 사십니까?"
다가선 김태일이 다시 물었더니 사내는 쓴웃음을 지었다.
"이곳에는 사흘 전에 왔습니다. 자, 가십시다."
사내가 발을 떼면서 말을 잇는다.
"바닥이 좁아서 위험합니다. 참."
잊었다는 표정을 짓고 사내가 말을 잇는다.
"제 이름은 홍수일입니다. 여기 이 선생 여권을 가져왔습니다."
난데없이 이 선생이라고 불린 김태일이 여권을 받고는 펼쳐보았다. 자신의 사진이 붙은 대한민국 여권에 이름이 이정훈으로 박혀져 있다. 걸으면서 여권을 넘긴 김태일이 입국스탬프까지 찍혀있는 것을 보았다. 김태일은 여권을 주머니에 넣은 순간 자신의 발이 땅을 밟는 느낌을 받는다. 이제야 실제 인간이 된 것 같았기 때문이다.

"괜찮아?"
오연수가 묻자 백선희는 머리만 끄덕였다. 15세, 그러나 못먹어서 열두어 살로 보인다. 아픔을 참고 있는지 얼굴은 하얗게 굳어졌고 어금니를 문 듯 볼의 근육이 솟아났다. 이마에 미세한 땀방울까지 돋아나 있었으므로 오연수가 마침내 자리에서 일어섰다. 위험하지만 약국에 갈 작정이다.

"나, 약국에 다녀올 테니까."

오연수가 방안을 둘러보며 말했다.

"나가지 말고 기다려요. 만일……."

말을 멈춘 오연수의 얼굴에 쓴웃음이 번졌다. 만일 자신에게 무슨 일이 일어난다면 이 방안에 둘러앉은 여섯 명은 흔적도 없이 사라질 것이었기 때문이다. 그렇다. 그 표현이 맞다. 국적도 없는 신분이어서 죽어도 기록이 남지 않는다. 체포조가 그 먼 길을 되짚어 데려갈 리도 없다. 공안한테 잡혀도 마찬가지, 당장 체포조에 넘겨줄 것이었다. 중국 형무소는 자국인(自國人)만으로도 넘쳐나기 때문이다. 그때 권 씨가 나섰다. 45세, 청진의 합영상점 지배인이었다는 당원, 남편은 탈북하다 죽고 먼저 탈북한 두 딸을 찾아 중국땅을 헤매다가 결국 오연수의 팀에 합류한 여자, 팀원 중 가장 뱃심이 있고 몸이 빨라서 오연수의 보조원 역할을 한다.

"안돼요, 오선생이 없으면 우린 다 죽습니다. 차라리 내가 가지요."

"아유, 놔두세요."

오연수가 머리를 저었다.

"그래도 한국여권 갖고 있는 내가 나아요. 양선생은 잡히면 바로 들어가요."

"에이구, 어쩌다 배탈이 나가지고."

불평이 많은 김명순이 백선희에게 눈을 흘겼다. 48세, 첫 번 탈북 했다가 잡혀 8개월간 교화소에 들어갔다 나온 후에 지금 두 번째 탈북해서 이곳 운남성의 서쪽 국경에까지 온 김명순이다. 옆에 앉은 남편 양채호는 50세, 중학교 교원이었다고 한다. 아들이 둘 있었지만 지난 90년대의 흉년 때 차례로 굶어 죽었다는 것이다. 그리고 벽에 나란히 기대앉은 채 오연수를 올려다보는 윤성준, 윤영지 남매, 부모와 함께 탈북했다가 체포조에 쫓기는 바람에 둘만 남았다. 14세, 12세, 둘 다 눈치 빠르고 한 번도 힘든 표정을 짓지 않고 45일간의 긴 여정을 잘 견디어 내었다. 그런데 이곳, 경흥에 도착한 후부터 6일 동안 아지트에 박힌 채 꼼짝을 못하고 있다. 그것은 체포조가 쫓아 왔기 때문이다. 3일 먼저 출발했던 한팀장과 팀원 5명이 먼저 당했는데 국경 근처의 개울에서 시체 3구가 발견 되었고 한팀장과 나머지 둘은 실종상태, 본부에서는 그들도 모두 살해당한 것으로 간주하고 있다. 죽여 묻었다는 것이다.

오연수가 방안의 시선을 받고 말했다.

"본부에 연락할 일도 있으니까 내가 나갔다 오지요."

그리고는 오연수가 손목시계를 보았다. 오후 5시 반이다.

"내가 8시 반까지 오지 않을 때는 아시죠? 내가 일러준 대로 하시는 것."

오연수가 매고 있던 손가방에서 20불짜리 지폐 6장을 꺼내 모두에게 나눠 주었다.

웅크리고 앉은 백선희에게는 점퍼 주머니에 넣어 주었다. 오연수가 다시 방안을 둘러보며 말했다.

"내 대신으로 양선생이 인도 할 거예요. 잘 따르세요. 부탁해요."

공중전화 박스 안으로 들어선 오연수가 다시 주위를 둘러보았다. 시장 입구여서 오가는 사람이 많았고 시끄럽다. 어떤 때는 이 소음이 가슴을 안정시키기도 했지만 지금은 머리끝이 솟는 것 같다. 경흥은 이번에 세 번째로 오는 국경 근처 도시였지만 낯선 느낌이 든다. 체포조가 이곳까지 추적해온 것은 처음인 것이다. 심호흡을 한 오연수가 통화 카드를 넣고 버튼을 눌렀다. 팔목시계가 오후 6시 20분을 가리키고 있다. 한국 시간은 8시 20분이다. 신호음이 세 번 울리더니 곧 사내가 응답했다.

"여보세요."

김형진목사, 사업단 내무에서는 '대장'이라고 불리지만 김형진 자신은 '인도자'로 불리는 것을 좋아한다는 것이다. 적당히 느슨하고 편안한 '대장', 오연수는 김형진이 '인도주의' '독재' '평화'등의 단어만 내세웠다면 이 '구조사업'에 동참하지 않았을 것이라고 생각한 적도 있다.

"전데요."

오연수가 말했을 때 김형진의 목소리가 갑자기 다급해졌다.

"아이구. 그래, 지금도 거기지? 근데, 왜?"

다급했어도 기밀은 입 밖에 내놓지 않는다.

"네, 약 사러 나왔어요."

"누가 아퍼?"

"하나가 배탈이 나서."

"빨리 들어가."

김형진의 목소리가 굳어져 있었으므로 오연수는 어금니를 물고 나서 묻는다.

"급해요?"

"그래, 제비도 안가에서 잡혔어."

제비란 실종된 A팀장 한경수를 말한다.

김형진의 말이 이어졌다.

"네가 아직도 이상 없는 건 다행이지만 1,2번 루트는 타지마, 우리가 새 루트를 만들 때까지 기다려."

131

"언제까지요?"

"지난번 이야기 했던 대로 모레까지."

"알았습니다."

"고생 많구나."

김형진의 목소리가 눅눅해졌다.

"하나님의 은혜가 너에게 충만하리라."

"감사."

"얀마, 몸조심해."

하더니 김형진이 다급하게 말한다.

"사랑하는 사람 만나서 이쁜애 낳고 살아야 돼 너는."

전화기를 내려놓은 오연수가 다시 주위를 둘러보았다. 이쪽에 신경을 쓰는 인간은 없다. 조금 전보다 시장 소음은 더 높아져 있었지만 가슴은 눈곱만큼 편안해졌다.

김태일이 손에 쥔 쪽지를 보았다. 전화번호가 적혀져 있다. 이곳은 운남성 곤명(昆明), 유명한 관광지여서 옆으로 한국인 관광객 수십 명이 무리지어 지나고 있다. 선물가게가 늘어선 상가 중심부다. 이윽고 전화기를 든 김태일이 전화카드를 넣었다. 공중전화 박스가 칸막이로 되어있지 않아서 거침없이 소음과 시선이 휩쓸고 지나간다. 버튼을 누른 김태일이 전화기를 등에 붙인 채 기다렸다. 신호음이 세 번 울렸다. 곤명 시간은 오전 11시 반, 서울은 오후 1시 반이 되어있을 것이다. 그때 신호음 다섯 번 만에 전화기가 들려졌다.

"여보세요."

사내 목소리, 긴장한 김태일이 말했다.

"예, 식스올시다."

"나, 박이다."

박영수다. 해외에 나와 처음 박영수와 통화를 하는 것이다. 반갑다기보다 의아해진 김태일이 무의식중에 주위를 둘러보았다.

전화번호를 건네 준 홍수일은 지금 호텔방에 있을 것이었다.

"그런데 웬일이십니까? 직접 통화를 하시고 말입니다."

김태일이 묻자 박영수는 짧게 웃었다.

"지금부터 넌 나하고만 직접 연락하게 되었어. 식스."

"그렇습니까?"

"연락원한테 서울로 연락을 하라고 해."

"알겠습니다."

"네가 할 일이 있다."

김태일이 입을 다물었고 박영수의 말이 이어졌다.

"지금 즉시 경흥으로 출발하도록."

"경흥이라고 했습니까?"

"그렇다. 국경도시야. 지금 너와 함께 있는 미스터 홍이 안내해 줄 것이다."

"알았습니다. 그런데 가서 뭘 합니까?"

"내일 오후 3시에 그곳에서 나한테 다시 연락하도록."

그러더니 다시 박영수의 목소리에 웃음기가 떠올랐다.

"이번은 간단한 임무야, 식스."

방으로 들어선 홍수일이 김태일에게 말했다. 홍수일은 전화를 하고 온 것이다.

"곤명에서 헤어질 예정이였는데 이선생을 보좌하라는 지시를 받았습니다."
"경홍으로 가라는 지시를 받았지요?"
"그렇습니다."
손목시계를 본 홍수일이 말을 잇는다.
"내일 오후 3시까지 곤명에 도착하려면 지금 출발해야 합니다."
"그래야겠군."
쓴웃음을 지은 김태일의 시선이 벽시계로 옮겨졌다. 오후 3시 반이 되어가고 있다.

"병원에 가야될 것 같아요."
오연수가 말하고는 백선희의 겨드랑이를 부축하고 일으켰다. 백선희의 입에서 옅은 신음이 뱉어졌다. 얼굴에 땀으로 뒤덮인 데다 눈의 초점이 멀다. 사흘 전부터 물만 몇 모금씩 마신 터라 얼굴이 핼쑥하게 야위었다. 그리고 무엇보다 일행과 오연수를 생각해서 아프다는 말도 못한 채 가늘게 신음만 뱉는 백선희가 가여워서 견딜 수가 없었던 것이다. 방안의 남녀는 모두 시선만 주었고 불평쟁이 김명순도 나서지 못했다.
"조심해요."
대문 앞까지 따라 나온 권복심이 걱정스런 얼굴로 말했다.
"시장 옆 병원이 나을 것 같아요. 큰 병원에 가면 꼭 경찰이 있더라구요."
오연수는 백선희를 부축하고 서둘러 대문을 나섰다. 오후 4시 반이다.

담배연기를 길게 뱉은 최명철이 창밖의 풍경을 내려다보았다. 2층에서 거리를 걷는 여자들의 샌들 사이로 나온 발가락까지 보인다. 대나무로 만든 흔들의자에 앉아 조금씩 의자를 흔들면서 이렇게 몇 시간씩 앉아 있는 것이 편안했다. 지금까지 이만큼 편안했던 순간이 없었던 것 같았다. 방안 공기는 알맞게 서늘했고 조용하다. 낮 시간에는 투숙객들이 모두 관광하러 나가기 때문이다. 저녁 무렵이 되어서야 여관은 활기를 띠우는 것이다. 경흥 시내 한복판에 위치한 '국빈장' 여관에 투숙한지 오늘로 12일째, 8일전에 남조선의 사설 탈북자 구조팀 하나를 일망타진한 최명철이다. 팀장인 남조선 국적 한만수와 탈북자 5명이다. 그놈들의 소지했던 미화 3만 불과 중국돈 5만 위앤을 압수했으므로 체포조의 자금도 넉넉해졌다. 체포조원 8명에게 1천 불씩 상금을 주었더니 사기도 충전한 상태다. 다시 담배 연기를 뱉은 최명철이 흔들의자에 등을 붙였을 때 문에서 노크 소리가 들리면서 고재근이 들어섰다.

"소좌동지, 시장 옆 병원에 남조선 관광객 하나가 들어왔습니다."

다가선 고재근이 말을 잇는다.

"급성 맹장으로 조금만 늦었어도 죽었을 것이라고 하더군요. 그래서 시립병원으로 옮겨가 지금 수술을 받고 있다는데요."

그때 최명철이 이맛살을 찌푸렸다.

"이봐, 내가 결론부터 보고하라고 몇 번이나 말했나?"

"예, 소좌동지."

고재근은 상사로 최명철과 동갑인 38세다. 탈북자 체포에는 '귀신'이라는 별명까지 얻었지만 보고를 못한다. 최명철의 시선을 받은 고재근이 말을 잇는다.

"그런데 그 애가 여권을 분실해서 이모가 대신 접수를 시켰다는군요."

"……"

"별일 아닌 것 같지만 시장에서 일어난 일이어서요."
"수술할 때는 신원 확인을 해야 될 거다. 가서 확인해봐."
"예, 소좌동지."
그럴 줄 알았다는 표정을 짓고 고재근이 몸을 돌리면서 말했다.
"김윤수를 데리고 갔다 오겠습니다."

침대 버스를 처음 타보는 김태일이었지만 13시간을 타고 오면서 한 번도 일어나지 않고 잤다. 물론 휴게소에 멈췄을 때 잠깐 눈을 떴기는 했다. 그래서 버스가 경홍 시내로 진입했을 때 잠에서 깨어난 김태일에게 홍수일이 감탄한 표정으로 말했다.
"야, 대단하십니다. 소변도 안 보고 계속 주무셨습니다."
쓴웃음을 지은 김태일이 손목시계를 보았다. 오전 11시 반이다. 버스는 경홍 시내로 진입하고 있었는데 소도시였지만 행인과 차량이 많았다. 인도를 걷는 행인을 잠깐만 보았어도 관광객이 절반쯤은 된다는 것을 알 수 있었다.
"여기서 미얀마 국경까지는 1백 킬로미터도 안 됩니다."
옆자리의 홍수일이 창밖에 시선을 준채로 말을 잇는다.
"라오스 국경과 가깝지요. 태국도 국경을 타고 내려가면 됩니다."
김태일이 머리만 끄덕였다. 지도를 보면 경홍은 미얀마, 라오스, 태국과 가장 가까운 국경도시다. 따라서 탈북자들이 위험을 무릅쓰고 모이는 도시이기도 하다. 박영수가 아직 말은 안 했지만 경홍으로 내려 보낸 이유가 탈북자와 관련된 일이 아닌가 하고 김태일은 예상하고 있다.

"여권카피 가져왔습니까?"

행정과 직원이 물었으므로 오연수가 웃음 띤 얼굴로 말했다.
"대사관에 연락을 했으니까 곧 가져 올 겁니다."
"가져오지 않으면 곤란해요."
여직원이 이맛살을 찌푸렸다가 오연수가 내민 수술비를 받았다. 오후 1시, 점심시간이 마악 끝난 병원이 분주해지고 있다.

어제 응급수술을 마친 백선희는 입원실로 옮겨져 있지만 아직 걸을 수는 없다. 의사는 입원기간을 1주일로 잡았으니 3, 4일쯤 지나서야 움직일 수 있을 것이다.

1층 접수구에서 나온 오연수가 계단을 올라 2층 입원실 복도로 나왔을 때다. 문득 앞쪽을 본 오연수가 몸을 돌리고는 바로 옆방으로 들어섰다. 복도는 오가는 사람이 많은데다 시끄럽기도 했다. 이 층 입원실은 각각 병상이 10개씩 놓인 방이 좌우로 10여개씩 늘어서 있는 터라 환자와 가족들로 언제나 붐비고 있다.

숨을 고른 오연수가 방안을 둘러보았다. 모두 바쁘고 심란하고 아픈 상황이어서 갑자기 들어선 오연수를 환자 가족 중 하나로 아는 눈치다. 오연수는 상반신을 조금 내밀고 복도 왼쪽을 보았다. 조금 전에 백선희가 누워 있는 214호실 앞에 사내 하나가 서 있는 것을 보았던 것이다. 중국인처럼 바지에 반소매 셔츠를 헐렁하게 걸쳤지만 구조사업 3년째인 오연수의 눈을 속일 수는 없다. 짧은 머리 스타일, 뛰기 좋은 신발, 그리고 배가 나오지 않은 몸매가 바로 체포조 같다. 어금니를 문 오연수가 손등으로 이마의 땀을 닦았다. 어느새 얼굴뿐 만 아니라 온몸이 땀으로 젖어 있었던 것이다. 문 앞에 지키고 섰다면 안에도 한 명 있는지 모른다. 심호흡을 한 오연수는 입원실을 나왔다. 그리고는 214호를 뒤로 한 채 발을 떼었다. 조금 전에 온 길을 되짚어 걸은 오연수가 계단으로 꺾어진 후에는 서둘러 세 개씩 계단을 뛰어 내렸다. 오가던 사람들이 힐끗거렸지만 오연수는 제정신이 아니다. 그리고는 로비로 나온 오연수가 다시 침착하게 발을 떼었다. 이제 로비만 벗어나면 된다. 하나님, 살려 주십시오. 오연수의 머릿속에서 갑자기 그렇게 말이 되어 나왔다. 도와주소서, 도와주소서, 오연수는 병원 현관을 향해 걸으면서 쉴새 없이 그렇게 빌었다.

"짐 꾸려요! 선희가 잡혔어요!"
대문 안으로 들어서자마자 오연수가 소리를 쳤고 방안은 순식간에 수라장이 되었다.
뛰쳐 일어난 다섯은 서둘러 짐을 꾸렸는데 입을 열지는 않는다. 모두 상황을 아는 것이다. 발각되었다. 다른 곳으로 피하자는 말이었다.
"셋씩 짝으로! 나하고 성준이, 영지가 먼저 나가고 권선생이 양선생 부부하고 따라 오세요."
가방을 챙기면서 오연수가 소리치듯 말한다. 이곳은 관광객을 위한 독채 민박집이었으므로 그냥 나가면 된다. 열흘 분 숙박비를 지급했기 때문이다.
"병원에서 잡혔어요?"
정신없이 가방을 챙기면서 권복심이 묻자 오연수는 갑자기 울컥 울음이 쏟아지려는 것을 참았다. 도망칠 궁리만 하느라 꼼짝 못하고 누워 있는 백선희 생각을 못했던 것이다. 그 불쌍한 것이 침상 앞에 선 체포조를 올려다보는 장면이 떠오른 순간 오연수의 눈에서 눈물이 쏟아졌다. 권복심이 더 묻지 않았기 때문에 오연수는 이를 악물고 흐느낌을 참았다.

박영수의 목소리가 울렸으므로 김태일이 차분하게 대답했다

"예, 도착했습니다."

오후 3시, 시내 호텔에 체크인을 하고나서 한 시간쯤 이곳저곳을 기웃거린 후에 대형마트의 공중전화 박스에서 연락을 한 것이다.

"음, 그래."

그렇게 대답한 박영수의 분위기가 무겁게 느껴졌다. 잠자코 전화기를 귀에 붙인 김태일에게 박영수가 말했다.

"상황이 좀 바쁘게 되었다. 지금 경흥제일시립병원 214호실에 입원한 백선희를 빼내야겠다."

김태일은 눈만 껌벅였고 박영수의 말이 이어졌다.

"걘 탈북자야, 사립 구조단과 함께 국경을 넘으려다가 급성맹장 수술을 하는 바람에 병원에 들어간 거야. 그랬다가 북한 체포조한테 발각된 것 같다."

"……."

"열흘쯤 전에 구조팀 1개조가 거기에서 실종되었어. 한국국적 1명, 그리고 탈북자 다섯이야. 그중 셋이 시체로 발견되었고."

그러더니 덧붙였다

"먼저 그곳에 있는 구조팀장 하나를 만나라."

과일가게 앞으로 다가선 오연수는 밀짚모자를 쓴 사내를 보았다. 과일을 고르던 사내가 힐끗 시선을 주었다. 평범한 얼굴, 지친 것 같은 표정이다. 오후 5시 10분 이곳은 경흥 버스터미널 옆쪽의 상가다. 오연수가 한국어로 물었다.

"저, 이 선생님이세요?"

"오연수씨인가요?"

하고 사내가 되물었으므로 오연수는 어깨를 늘어뜨렸다. 갑자기 눈물이 핑 돈 것은 긴장이 풀렸기 때문일 것이다. 오연수가 머리만 끄덕였더니 사내가 과일을 내려놓으면서 말했다.

"따라오시지요."

발을 뗀 사내가 오연수에게 말했다.

"우선 병원 근처로 가십시다."

"네에."

대답부터 한 오연수가 사내를 보았다.

"어떻게 하시려고요?"

"환자가 체포조한테 발각된 것 같다면서요?"

머리를 돌린 사내가 흐린 눈으로 오연수를 보았다. 30대 후반쯤 되었을까? 목사님한테 연락을 했더니 도와줄 사람을 찾았다면서 5시 정각에 버스터미널 옆쪽 과일가게에 가서 밀짚모자를 쓴 이 선생을 찾으라고 했던 것이다. 오연수에게는 기다렸던 주님의 도움이나 같았다. 이곳까지 누가 와 주리라고는 상상도 하지 못했기 때문이다. 사내의 시선을 받은 오연수가 머리를 끄덕였다.

"네에, 병실 앞에 누가 서 있었어요."

"경흥제일시립병원 214호실 맞지요?"

"네에."

사내의 걸음이 빨라졌으므로 오연수도 서둘러 따른다. 손목시계를 본 사내가 혼잣소리처럼 말했다.

"바닥이 좁아서 서둘러야겠군."

사내가 걸음을 멈춘 곳은 제일시립병원이 대각선으로 보이는 허름한 식당 앞이다. 주위를 둘러본 사내가 식당 안으로 들어섰고 오연수는 뒤를 따랐다. 아직 저녁 전이어서 식당은 한산했는데 안쪽에 혼자 앉은 사내가 이쪽에 시선을 주었다. 사내와 시선을 마주친 오연수는 숨을 들이켰다. 그런데 이 선생이란 사내는 그쪽으로 다가가고 있다. 이윽고 사내 앞으로 다가간 이선생이 오연수를 눈으로 가리키며 말했다.

"모시고 왔습니다."

그때 사내가 자리에서 일어서더니 앞쪽 의자를 손으로 가리켰다.

"앉으시지요."

오연수가 주춤대며 앉았을 때 이 선생이 몸을 돌리며 말했다.

"그럼 저는 나가서 준비하겠습니다."

놀란 오연수가 이선생의 뒷모습에 시선을 주었다. 그때 사내가 정색했다. 눈빛이 강해서 오연수는 다시 숨을 죽였다. 곧고 굵은 콧날, 굳게 다문 입술, 그리고 다부진 어깨가 위압적이다. 조금 전에 나간 이선생과는 대조적이다. 그때 사내가 말했다.

"내가 214호실을 살펴보고 왔는데 복도에 한 명, 병실 근처에 한 명, 그리고 1층 로비에 한 명이 있습니다."

오연수는 시선만 주었고 사내의 말이 이어졌다.

"체포조 같아요. 환자 신분에 대해서 아직 확신을 굿하는 눈치고, 하지만 시간이 지나면 환자가 탈북자라는 것이 밝혀지겠지."

"그, 그럼."

했다가 오연수가 사내에게 물었다.

"조금 전 이 선생님은 어디 가시고……그런데 선생님은 누구시죠?"

그러다 사내가 눈썹을 모으고는 오연수를 보았다. 그러더니 입맛을 다시고 말했다.

"무슨 오해가 있었던 모양인데, 내가 오연수 씨를 도와드릴 이 선생이요, 그리고 조금 전에 나가신 분은 홍선생이시고."

오연수의 시선을 잡은 사내가 말을 잇는다.

"홍 선생은 조선족으로 내 안내를 맡고 있습니다. 그럼 됐습니까?"

김태일은 오연수가 머리를 끄덕이는 것을 보았다. 짧게 숏컷한 머리에 화장기가 없는 얼굴, 입술은 말라서 갈라졌지만 미인이다. 헐렁한 셔츠에 바지를 입었고 더러운 운동화를 신었지만 전혀 치장에 관심이 없는 것 같다. 집중하고 있는 자세다. 다른 것에 신경을 쓸 여유가 없는 것이다. 오연수의 시선을 잡은 김태일이 말을 이었다.

"환자는 깨어있었는데 이대로 두면 견디기 힘들 것 같습니다. 나이가 몇이죠?"

불쑥 김태일이 묻자 제 나이를 물은 줄 알았던 오연수가 주춤하더니 대답했다.

"선희는 열다섯입니다. 그럼 어떻게 하면 좋지요?"

"오늘밤에 빼내야지요."

정색한 김태일이 손목시계를 보았다. 오후 6시 10분이 되어가고 있다.

"오래 혼자 둘수록 체포조가 의심 할 테니까요, 그놈들도 병실을 덫으로 삼고 오연수씨를 잡으려고 하는 겁니다."

김태일이 말하자 오연수가 물었다.

"그럼 어떻게 해요?"

이제는 이런 말이 자연스럽게 나온다.

손목시계를 본 김윤수가 오복남에 말했다.

"둘씩이나 복도에서 어정거릴 것 없어, 하나는 계단을 지켜."

"그게 낫지."

대번에 찬성한 오복남이 투덜거렸다.

"내가 먼저 계단에 가지, 담배를 두 시간이나 못 피웠더니 구역질이 나려고 하는구만."

둘은 지금까지 2층 복도에서 서성대고 있었던 것이다. 등을 돌린 오복남에게 김윤수가 말했다.

"지금이 8시 반이니깐 10시에 나하고 교대하자구.'

오복남은 대답도 하지 않고 비상구로 들어섰다. 이제 저녁식사 시간도 끝난 터라 병원 안은 조금 조용해졌다. 계단을 내려간 오복남은 모퉁이의 대피소로 들어섰다. 이곳이 흡연 장소인 것이다. 서너 명의 사내가 제각기 담배를 피우고 있었으므로 환기가 덜된 대피소는 연기가 자욱했다. 오복남은 대피소의 비상문을 열었다. 그러자 맑은 공기가 흡입되면서 난간이 나왔다. 이 층 중간 부근의 난간이다. 좁은 난간에는 그 혼자 뿐이었으므로 오복남은 주머니에서 담배와 라이타를 꺼내었다. 그때 난간 문이 다시 열리더니 사내 하나가 나왔다. 사내는 입에 빈 담배를 물고 있었는데 오복남을 보더니 다가왔다. 사내의 시선이 오복남이 아직 담배 끝에 대려는 라이타에 박혀져 있다. 다가선 사내가 오복남이 담뱃불을 붙였을 때 손을 내밀었다. 얼굴에 웃음을 띠고 있다.

"라이터"

오복남이 라이터를 내민 순간이다. 사내의 내밀어졌던 손이 갑자기 목을 쳤으므로 오복남은 머리가 뒤로 젖혀졌다. 다음 순간 사내가 오복남의 머리를 양손으로 잡더니 난간의 시멘트 기둥에 내려찍었다.

"퍽!"

머리가 부서진 오복남이 난간의 구석에 반듯이 누웠다. 두 다리가 세

차게 경련을 일으키다 곧 그쳤다.

 2층 복도에 기대선 김윤수가 오가는 사람들을 본다. 무심한 표정이다. 이런 자세가 되어야 오래 버틸 수가 있는 것이다. 오후 9시가 되었지만 복도에는 아직도 사람들이 많다. 모두 환자 가족이다. 이곳은 환자 가족이 환자하고 같이 생활 하는 터라 밤늦도록 왕래가 끊기지 않는다. 아이 울음소리도 나고 아이들이 뛰놀기도 한다. 무심코 왼쪽으로 시선을 돌렸던 김윤수는 다가오던 여자 하나가 서둘러 몸을 돌리는 것을 보았다. 시선이 마주친 순간 몸을 돌린 것이다. 그 순간 벽에서 등을 뗀 김윤수가 서둘러 발을 떼었다. 저쪽도 직감적으로 이쪽이 누군지 알았을 것이다. 바로 그 태도다. 여자가 왼쪽 여자 화장실로 꺾어져 들어갔으므로 김윤수의 가슴이 뛰었다. 이제 잡았다.

 오연수가 서둘러 다가오더니 옆을 스치고 지나 화장실 안으로 들어선다. 옆을 스치는 순간 힐끗 시선을 준 오연수의 얼굴은 하얗게 굳어져 있다. 걸음도 부자연스럽다. 그 모습이 복도에 있는 놈을 더 끌려들게 만들었을 것이다. 자연산 미끼다. 이런 작전을 안 해본 것 같다. 짧은 순간에 김태일의 머릿속을 스쳐간 생각이다. 계단 중간의 난간에서 한 놈을 처리한지 벌써 30분이 지났다. 시체를 난간 위쪽의 굴뚝 뒤에 걸쳐 놓았지만 언제 발견될지도 모르는 것이다. 그래서 오연수를 미끼로 썼는데 끌려든 것 같다. 그때 발자국 소리가 들리더니 사내 하나가 불쑥 모퉁이를 돌아 나타났다. 복도를 지키고 있던 놈이다.
 "억"
 다음 순간 사내의 입에서 굵고 낮은 신음이 터졌다. 와락 부딪힌 김태일이 손에 쥐고 있던 단도로 사내의 심장을 찔렀기 때문이다. 20센티미터 길이의 단도가 자루까지 심장에 박힌 터라 사내는 다음 순간에는 입만 딱 벌리고 주저앉았다. 김태일은 단도를 심장에 박은 채로 사내를 끌고 여자 화장실로 들어섰다. 화장실 안에는 손님 둘이 들어가 있다. 그때 세면기 앞에 서 있던 오연수가 하얗게 질린 얼굴로 김태일을 보았다.

"빈 곳은?"

짧게 김태일이 묻자 오연수가 손을 들어 가운데 화장실을 가리켰다. 김태일이 사내를 끌고 화장실 문을 열고 안에 쑤셔 넣는다. 문을 닫은 김태일이 자신의 몸을 내려다보았다. 손에 피가 묻어있었으므로 세면대에서 손을 씻으면서 김태일이 말했다.

"자, 앞장서요."

우두커니 서 있던 오연수가 깜짝 놀라더니 발을 떼었고 김태일이 뒤를 따른다.

"선생님."

깨어있던 백선희가 오연수를 본 순간 왈칵 눈물을 쏟았다.

"자, 가자."

오연수는 그렇게만 말했고 다가선 김태일이 백선희를 침상에서 일으키더니 등을 내밀었다.

"업혀라."

백선희가 망설이자 오연수를 옷가지를 챙기면서 말한다.

"어서 업혀, 서둘러야 돼."

김태일은 등에 상반신을 붙인 백선희를 업었다. 방안의 환자와 가족들은 제각기 바쁘다. 떠들썩하다. 옆쪽 병상에 누워있던 노인이 중국어로 뭐라고 말했는데 잘 가라는 인사 같다. 웃고 있었기 때문이다. 복도로 나온 김태일은 서둘러 계단으로 다가갔고 오연수가 뒤를 따른다. 계단으로 들어선 김태일이 앞장서 내려간다. 계단 중간 부근에서 꺾어진 대피소를 힐끗 보았더니 지금도 서너 명이 담배를 피우고 있다. 난간으로 나가는 철문은 닫쳐 있었기 때문에 누가 나가 있는지는 모른다. 다시 계단을 내려간 김태일이 끝 부분에서 주저앉았다.

"여기, 잠깐 앉아있어."

백선희에게보다 뒤에 선 오연수에게 하는 말이다. 둘이 계단에 앉고 서서 잠자코 김태일의 뒷모습을 본다. 1층 로비로 나온 김태일은 곧 중앙의 기둥에 기대선 사내를 보았다. 병원 감시 책임자다. 로비는 환자 가족으로 붐비고 있어서 떠들썩했다. 아이들이 뛰놀고 병원 직원은 보이지 않는다. 김태일은 천천히 옆쪽 기둥으로 다가가 입고 있던 점퍼를 벗었다. 그리고는 점퍼를 기둥에 붙이고는 안에 든 권총의 손잡이를 밖에서 쥐었다. 누가 보면 점퍼를 움켜쥐고 있는 것으로 보인다. 그러나 점퍼 안의 권총 총구가 옆쪽 사내를 겨누고 있다. 베레타92에 소음기가 끼워져 있는 것이다. 사내의 머리를 겨냥한 김태일이 심호흡을 하고 나서 방아쇠를 당겼다.

"퍽!"

거리는 10미터 정도, 사람들 사이로 날아간 총탄이 사내의 뒷머리에 맞으면서 피가 튀었다. 그러나 주변 사람들은 아직 아무도 모르고 있다.

4장 탈출

"아악!"

로비의 소란을 일순간에 제압할만한 비명이 울린 것은 잠시 후였다. 그때 김태일은 점퍼를 입고 계단으로 다가가는 중이었는데 이어서 목구멍이 째지는 것 같은 여자의 비명 서너 개가 동시에 울렸다. 그때는 김태일이 계단으로 들어서서 기다리고 서 있는 오연수와 시선이 마주쳤을 때다. 계단 구석에 쪼그리고 앉은 백선희는 비명을 듣고 겁이 난 듯 두 눈을 치켜뜨고 있다. 이제 남자들의 고함과 외침이 십여 개 울리면서 구경거리를 보려는 환자 가족들이 우르르 계단으로 달려 내려오고 있다. 김태일은 주저앉아 백선희를 다시 등에 업었다. 오연수가 뒤를 받쳐준다. 로비를 내려왔을 때 바닥에 쓰러진 사내들의 외침이 연달아 터지면서 몇 명은 달려 나간다. 그 사이를 셋은 빠른 걸음으로 로비를 빠져나간다. 수라장이 되어있는 로비에서 그들 셋을 주목하는 사람은 아무도 없었다. 병원 마당을 가로질러 정문 밖으로 나왔을 때 어둠 속에서 외치는 소리가 들렸다.

"어이! 어이!"

홍수일이다. 서두르며 다가선 홍수일이 손으로 옆쪽을 가리켰다.

"길모퉁이에 택시를 세워 놓았습니다."

그러고는 홍수일의 손에 들고 있던 보퉁이를 들어 올렸다.

"여기 갈아입을 옷도 가져왔습니다."

김태일은 잠자코 길을 걸었다. 둘도 서둘러 뒤를 따른다.

어금니를 문 최영철이 나란히 눕혀진 시체 세 구를 내려다보고 있다. 경흥제일시립병원의 시체실 안이다. 세 시체는 각각 머리가 부서졌고 심장을 찔렸으며 머리에 총을 맞았다. 모두 살해되었다. 전문가의 소행인 것이다. 머리가 부서진 오복남이 목을 강타당한 흔적이 있어서 두 번 가격을 당했을 뿐 너머지 둘은 한 번에 절명했다.

"시체는 어떻게 처리하시겠소?"

옆으로 다가선 병원 관계자가 묻자 최명철은 시선을 들었다. 셋은 모두 외교관 신분증을 소지하고 있었던 것이다. 그때 최영철의 옆에 선 공안 간부가 대신 물었다.

"곧 대사관에서 인수하러 올 테니까. 그때까지 보관 해주시고."

공안이 똑바로 관계자를 노려보았다.

"병원장한테도 지시가 오겠지만 소문이 퍼지지 않도록 해주시오, 알겠소?"

"알겠습니다."

긴장한 관계자가 굳어진 목소리로 대답했을 때 최영철은 몸을 돌렸다. 시체실을 나왔을 때 기다리고 있던 백순태 대위가 다가와 섰다.

"조장동지, 로비에서 살인이 났다고 사람들이 모여들었을 때 애를 업고 가는 남자를 보았다는 목격자가 있습니다."

한국말이어서 같이 나온 공안 간부는 눈만 껌뻑였고 백순태의 말이 이어졌다.

"환자 가족이 보았는데 건장한 남자라고 했습니다. 그리고 그 뒤를 여자 하나가 따라가고 있었답니다."

"……."

"계획적입니다. 조장동지."

그때 최영철이 말했다.

"어디로 가는지는 뻔하게 알고 있으니까 길목에서 잡을 거다."

최영철의 눈이 번들거리고 있다.

방안에는 모두 여덟 명이 모였다. 백선희와 김태일까지 들어왔기 때문이다. 이곳은 경흥 시내의 민박집, 한족이 운영하는 곳이다. 일곱 쌍의 시선을 받은 오연수가 입을 열었다.

"환자가 있기 때문에 두 팀으로 나눠 출발하겠어요."

오전 9시, 민박집 안은 조용해지고 있다. 모두 관광을 하러 나갔기 때문이다. 오연수가 말을 이었다.

"오늘 밤에 출발할 1진은 저하고 양 선생 내외분, 성준이하고 영미, 다섯입니다. 권 선생하고 선희는 2진이 되었어요."

그러자 양채호의 아내 김명순이 활짝 웃었다.

"그래야지. 잘 생각하셨습니다."

양채호가 말리려는 듯 김명순을 향해 입을 열었다가 닫는다. 김명순의 말이 이어졌다.

"한 명 때문에 여럿이 희생되면 안 되죠. 결정 잘하신 겁니다."

벽 쪽에 기대앉은 김태일은 잠자코 탈북자들을 보았다. 오연수가 그들에게 도와주실 분이라고만 소개해준 터라 안내역쯤으로 알고 있을 것이었다. 그때 오연수의 시선이 김태일에게로 옮겨졌다.
"이선생님이 국경을 넘을 때까지 우릴 도와주실 겁니다."
방안의 시선이 모여졌으므로 김태일은 쓴웃음을 지었다. 시선을 받지 않으려고 머리를 돌린 것이 옆에 누워있는 백선희와 마주쳐버렸다. 그때 백선희가 눈을 깜박이면서 입 끝으로 웃는 시늉을 했다. 김태일이 서둘러 시선을 뗐지만 백선희의 얼굴이 그대로 눈앞에 떠 있었다. 그 순간 가슴이 따뜻해지면서 어깨의 힘이 풀렸다. 숨도 길게 품어져 나온다.

민박집 3층 옥상은 바비큐용 테이블이 여러 개 놓였고, 한 쪽에는 빨래가 널려져서 어수선했지만 낮시간이어서 비어 있었다. 오연수와 김태일은 바비큐 테이블에 마주 앉아 있다. 오후 1시 반, 테이블 위에는 국경지도가 펼쳐져 있었는데 낡고 구겨졌다. 오연수가 오랫동안 품고 다닌 때문이다.
"2개 루트가 있는데 바로 이쪽이 지난번에 잡힌 A팀의 루트였어요."
지도를 손끝으로 짚으며 오연수가 말을 잇는다.
"그래서 우리는 이쪽 길로 국경을 통과 하려고 합니다."
김태일이 물끄러미 오연수의 손끝을 보았다. 손가락이 길고 가늘다. 손톱을 다듬지는 않았지만 타원형으로 매끄러웠고 분홍빛이다. 손톱 끝의 흰 부분이 거칠어졌고 때가 낀 곳도 있다. 그때 오연수가 김태일의 시선을 의식했는지 슬그머니 손을 치웠다. 머리를 든 김태일은 오연수의 눈 밑이 붉어져 있는 것을 보았다.

"말씀하세요."

그렇게 말하는 오연수의 목소리가 갈라져 있다. 시선을 내렸으므로 속눈썹이 마치 반쯤 닫힌 창문 같다. 김태일이 입을 열었다.

"A팀도 이 코스를 압니까?"

"네, 다 알아요."

오연수가 머리를 끄덕이며 말을 잇는다.

"팀장만요."

"그럼 팀장이 잡혔을 때 다 불었을 가능성이 있겠군."

김태일이 혼잣소리처럼 말하자 오연수는 길게 숨을 뱉는다.

"다른 루트를 개척할 인력도 시간도 없는 상황이 되었어요."

"내가 체포조라면 아마 이 두 루트를 딱 지키고 있을 겁니다. 이건 함정 안으로 들어가는 것이나 같아요."

지도에서 머리를 든 김태일이 말을 잇는다.

"다른 루트를 개척해서 나갑시다."

"버스 터미널에서 나가는 버스 승객은 공안에서 조사하기로 했어."

최영철이 앞에 선 백순태에게 말을 잇는다.

"도로도 마찬가지다, 오늘 아침부터 외곽으로 나가는 도로는 차단해서 검문을 하고 있다."

"그럼 저는 국경으로 출발하겠습니다."

백순태는 관광객 차림으로 등에 배낭까지 매었다. 그러나 배낭 안에는 접이식 기관총에 권총, 수류탄까지 들어있다.

"좋아, 나도 곧 떠날 테니까."

머리를 끄덕인 최영철이 번들거리는 눈으로 백순태를 보았다.

"조심하도록. 그놈은 남조선 놈들이 고용한 전문가다. 이번에 그놈하고 B팀 연놈들을 소탕하지 못하면 지금까지 우리가 쌓아올린 공적이 하룻밤 사이에 허사가 된단 말이다."

"알고 있습니다. 조장 동지."

"잡으면 죽여. 데려올 것도 없어. 다만 잡은 증거만은 확실하게 확보하도록."

백순태가 경례를 올려붙이더니 몸을 돌렸다. 경흥 시내에 마련한 안가(安家) 안이다. 마당에 둘러서 있던 10여 명의 관광객이 백순태를 따라 문으로 나간다. 모두 체포조원인 것이다. 최영철이 인솔해온 체포조원은 모두 24명, 그러나 그 중 셋이 살해되는 바람에 21명이 되었다. 체포조 역사상 처음 있는 일이어서 모두 긴장하고 있다. 오후 2시가 되어가고 있다.

공안당국에 부탁해서 어젯밤 시립병원에서 살해당한 셋을 중국인으로 발표하도록 했지만 본국을 속일 수는 없다. 아연한 사령부에서는 분주하게 정보를 모으고 있을 것이었다. 남조선이 이렇게 공격적으로 나온 적이 없었기 때문이다. 그때 집안에서 부하 하나가 서둘러 나오면서 말했다.

"조장동지! 사령부입니다!"

최영철이 방 안으로 뛰어 들어가 전화기를 잡아 귀에 붙인다.

"예, 최영철입니다!"

그러자 8군단 참모장 하백일 상장의 목소리가 울렸다. 하백일이 체포조의 최고 책임자다.

"어떻게 된 거야?"

하백일이 꾸짖듯 묻자 최영철은 숨을 들이켜고 나서 대답했다.

"예, 남조선에서 파견한 전문가가 분명합니다, 저희들이 기필코 잡아 복수하겠습니다!"

"이런 개망신이 있나?"

잇사이로 말한 하백일이 다시 소리쳤다.

"몇 놈이야?"

"예, 최소한 셋입니다!"

"그 인원으로 충분하겠나?"

"예! 걱정 없습니다!"

"잡아서 어디서 보낸 놈인가 확인해라! 알았나?"

"예!"

하마터면 참모장 동지라고 뒤에 꼬리를 붙일 뻔했던 최영철이 침을 삼켰을때 통화가 끊겼다. 이것이 참모장과 첫 통화였으므로 최영철은 어깨를 늘어뜨렸다.

펼쳐놓은 지도에서 시선을 든 김태일이 오연수에게 묻는다.

"미얀마로 넘어 가는 것이 가장 안전하다는 말입니까?"

"그래요."

오연수가 다시 지도위의 국경선을 손가락 끝으로 훑고 지나갔다.

"베트남, 라오스 쪽은 위험해요. 특히 베트남 쪽은 중국과 긴장 상태라서 양쪽의 경계가 심합니다. 작년에는 넘어가다 베트남군의 총격을 받고 둘이 죽었어요."

김태일의 시선이 베트남의 동북부해안으로 옮겨졌다. 바로 10여 일전에 그곳에서 구사일생으로 탈출해 나왔던 것이다. 주엔의 얼굴이 눈앞에 떠올랐으므로 김태일은 심호흡을 했다. 잡혔다니 처형당했을 것이다. 그때 오연수가 말을 잇는다.

"미얀마에는 안가가 많을 뿐만 아니라 관리들도 호의적입니다. 돈도 받지 않고 길 안내를 해주기도 합니다."

"그럼 위쪽으로 갑시다."

김태일이 운남성 서북쪽을 가리켰다.

"미얀마 북부지방을 오래 내려오더라도 운남성 북쪽으로 올라가 국경을 넘도록 하지요."

그러자 한동안 지도를 바라보던 오연수가 머리를 끄덕였다.

"그렇게 하지요."

"오늘밤에 출발합시다."

"이젠 새로운 루트니까 이선생이 리드해 주세요."

오연수가 말했으므로 김태일이 머리를 저었다.

"난 중국에 익숙지 않아요. 그러니까 중국땅에서는 당신이 앞장서요."

김태일은 당신이라고 했다.

경흥을 빠져나가는 길을 모두 막고 있었어도 그것은 손바닥으로 물고를 막는 것이나 같다. 찻길, 사람이 다니는 산길까지 검문했지만 길 없는 산골짜기를 거슬러 올라갔다가 중턱을 넘어가는 그들을 막지는 못했다. 오후 9시에 민박집을 출발한 일행 여섯은 그렇게 경흥을 빠져나왔다. 경흥 북쪽의 도로가에 나온 일행이 6킬로미터 거리에 위치한 첫 번째 버스 정류장에 도착했을 때는 새벽 1시 반, 텅빈 버스 정류장은 불까지 꺼져 있었지만 일행은 뒤쪽 나무그늘에 앉아서 지친 몸을 쉬었다. 차량이 드문드문 오갈뿐이어서 사방은 짙은 어둠과 적막으로 덮여져 있다. 2시 15분이 되었을 때 김태일은 경흥 쪽에서 다가오는 차량의 전조

등 빛을 보았다. 엔진음이 점점 커지면서 차체의 윤곽이 드러났다. 승합차다. 승합차는 속력을 줄이더니 정류장 앞에서 멈췄다. 그리고는 엔진을 껐으므로 주위는 다시 짙은 어둠과 적막으로 덮여졌다. 몸을 일으킨 김태일이 승합차로 다가가자 운전석에서 사내가 내렸다.

"접니다."

하고 한국어로 외치는 소리가 들렸다. 홍수일이다. 그러자 뒤쪽 나무 밑에서 숨을 죽이고 있던 일행이 부스럭대면서 일어섰다. 김명순의 빠른 말소리도 울렸다. 김태일이 다가가자 홍수일이 말했다.

"검문이 심했습니다. 나가는 사람은 모두 신분증 검사를 했습니다."

홍수일이 승합차를 빌려온 것이다. 오전 2시에 이곳에서 만나기로 했으므로 15분 쯤 늦은 셈이다. 일행이 서둘러 승합차에 올랐고 차는 곧 정류장을 떠났다.

"아유, 이제 살았다."

김명순이 떠들썩한 목소리로 말하더니 머리를 돌려 김태일을 보았다.

"안내자 선생, 이제는 말해도 되지요?"

김태일이 시선만 주었으므로 무안해진 김명순이 말을 잇는다.

"입 닫으라면 닫지요. 안내자 선생."

"이봐, 그만 해."

옆에 앉은 양채호가 말하자 김명순은 찢어질 듯이 눈을 흘겼다. 그러나 더 이상 입을 열지는 않는다.

"주무시지 않으세요?"

옆에서 오연수가 물었으므로 김태일이 그쪽으로 머리를 돌렸다. 오연수가 바라 보고 있다. 오전 4시, 승합차는 속력을 내어 질주하고 있다.

가끔 지나는 차량들의 속력도 빠르다.

"예, 거긴 왜 안잡니까?"

하고 되물었더니 오연수가 쓴웃음을 지었다.

"전 틈만 나면 자요."

"……"

"낮에도 30분씩. 10분이 될 때도 있구요."

"……"

"밤에는 긴장이 되서 그런지 잘못자요."

승합차 안은 엔진음만 울릴 뿐이다. 모두 잠이든 것이다. 떠벌이 김명순이 제일 먼저 잠들었고 그 다음이 성준, 영미 남매, 나중에 양채호씨가 턱을 가슴에 묻은채 잠이 들었다. 김태일의 시선이 운전석에 앉은 홍수일의 뒷모습을 스치고 지나갔다. 다시 오연수가 물었다.

"마지막 팀도 도와주실 거죠?"

"지시를 받았으니까."

"고맙습니다."

"난 시킨 일을 하는 것뿐이요."

외면한 김태일이 말을 잇는다.

"첫 번째는 겨우 빠져 나왔지만 마지막 팀이 힘들겠어요."

오연수의 머릿속에 병원에서 탈출하던 장면이 스치고 지나갔다. 화장실에서 사내의 가슴에 칼을 박은 채 끌고 가던 김태일의 모습이 떠오르자 온 몸에 찬 기운이 스치고 지나는 느낌을 받는다. 이 사내는 정부의 일을 하는 것이 맞다. 그렇다면 영화나 소설에서 본 킬러인가? 007? 우리나라에도 그런 조직이 있었던가? 머리를 든 오연수는 의자에 머리를 붙인 김태일이 눈을 감고 있는 것을 보았다. 잠이 든 것 같다. 자려고 마음만 먹으면 바로 잠이 드는 모양이다. 사내가 기계처럼 느껴졌으므로 오연수는 시선을 돌렸다.

오전 7시 반. 다섯 시간을 달린 승합차가 길가에 멈춰 섰다. 이곳은 운남성 서쪽 변두리의 국경지대. 경홍에서 2백여 킬로미터나 떨어진 자치구 지역이다. 이미 아침 햇살이 환하게 비치고 있었지만 호젓한 산길은 비었다. 오가는 행인은 물론 차량도 없다. 차 안에서 지도를 보던 김태일이 오연수에게 말했다.

"캉위안(冷源)까지 20킬로미터가 남았어요. 시내 들어갈 필요 없이 이곳에서 국경을 돌파합시다."

차창 밖으로 보이는 서쪽이 국경이다.

김태일이 그쪽을 바라보며 말을 잇는다.

"이곳에서 국경까지는 직선거리로 6킬로미터 정도, 숲과 산길을 뚫고 나가야 될 것 같은데 내가 먼저 정찰을 하고 오겠습니다."

"그럼, 우리는요?"

오연수가 묻자 김태일이 쓴웃음을 지었다.

"그동안 이곳에서 쉬시고 필요한 물품을 캉위안에서 사오도록 하지요."

김태일이 눈으로 홍수일을 가리켰다.

"홍선생께 부탁하시면 될 겁니다."

그리고는 김태일이 배낭을 꾸리다가 문득 머리를 들고 오연수를 보았다.

"돈은 있습니까?"

"예, 있어요."

얼른 대답은 했지만 오연수의 눈 주위가 붉어졌다. 차 안이 조용해졌고 시선이 모였다. 그때 입술을 달싹이던 김명순이 말했다.

"선생님, 지난번에 받은 20불을 다시 걷어 드릴까요?"

"아니, 됐어요. 그건 비상금으로 갖고 계세요."

오연수가 정색하고 말했을 때 김태일이 지갑에서 1백 불짜리 5장을 꺼내 홍수일에게 주었다.

"홍형, 차 가지고 캉위안에 가서 현지인 옷을 사와요. 그 옷으로 갈아입고 국경을 넘을 겁니다."

지폐를 받은 홍수일에게 김태일이 말을 잇는다.

"비상식량 5일분, 그리고 필요한 물품은 오 선생하고 상의해서 사오시고, 돈은 그만하면 되겠어요?"

"충분합니다."

홍수일이 말했을 때 오연수가 이제는 붉어진 얼굴로 김태일을 보았다.

"저도 150불쯤 있어요."

그러자 머리를 끄덕인 김태일이 차 밖으로 나오면서 말했다.

"난 오후 5시까지는 돌아 올 테니까 이 근처에서 다시 만납시다. 무슨 일이 있으면 저쪽 나무 밑에 메모를 남겨 놓으시고."

김태일이 길 위쪽의 커다란 나무 둥치를 눈으로 가리키며 웃었다.

"핸드폰이 없으니까 원시시대로 돌아간 것 같군."

"반역자들의 최종 목적지는 치앙라이야. 어느 루트를 타건 치앙라이에 모인다구."

최영철이 잇사이로 말했다. 오전 11시 반, 최영철과 백순태는 다시 합류했다. 이곳은 미얀마의 국경마을. 최영철은 이제 중국 국경을 넘어 미안마 영내를 120킬로미터나 돌파한 후에 태국과의 국경지역에 와 있는 것이다. 그들 바로 옆으로 뻗어간 비포장도로가 태국의 치앙라이로 통하는 것이다. 길가 식당의 테이블에 둘러앉은 10여 명의 체포조는 모두 후줄근한 관광객 차림이다. 그러나 제각기 땅바닥에 내려놓은 가방에는 각종 무기가 잔뜩 넣어져 있다. 최영철이 말을 잇는다.

"우리는 도로 주변에 망을 쳐놓으면 돼. 반역자들은 국경을 넘어 태국으로 들어 올 테니까. 그리고는 여기로 모이겠지."

손끝으로 태국 영내의 길을 걸은 최영철이 입술을 비틀며 웃었다.

"치앙라이까지는 65킬로, 걸어 갈 수는 없을 테니까 아마 협력자가 국경 근처에 차를 대기시켜놓고 있을지도 모른다."

"아직 이곳까지 오지는 않았겠지요."

백순태가 고무된 표정으로 말하더니 눈을 가늘게 뜨고 국경쪽을 보았다. 그들이 둘러앉은 식당에서 국경초소 까지는 150미터 정도, 폭 5미터, 길이 30미터 정도의 작은 다리 복판이 국경인 것이다. 다리 양쪽 끝에 양국의 국경초소가 있는데 검문은 물론 나와서 있지도 않는다. 가끔 들리는 관광객이 여권에 도장을 받아갈 뿐이고 그냥 지나가도 내버려두는 것이다. 그때 최영철이 자리에서 일어서며 대답했다.

"우리보다 빨리 올 수는 없었겠지. 자, 이젠 우리가 기선을 잡았다."

경흥에서 곧장 국경을 돌파하고 차를 빌려 이곳까지 쉬지도 않고 달려온 것이다. 먼저 와서 기다란다. 이것이 최영철의 작전이었다.

김태일이 도로위에 올라섰을 때는 오후 5시 반이다. 오전 8시에 떠나 9시간 반 만에 돌아온 것이다. 땀과 먼지에 덮인 후줄근한 모습으로 비포장 도로위에 선 김태일이 주위를 둘러보았다. 차량 한 대가 자욱한 먼지를 일으키며 캉위안 쪽으로 달려갔다. 이곳은 산악지역이었지만 산비탈 근처다. 벼랑은 높지 않았다. 그때 먼지가 가라앉으면서 길 건너편의 바위 옆에 서 있는 원주민이 보였다. 황토색 저고리와 바지를 입고 머리에는 챙이 넓은 모자를 썼다. 먼지가 더 가셨을 때 김태일은 원주민이 오연수인 것을 알아차렸다. 오연수가 원주민 옷을 입고 있었던 것이다.

"기다리고 있었어요."

시선이 마주쳤을 때 오연수가 웃음 띤 얼굴로 말했다. 길을 건넌 김태일이 다가서며 물었다.

"다 어디 있습니까?"

"저기, 골짜기 안쪽에 있어요."

오연수가 아래쪽 길모퉁이를 가리켰다. 모퉁이 안은 바위투성이의 골짜기다.

"차도 바위 뒤쪽에 숨겨 놓았습니다."

그 쪽으로 발을 떼면서 오연수가 다시 묻는다.

"길 찾으셨어요?"

"찾았습니다. 하지만……."

김태일이 땀과 먼지로 걸레가 된 야구모를 벗어 허리에 두드려 먼지를 털었다. 오연수의 시선을 받은 김태일이 말을 잇는다.

"중국군 초소 옆을 지나야 됩니다. 그리고 다섯 시간을 걸어야 돼요."

"언제요?"

오연수가 머리를 돌려 김태일을 보았다. 그때 다시 트럭 한 대가 지나면서 자욱한 먼지를 둘에게 뒤집어 씌웠다. 길옆으로 피한 둘은 한동안 마주본 채 입을 열지 않았다. 먼지가 가셨을 때 김태일이 입을 열었다.

"두 시간쯤 쉬었다가 출발합시다."
"피곤하실 텐데, 괜찮으세요?"
불쑥 물었던 오연수는 곧 시선을 내렸다.
김태일이 못 들은 척 골짜기를 향해 앞장서 걸었기 때문이다.

"내가 물 아껴 마시라고 했잖아?"
카랑카랑한 목소리에 김태일이 눈을 떴다. 이미 주위는 어둑해졌다. 손목시계를 보았더니 7시 15분. 1시간쯤 잔 것이다. 2시간을 자려고 했더니 저 여자 목소리가 깨웠다. 그때 여자가 다시 말했다.
"너희들 둘만 마시라는 물이냐? 식구가 모두 다섯이야. 아니, 안내자 선생까지 여섯이네."
그 떠벌이 여자다. 입맛을 다신 김태일이 바위틈에서 몸을 일으켰다. 홍수일은 이곳에 오자마자 다시 경흥으로 보냈기 때문에 여섯만 남았다. 아래쪽으로 내려가자 다시 떠들려다 김명순이 김태일을 향해 웃었다.
"아이구, 안내자 선생 오셨네."
그러나 김태일이 김명순은 본 척도 않고 주위를 둘러보며 물었다.
"오 선생은?"
"예, 2차로 올 사람들한테 줄 비상식량하고 물을 숨겨두러 갔습니다."
대답은 김명순의 남편 양채호가 했다. 김태일이 그때서야 둘러앉은 사람들에게 시선을 주더니 앞에 놓인 물병 하나를 집었다. 그리고는 마개를 따고 단숨에 한 병을 다 마시고나서 빈 플라스틱 병을 집어던졌다. 모두 잠자코 김태일을 본다. 그때 김태일이 물병 하나를 집어 윤성준에게 내밀었다.

161

"마셔라."

놀란 윤성준이 눈만 크게 뜨자 김태일이 손을 잡아 물병을 쥐어 주었다.

"실컷 마셔, 괜찮아."

김명순이 눈만 껌벅였을 때 옆쪽 어둠 속에서 오연수가 나타났다.

"어머, 일어나셨어요?"

오연수가 놀란 듯 묻는다.

"갑시다."

오연수의 말에 대답도 하지 않고 김태일이 말했다. 그리고는 둘러앉은 사람들에게 하나씩 시선을 주었다.

"내가 앞장을 설테니까 5미터 간격으로 따라 오시도록."

김태일의 시선이 윤성준 남매에게로 옮겨졌다.

"너희들 둘은 나란히 따라와도 된다. 너희들이 바로 내 뒤를 따르고 그 뒤에 양선생, 그 다음이 김여사, 그리고 맨 뒤가 오선생이요."

그때 김명순이 나섰다.

"애들은 왜 나란히 가죠? 우리 부부도 나란히 가면 안 될까요?"

"이봐, 그만 해."

당황한 양채호가 말린 순간이다. 김태일이 점퍼를 들치더니 허리춤에 꽂은 권총을 꺼내었다. 그리고는 똑바로 김명순을 겨누었으므로 다섯은 입만 딱 벌렸다. 오연수도 몸을 굳히고만 있다. 그때 권총을 겨눈 김태일이 표정없는 얼굴로 말했다.

"지금 이 순간부터 내 말에 한마디라도 토를 달면 그 즉시 쏴 죽이겠어."

김태일이 김명순을 응시한채 한마디씩 낮게 말하고는 묻는다.

"대답을 안해도 죽인다. 자, 대답해라."

"예."

김명순의 목소리는 다른사람 같았다. 대답하다가 목이 메서 재채기를 했고 숨을 헐덕였다. 옆에 선 양채호는 그런 김명순을 흘겨보기만 한다. 다시 김태일의 말이 이어졌다.

"난 오선생을 구하라는 지시를 받았을 뿐이야. 너 같은 년은 죽여 내 버리고 가도 상관이 없단 말이다. 알아들어?"

"예."

딸꾹질을 하던 김명순이 하얗게 질린 얼굴로 대답했다. 그때 양채호가 입을 열려고 했으므로 김태일이 짧게 잘랐다.

"닥쳐."

양채호는 말도 꺼내지 못하고 입을 다물었다.

여섯 시간을 걸었을 때 중국군 초소가 보였다. 저곳이 바로 국경이다. 초소는 골짜기 입구에 세워져 있었는데 앞쪽이 폭이 50미터쯤 되는 강이었다. 일행은 강가에 엎드려 어둠에 덮인 강을 브았다. 새벽 두시였다. 김태일이 일행을 둘러보며 말했다.

"이쪽에서는 보이지 않지만 초소 뒤쪽에 보트가 한 척 있어요. 4인승 쯤 되는데 그놈을 타는 방법밖에는 없습니다."

모두 눈동자만 굴렸고 김태일의 말이 이어졌다.

"난 어제 강을 헤엄쳐 건넜는데 깊고 물살이 빨라서 애를 먹었습니다."

"그럼 어떻게 하죠?"

오연수가 마침내 가라앉은 목소리로 물었다.

"초소 뒤쪽까지 다가가서 보트를 탄다는 건 너무 위험할 것 같은데요."

"여기서 내가 신호를 할때까지 기다려요."

매고있는 배낭을 벗어 오연수에게 건네주면서 김태일이 말했다.

"초소에는 두 놈이 있고 옆쪽 막사에 네놈이 있어요."

"어떻게 하시려구요?"

"다 없애버리는 수밖에."

허리춤에 끼었던 베레타92F를 꺼낸 김태일이 주머니에 넣어둔 소음기를 총구에 끼었다. 모두 숨을 죽인채 그 작업을 본다. 소음기를 끼우자 베레타는 길쭉해졌고 더 묵직하게 보였다. 김태일이 오연수에게 말했다.

"강폭이 제일 좁은 곳이 이곳이요. 다른 곳은 1백 미터도 넘어서 여기를 건너야만 합니다. 그래서 초소를 세운 것이지만."

어둠속에서 김태일의 얼굴에 쓴웃음이 떠올랐다.

"우리가 이번에 건너게 된다면 두 번째 팀은 이곳을 건너지 못할 거요. 다른 곳으로 돌아가야겠지."

"다른 방법은 없을까요?"

하고 오연수가 물었지만 김태일은 머리를 저었다.

"없어요."

그리고는 김태일이 몸을 돌렸다. 어제 왔을때부터 생각해둔 방법이었다. 첫 번째 팀은 이곳을, 두 번째 팀은 다른곳에서 다른 방법으로 건널 예정이었다.

초소로 다가간 김태일은 예상했던 대로 둘이 잠이 든 것을 보았다. 제각기 마룻바닥에 두 다리를 길게 뻗고 상반신은 벽에 기댄 채 잠이 들었다. AK-47은 벽에 기대 세워 놓았는데 한정에는 탄창도 끼워놓지 않았다. 창에서 머리를 돌린 김태일이 옆쪽 막사를 보았다. 불이 꺼진 막사도 조용하다. 심호흡을 한 김태일이 막사로 다가갔다. 초소와의 거리는 15미터 정도. 불침번이 있을 리가 없다. 막사 벽으로 조심스럽게 다가간 김태일이 열려진 창을 통해 안을 드려다 보았다. 이제는 어둠이 눈에 익어서 침대에 누운 병사들이 보인다. 빈 침상이 두 개, 넷에는 주인이 있다. 그러나 막사 끝 쪽의 닫쳐진 문이 보였다. 그곳은 초소 지휘관의 숙소인 것 같다. 그러면 초소 총원은 7명인가? 그때였다.

"누구야?"

막사 끝쪽 침상의 사내가 상반신을 일으키면서 중국어로 묻는다. 놀란 김태일이 몸을 숙였으나 다시 외침이 일어났다.

"거기, 창가에 누구야?"

그 순간 김태일이 망설였다. 초소를 먼저 칠 것인가? 아니면 이곳인가? 그러나 이곳이 가깝다. 김태일은 창으로 상반신을 와락 붙이고는 권총을 발사했다.

"퍽! 퍽! 퍽! 퍽!"

단 네발에 침상에서 아직 떠나지 못했던 네 사내가 쓰러졌다. 그것을 본 김태일이 창에서 막사 안으로 상반신부터 몸을 굴리면서 들어왔다. 막사 안은 아직 어둡다. 김태일이 막사 바닥에서 몸의 중심을 잡은 순간 왼쪽 문이 벌컥 열리면서 사내 하나가 뛰쳐나왔다. 알몸에 팬티 차림이었지만 손에 소총을 쥐었다.

"퍽! 퍽!"

그러나 엎드려 쏴 자세가 되어있는 김태일이 쏜 총탄은 3미터 거리의 사내 심장에 두 발이 다 적중했다. 사내가 막사 바닥에 쓰러지기도 전에 김태일이 자리를 차고 일어섰다. 그리고는 바닥에 떨어진 AK-47을 집어 들었다. 탄창을 빼어 실탄을 확인하고 난 김태일이 다시 탄창을 장전했을 때 초소에서 부르는 소리가 났다. 머리를 돌린 김태일은 초소에서 병사 하나가 나오는 것을 보았다. 초소 창으로 병사 하나는 이쪽을 바라보고 있다. 아직 어둡다.

"무슨 일이야?"

병사가 다가오면서 중국어로 소리쳤는데 아마 그런 뜻인 것 같다. 김태일은 창밖으로 AK-47을 겨누었다. 사내와의 거리는 7미터 정도. 이제 6미터로 가까워졌다.

"카카카카!"

자동소총의 연발발사음이 울렸고 다가오던 병사가 사지를 뒤흔들며 쓰러졌다.

"카카카카카카카!"

밀림과 강위로 요란한 총성이 다시 이어졌다. 초소 밖으로 이쪽을 주시하던 병사의 몸도 붕 뜨는 것 같더니 보이지 않았다.

초소 옆을 지나는데 와락 피비린내가 풍겨왔다. 그 냄새를 오연수와 양채호, 김명순 부부는 맡은 것 같다. 모두 몸을 굳힌 채 보트에 오른다. 보트는 4인승이었지만 성준, 영미 남매가 작은 체구여서 여섯이 탈 수는 있다. 묶어둔 로프를 풀고 김태일이 노를 저었다. 강의 물살이 빨랐으므로 중심을 잡았을 때는 어느덧 초소에서 50미터쯤 아래로 내려간 후다. 김태일은 힘껏 노를 젓기 시작했고 배에 탄 다섯을 몸을 굳힌 채 미동도 하지 않는다. 김태일이 노를 저으면서 뒤에 앉은 오연수에게 말했다.

"당분간 이쪽 코스는 사용 못하게 될 거요. 중국 국경에 비상이 걸릴 테니까."

"어떻게 했는데요?"

그렇게 물은 것은 김명순이다. 그러자 김태일이 입을 다물었고 양채호가 김명순을 꾸짖었다.

"이 간나야, 입 닥치라고 했지 않어?"

그때 오연수가 김태일의 등에 대고 물었다.

"저기, 남은 선희하고 권여사는 데려올 수 있을까요?"

"내가 돌아가야죠."

그러자 보트 안에 정적이 덮였고 노가 삐걱대는 소리만 났다. 보트는 비스듬히 강을 질러 건너편 숲까지는 7, 8미터 정도가 남았다. 김태일이 앞쪽에 앉은 양채호에게 말했다.

"보트가 기슭에 붙으면 나뭇가지나 풀이라도 잡아요."

"예. 알겠습니다."

김태일은 노를 힘껏 저어 보트를 기슭으로 돌진시켰다. 반대편 기슭은 울창한 밀림이다. 보트를 댈 곳은 없었지만 잔가지나 풀은 무성했다. 이윽고 보트가 기슭에 부딪쳤을 때 양채호는 물론 김명순, 성준 남매와 오연수까지 풀과 나무를 움켜쥐었다.

"자, 하나씩 내려."

김태일이 지시했다.

"먼저 영미부터, 나머지는 꽉 잡고."

이제 닿았다. 이곳은 미얀마다.

오전 6시 반, 다시 밀림을 헤치고 세 시간을 나아간 그들 눈앞에 산비탈에 펼쳐진 경작지가 보였다. 사람의 손이 닿은 흔적이 나타난 것이다. 이제 숲은 듬성듬성 적어지더니 1킬로미터쯤 더 나아가자 완만한 구릉의 논이 드러났다. 이젠 평야다. 그리고 앞쪽 작은 도랑가에 서너채의 민가가 보였다. 민간 굴뚝에서 역기가 오르고 있다. 걸음을 멈춘 김태일이 한동안 민가를 바라보더니 다시 발을 떼었다. 김태일은 윤영미를 업고 있었는데 미얀마에 닿은 후부터다. 12살짜리 영미에게는 엄청난 강행군이었던 것이다. 김태일의 뒤를 따르면서 오연수가 말했다.

"미얀마 주민들은 신고하지 않아요."

김태일은 발만 떼었고 오연수의 말이 이어졌다.

"국경수비대도 미얀마 쪽은 허술해서 잡힌 적이 없거든요."

"내가 걱정하는 건 북한 체포조요."

불쑥 김태일이 말하자 오연수가 입을 다물었다. 김태일이 말을 잇는다.

"그놈들이 가만있을 리가 없어요. 나 같으면 태국 국경 안에서 기다리고 있을 겁니다."

"……."

"치앙라이로 가는 길목만 지키면 될 테니까."

"……."

"그리고 놈들이 경비가 허술하다고 소문난 미얀마 국경을 놔둘 리가 없지."

걸으면서 머리를 돌린 김태일이 오연수를 보았다.

"저 민가에서 기다리고 계시오. 내가 다시 돌아가 다음팀을 데려올 테니까."

"좀 쉬고 가세요."

시선이 마주친 오연수가 걱정스러운 표정을 지어보였다.

"이틀 동안 쉬지도 않으셨잖아요?"

"이건 쉬는 거요."

영미를 추슬러 업은 김태일이 걸음을 늦췄으므로 앞 쪽 양채호 김명순 부부와의 거리가 10여 보로 떨어졌다. 다시 머리를 돌린 김태일이 오연수를 보았다.

"저 부부는 어디서 데려왔습니까?"

"단둥에서 만났어요."

목소리를 낮춘 오연수가 묻는다.

"왜요?"

"내가 죽 지켜보았는데 뭔가 꺼림칙한 느낌이 듭니다."

오연수는 입을 다물었고 김태일이 목소리를 낮춰 말을 잇는다.

"특히 양채호가."

"김명순씨가 아니구요?"

그러자 김태일이 머리를 저었다.

"둘이 부부 같지가 않습니다."

오연수가 숨을 삼켰을 때 김태일이 쓴웃음을 짓는다.

"김명순은 불안한 상태요. 뭔가 양채호에게 약점을 잡히고 있는 것 같습니다."

민가의 미얀마 농민들은 순박했다. 오연수가 더듬거리는 미얀마어로 관광객이라면서 조금 쉬겠다고 했더니 기꺼이 집안으로 초대했다. 민가는 4채, 주민은 30여 명 되었지만 아이들이 10여 명, 노인이 7, 8명에, 젊은이라야 40대의 남녀 대여섯 명 뿐이었다. 젊은 남녀가 눈에 띄지 않는다. 모두 구경 나온 것이 더 안심이 되었으므로 김태일은 그들의 통신 수단을 체크했다. 전화도 없고 핸드폰도 없는 곳이었다. 연락은 어떻게 나누냐고 오연수가 물었더니 30킬로미터쯤 남쪽으로 내려가면 작은 마을이 있는데 그곳의 우체국에서 연락을 한다는 것이다. 지도를 본 김태일이 그곳에서 제일 가까운 도시가 100킬로 정도 떨어진 '평양'인 것을 알았다. '평양에서 3백 킬로를 남하해야 태국 국경에 닿는다. 버스를 탄다고 해도 이틀 여정은 될 것이다. 오전 9시가 되어가고 있다. 성준 남매는 집에 들어오자마자 마룻방에서 늘어져 잠이 들었고 김명순과 양채호까지 잠이 든 것을 확인한 김태일이 집 밖으로 나왔다. 집 앞에서 소에게 여물을 주던 집주인 노인이 무표정한 얼굴로 김태일을 보았다. 마른 체격에 작은 키, 검고 주름진 얼굴이었지만 눈빛이 맑다. 허름한 셔츠에 바지를 입고 발은 맨발이다. 배낭을 내린 김태일이 안에서 '말보로' 한 갑을 꺼내 노인에게 내밀었다. 그러자 눈이 둥그레진 노인이 말보로를 집더니 활짝 웃었다. 이가 거의 다 빠져서 걸려있는 이가 허물어지는 기둥처럼 컸다. 그때 뒤에서 오연수의 목소리가 들렸다.

"쉬지 않으세요?"

머리를 돌린 김태일이 오연수를 보았다.

밝은 햇살에 비친 오연수의 얼굴에 윤기가 흐른다. 방금 씻은 것 같다. 김태일의 시선을 받은 오연수가 머리를 가다듬는 시늉을 했다. 눈 밑이 조금 붉어졌다.

"난 저기서 쉬려고 했는데."

김태일이 건너편 건물을 가리켰다. 아래층에 건초를 쌓아놓고 이층은 마룻방인 창고형 건물이다. 김태일이 발을 떼자 오연수가 잠자코 뒤를 따른다. 김태일이 사다리를 타고 창고 이 층에 먼저 오르고는 뒤를 따라 올라오는 오연수에게 손을 내밀었다. 오연수가 김태일이 내민 손을 잡는다. 마룻방에 오른 김태일이 벽에 기대어 앉자 오연수가 1미터 쯤 떨어진 옆에 앉는다. 이 층은 문 쪽만 트여 있어서 삼 면이 판자벽이다.

그들 왼쪽에 일행이 들어간 민가가 보였고 앞 쪽 시야는 국경 쪽으로 트여져 있다. 그때 오연수가 물었다.

"양채호씨는 어떻게 하죠?"

"당분간 모른 척 놔둬요. 그자가 어떤 행동을 하지는 못 할 테니까."

"혹시 주머니에 핸드폰이라도 갖고 있으면 어떻게 해요?"

"있다고 해도 지금 사용하지는 않을 겁니다. 국경 쪽에 다가갔을 때겠지."

"왜 수상하다고 느끼세요?"

다시 오연수가 묻자 김태일이 희미하게 웃었다.

"둘이 가끔 시선 부딪는 것을 보았습니다. 양채호는 누르는 시선이었고 김명순은 그때마다 주눅이 들었어요. 정상적인 부부같지가 않았어요."

눈을 가늘게 뜬 김태일이 말을 잇는다.

"새벽에 초소를 지날 때 피냄새에 가장 민감한 반응을 보이더군. 양채호는 군인 같았습니다. 위기의 대응 자세나 순간의 행동이 훈련받은 군인 같아요."

"그러고 보면 이상한 점이 있어요."

가라앉은 목소리로 오연수가 말을 잇는다.

"단둥에서 둘을 만났을 때 말은 양채호씨가 다 했어요. 그런데 차츰 시간이 지나니까 김명순 씨가 말을 많이 하더군요."

"자식들은 다 죽었다고 했지요?"

"네. 굶어 죽었다고."

"인질로 잡혀 있는지도 모르지. 남편까지."

혼잣소리처럼 말한 김태일이 눈을 감았다.

"두 시간만 자고 떠날 겁니다."

"주무세요."

그때 김태일이 번쩍 눈을 떴다.

"오 선생."

"네."

"내가 한 번 안아도 되겠습니까?"

오연수가 눈만 크게 떴고 김태일이 시선을 준 채 말을 잇는다.

"난 오 선생의 시선이 부딪칠 때마다 성적 충동이 일어납니다. 물론 이건 나만의 충동이겠지만."

"……."

"난 오 선생처럼 동정심, 사명감, 또는 동포애가 없는 인간이오. 그저 기계처럼 명령에 따라 움직이는데."

"……."

"만일 오 선생이 나한테 조금이라도 보답할 의사가 계시다면……."

"그만요."

말을 자른 오연수가 똑바로 김태일을 보았다. 이 층 창고 마룻방은 어둑하다. 아직 햇볕이 북쪽 출입구를 비치지 않았기 때문이다. 오연수가 갈라진 목소리로 말했다.

"드릴게요."

김태일은 조심스럽게 오연수의 바지를 벗긴다. 오연수는 눈을 감은 채 김태일에게 몸을 맡기고 있다. 바지를 끌어내린 김태일이 숨을 들이켰다. 오연수의 흰 팬티에 눈이 부셨기 때문이다. 그때 오연수가 스스로 팬티를 끌어내렸으므로 검은 숲이 드러났다. 김태일은 서둘러 바지와 팬티를 함께 끌어내리고는 오연수의 몸 위에 오른다. 다시 오연수가 눈을 감았고 그 순간 입이 딱 벌어졌다. 김태일의 몸과 합쳐졌기 때문이다.

"조장동지, 중국국경 전역에 비상이 걸렸습니다."
서둘러 다가온 백순태가 최영철에게 소리치듯 말했다. 얼굴이 굳어져 있다. 잠자코 시선만 주는 최영철을 향해 백순태가 말을 잇는다.
"진탄 서쪽 제267 국경초소 병력이 몰살당했다는 것입니다."
"뭐야?"
마침내 최영철의 입에서 외마디 외침이 일어났다. 펄쩍 몸을 세운 최영철이 소리쳤다.
"지도!"
옆에 서있는 조원이 땅바닥에 국경지도를 펼쳐놓자 최영철이 손끝으로 진탄을 짚었다. 예상했던 위치보다 훨씬 위 쪽이다.
"이곳을 뚫었군."
제267 국경초소를 손끝으로 짚은 최영철이 지도위의 치앙라이까지 주욱 선을 그었다.
"여기까지 오는데 사흘은 걸리겠다."
"너무 위 쪽으로 올라갔지 않습니까? 놈들이 어디로 뚫고 오지는 모릅니다."
"치앙라이야. 이곳이 종착지다."
자르듯 말한 최영철가 얼굴을 찌푸리고 웃었다.
"그놈, 해결사가 반역자들을 끌고 가는 것 같다. 그놈이 함께 있는 것을 확인했으니 다행이다."

최영철에게는 국경초소 병사가 몰살 당한 것쯤은 문제가 아닌 것이다. 방금 정보원으로부터 연락을 받은 백순태가 말을 이었다.

"중국 측도 이 사건에 특공대를 파견한다고 합니다. 우리에게 도움이 되지 않겠습니까?"

"사냥꾼은 우리야."

정색한 최영철이 주위를 둘러보면서 목소리를 높였다. 조원들의 사기를 높여주려는 의도일 것이다.

"중국 특공대는 사냥개 노릇을 하면 되겠다."

이곳은 태국 국경 안이다. 치앙라이행 국도가 옆으로 뻗쳐있는 길가의 매점 뒤쪽 공터였다. 국경에서 20킬로미터 정도 떨어진 마을로 치앙라이행 버스가 출발하는 국경 첫 마을인 셈이다. 최영철은 체포조 본부를 이곳으로 옮긴 것이다.

김태일은 오연수를 부둥켜 안은채 한동안 몸을 떼지 않았다. 오연수 또한 김태일의 몸을 감아 안은채 움직이지 않는다. 가쁜 숨소리가 마룻방 안을 채우고 있다. 습기 띈 열기가 가시면서 벗은 하체에 서늘한 기운이 덮여졌다. 이윽고 김태일이 먼저 상반신을 일으켰다. 오연수는 목을 감은 팔을 풀더니 서둘러 하체를 옷가지로 가린다. 이제 몸을 뗀 둘은 말없이 옷을 찾아 입는다. 갑자기 아래쪽에서 소 울음소리가 울렸다. 벽을 가린 판자 사이로 들어온 햇살 각도가 좁혀졌다.

"나, 지금 떠납니다."

돌아서서 바직 혁대를 잠그던 김태일이 말했다.

"초소 병력이 몰살당했으니 전 국경에 비상이 걸려 있을 겁니다. 내가 내일 밤까지 이곳에 돌아오지 않으면 떠나도록 해요."

놀란 오연수가 김태일의 등을 보았다.

"싫어요."

몸을 돌린 김태일이 쓴웃음을 지었다.

"그리고 치앙라이 코스는 타지 마시오. 틀림없이 체포조가 기다리고 있을 테니까."

"기다릴게요."

오연수가 똑바로 김태일을 올려다보았다.

판자 틈으로 들어온 햇빛 줄기가 오연수의 몸에 흰 줄을 만들어 놓았다.

"오실 때까지 기다린다구요."

"내일 밤까지."

이제는 정색한 김태일이 말을 잇는다.

"그리고 태국으로 들어갈 때 다른 루트를 탈 것, 명심해야 돼요."

그리고는 몸을 돌린 김태일이 계단을 내려가기 시작했다. 그때 김태일의 등에 대고 오연수가 말했다.

"저, 좋아서 한 거예요."

주춤 발을 멈춘 김태일이 앞을 보았다. 오연수는 김태일이 몸을 돌리기를 기다렸다. 시선을 마주칠 준비를 하고 눈에 힘까지 주었지만 김태일은 머리를 돌리지 않았다. 그리고는 다시 계단을 내려가 구릉을 향해 걷기 시작했다.

지도에서 머리를 든 왕우 상교(上校)가 주위에 둘러선 장교들에게 말했다.

"북조선 탈북자 체포조가 범인이 탈북자를 호송하고 있다고 했다. 그 놈이 경흥 시립병원에서 셋을 살인한 놈이라는 것이다."

모두 시선만 주었고 왕우의 말이 이어졌다.

"그렇다면 놈은 국경을 넘어 미얀마로 잠입했다고 봐야한다. 267 국경초소 보트가 건너편 기슭에서 발견된 것도 그 때문이야."

그러나 미얀마는 같은 사회주의 국가지만 중국측에 비협조적이다. 중국군경이 월경 하는 것에는 질색을 하는 것이다. 왕우의 시선이 왼쪽에 선 장교에게로 옮겨졌다.

"신 소교(小校)."

"예, 상교 동지."

"동무가 특공대 1개 분대를 이끌고 국경을 넘어 미얀마로 잠입해라."

"예, 상교 동지."

예상하고 있었다는 듯이 장교가 부동자세로 서서 대답했다. 건장한 체격에 얼굴도 넓고 호걸풍의 사내다. 왕우가 말을 잇는다.

"그놈 혼자만 움직이는 것이 아닐 거다. 탈북자를 이끌고 있을 테니 속도는 느리다."

왕우의 손끝이 지도 한곳을 짚었다. 그런데 그곳이 미얀마의 '팡양' 이다.

"267 국경초소를 뚫었다면 가장 가까운 버스터미널이 이곳이다. 이곳에서 역으로 추적하는 것이 옳다."

왕우의 손가락이 지도의 '팡양' 위 쪽을 누르며 올라왔는데 지금 오연수가 머물고 있는 외진 민가도 스치고 지나갔다.

김태일은 강 건너편을 주시했다. 이곳은 미얀마 쪽 강가. 오늘 새벽에 넘어온 중국 측 267 국경초소로부터 북쪽으로 20킬로미터쯤 떨어진 곳이다. 그래서 이곳은 또 다른 초소인 제 264초소와 5킬로미터 거리에 있는 것이다. 이윽고 김태일은 강물 속에 천천히 몸을 집어넣었다. 이쪽 강폭은 1백 미터 정도. 강 흐름이 빨라서 헤엄을 치지 않고 물 흐름에 떠내려가도록 할 작정이다. 그러면 1킬로미터쯤 떠내려가다가 중국 측 기슭에 닿을 것이었다. 강 안으로 세 걸음을 내딛자 곧 몸이 떠밀려 갔다. 비닐 주머니에 옷가지와 권총을 싸 넣고 그것을 튜브처럼 줄로 몸에 매달고 있는 것이다. 김태일은 먼저 떠내려가는 비닐 주머니에 끌려 흘러가고 있다.

김태일이 다가가자 인기척을 느낀 권복심이 먼저 머리를 들었다.
"에그머니."
놀란 외침이 권복심의 입에서 터졌고 옆에 붙어 웅크리고 자던 백선희가 눈을 떴다.
"아저씨."
백선희의 눈에 금방 눈물이 고이더니 주르르 떨어졌다. 오후 5시 반, 이틀 전부터 몇 시간 쉬지도 않고 국경을 두 차례나 왕복한터라 김태일의 몸도 지쳐 있었다. 바위틈에 앉은 김태일이 둘을 번갈아 보았다. 서산에 걸려있던 태양이 떨어지면서 주위는 급속하게 그림자가 덮여지는 중이다.
"아래쪽 길에 군인들이 지나지 않았습니까?"
권복심에게 물었더니 머리를 젓는다.
"못 봤어요."
이곳은 길에서 1백미터쯤 떨어진 황량한 바위산 중턱이다. 사람들이 올라올 이유도 없고 주변에 민가도 없다. 김태일이 손목시계를 보면서 말했다.

"두 시간만 쉬고 출발합시다. 내가 피곤해서 그럽니다."

"그럼요, 쉬셔야죠."

권복심이 사근사근 말했다.

"저희들 때문에 고생이 많으세요. 진심으로 감사드립니다."

"난 지시를 받고 일하는 겁니다. 그러니까 부담 갖지 마시고."

바위틈에 누우려던 김태일이 상반신만 들고 생각난 듯 물었다.

"참, 양채호씨와 김명순씨 둘이 수상한 점 없습니까?"

"왜요?"

놀란 듯 권복심이 물었고, 바위에 기대 앉아있던 선희의 눈도 둥그렇게 커졌다. 김태일이 정색하고 말했다.

"둘이 이상해서요. 난 양채호씨가 위장 탈북자 같습니다. 김명순씨가 끌려가는 입장 같구요."

"그러고 보니."

눈을 가늘게 떴던 권복심이 놀란듯한 얼굴로 김태일을 보았다.

"둘이 한 번도 떨어지지 않았어요. 화장실에 갈 때도 무섭다고 같이 가더군요."

"누가 무섭다고 해요?"

"물론 김명순씨죠."

"……"

"그럼 양채호씨는 싫은 내색을 참으면서 따라갔지요."

"양채호씨가 먼저 따라 나선 것이 아니구요?"

"아저씨가 화장실 갈 때는 아줌마는 남았어요."

하고 대답한 것은 선희다. 김태일의 시선을 받은 선희가 말했다.
"제가 마당을 지나다가 둘이 이야기 하는 걸 들었는데 아줌마가 아저씨한테 '조심하지 않으면 혼나.' 그랬어요. 그래서 남편을 아이들처럼 혼낸다고 생각했는데……."

김태일이 저도 모르게 헛기침을 했다. 결정적이다. 그런데 자신은 거꾸로 생각했다. 여럿의 눈이 정확할 것이었다.

밤 11시 반, 세 시간을 걸었을 때 밀림이 나왔다. 선희는 아직 수술 자리가 아물지 않아서 세 시간 중 절반은 김태일이 업고 걸었다.

"여기서 쉽시다."

밀림에 들어선 김태일이 자연사로 넘어진 고목에 기대 앉으면서 말했다. 모두 땀에 흠뻑 젖었고 습도가 높아서 지쳐가는 상태다. 김태일이 옆에 앉은 선희에게 물었다.

"넌 뭐가 되고 싶으냐?"

김태일의 시선을 받은 선희가 망설이고 있다. 보통 이런 때는 가족관계를 묻는다. 그러나 이제는 김태일도 그것이 상처를 줄 가능성이 많다는 것을 안다. 제대로 온전한 가족이 없기 때문이다. 그때 김선희가 말했다.

"그저 굶지 않고 사는 것만 생각해 와서 아직 모르겠어요."

가슴이 답답해진 김태일이 머리를 들었을 때 앞쪽에 기대 앉은 권복심과 시선이 마주쳤다. 어둠속에서 권복심의 눈동자가 반들거리고 있다. 권복심이 말했다.

"중학 2학년 다니다 왔으니 먼저 학교부터 다녀야지요."

"그래야겠다."

뭔가 기운을 내게 해주려고 말을 걸었다가 김태일의 기운이 먼저 빠졌다. 그래서 눈을 감았더니 피로 때문인지 금방 잠이들어 버렸다. 김태일이 잠에서 깬 것은 권복심이 어깨를 흔들었기 때문이다. 눈을 뜬 김태일에게 권복심이 속삭이듯 말했다.

"사람 소리가 들려요."

숨을 들이켠 김태일이 귀를 기울였고, 곧 사내들의 목소리가 들렸다. 물론 중국어다. 김태일이 허리에 찬 베레타92F를 빼내 쥐었다. 이곳은 국경에서 아직 4킬로미터나 떨어져 있다. 267검문소에서 떨어지려고 훨씬 북쪽으로 비스듬히 나아갔기 때문이다. 밀림 4킬로미터를 돌파하려면 서너 시간은 더 걸어야 한다. 그때 목소리가 점점 가까워졌다.

"어떻게 하지요?"

겁이 난 권복심이 바짝 다가앉았다. 셋은 이제 한 덩어리가 되어 앉아 있다. 그때 김태일이 자리에서 일어섰다.

"거기서 움직이지 말아요."

낮게 말한 김태일이 목소리가 들린 쪽으로 다가갔다. 여자들 쪽으로 오려는 것을 막으려는 의도도 있다. 그 순간 바로 앞쪽에서 목소리가 들렸으므로 김태일은 소스라쳤다. 이쪽에도 있는 것이다. 나무 등치에 몸을 붙인 김태일이 권총을 고쳐 쥐었다. 밀림 안은 칠흑처럼 어둡다. 겨우 2,3미터 앞만 보일 뿐이다. 각종 나무와 풀로 뒤엉킨 밀림을 헤치고 나가려면 소음은 필수적이다. 그때 옆쪽에서도 두런거리는 목소리가 들리더니 발자국 소리가 들렸다. 두 사람, 그리고 앞쪽에 하나, 셋이다.

붙어 앉아 숨을 죽이고 있던 권복심과 선희는 이쪽으로 다가오는 발자국 소리를 들었다. 사내들의 목소리는 어느덧 들리지 않았다. 발자국 소리가 점점 다가왔으므로 참지 못한 선희가 물었다.

"아저씨?"

"어, 그래."

김태일의 목소리가 들린 순간 둘은 동시에 긴 숨을 뱉는다. 이윽고 검은 그림자가 어른거리더니 나무등치 옆으로 김태일의 모습이 드러났다. 권복심은 긴 시간이 지난 것 같았다.

"어떻게 되었어요?"

사내들의 목소리가 들리지 않았으므로 권복심이 묻자 김태일은 선희 앞에 쪼그리고 앉으면서 말했다.

"자, 업혀라. 가자."

그 순간 권복심은 묻지 않는 것이 낫다는 생각이 들었다.

오전 3시 반. 송화강을 넘어 미얀마 영내에 침투했던 인민군 국경경비대 제6군단 정찰대 소속 신(信)소교는 왕우상교의 전화를 받았다.

"신 소교, 지금 위치는 어디냐?"

왕우 상교가 다급하게 물었으므로 신 소교가 서둘러 보고했다. 그러자 왕우 상교가 지시했다.

"당산 마을의 주민 3명이 숲에서 습격을 받았다. 3명 모두 머리를 맞고 기절했다가 깨어났는데 전문가 소행 같다."

"상교동지, 그러면……"

"그런데 사건 현장이 267 검문소에서 대각선으로 북쪽 25킬로미터 지점이야."

"……"

"국경을 넘어간 놈하고는 상관이 없는 것 같은데 30킬로미터 반경 안에서 사건이 일어났어."

"그럼 제가 그쪽으로 가볼까요?"

신 소교가 묻자 잠깐 생각하던 왕우 상교가 지시했다.

"영내 사건부터 처리 하는 것이 낫겠다. 즉시 당산 마을로 이동하도록, 네가 가장 가까운 위치에 있다."

누워서 뒤치락대던 오연수가 자리에서 일어났다. 마룻방 안에는 넷이 둘씩 짝을 이뤄 잠이 들었다. 양채호 부부는 왼쪽에 나란히 누웠고 성준 영미 남매는 문 옆에 서로 마주본 채 팔다리가 엉켜져 있다. 오연수의 시선이 다시 양채호 부부에게 옮겨졌다. 둘은 서로 등을 돌리고 잔다. 가늘고 긴 숨을 뱉은 오연수가 마룻방을 나왔다. 안채의 주인 가족은 모두 잠이 들어 조용하다. 마당 끝의 축사 기둥에 기대선 오연수가 산등성이 쪽을 보았다. 별무리 밑의 긴 능선이 드러났다. 어제 아침에 그쪽에서 내려왔던 것이다. 김태일도 다시 그쪽에서 나타나야만 한다. 그 순간 오연수는 숨을 삼켰다. 불덩이가 흔들리면서 산등성이를 넘어가고 있다. 높지 않은데다 경사가 완만해서 흔들리는 불덩이가 꽤 오랫동안 이어졌다. 후레시 불빛이다. 10여 개나 되었으니 군인일 것이다. 그런데 왜 돌아가는 것일까? 오연수는 그것이 이쪽으로 내려오다가 다시 명령을 받고 돌아가는 신 소교와 병사들이라는 것을 알 리가 없다. 이윽고 불빛들은 보이지 않았고 다시 별빛만 반짝였다.

오연수가 마룻방 안으로 돌아오지 않자 김명순은 슬그머니 상반신을 일으켰다. 등을 돌린 채 누워있는 양채호는 잠이 든 것 같다. 마룻바닥을 조심스럽게 밟고 마악 문지방을 넘으려는데 양채호가 누운 채로 낮게 묻는다.

"화장실 가는 거야?"

"그래."

남매가 깰까봐 소리죽여 대답한 김명순이 다시 발을 떼었다. 일이 틀어진 것은 그 놈이 오면서부터다. A팀을 박살내고 B팀을 궁지에 빠뜨리면 한국에서 이 사업의 사업단장이거나 책임자급이 날아 올 줄로 기대했다. 그래서 B팀과 함께 일망타진 할 작정이었다. 그런데 한국에서 무지막지한 해결사를 보낸 것이다.

인도주의적 사업단이 살인 전문가를 파견할 줄은 상상 밖이었다. 마당으로 나온 김명순은 뒤쪽 화장실로 다가갔다. 이곳 화장실은 아래쪽이 거대한 함정 같다.

화장실 앞에서 가볍게 헛기침을 했지만 안에서는 기척이 없다. 오연수는 다른 곳에 있단 말인가? 머리를 기울였던 김명순이 거적을 들추고는 안을 보았다. 어둠 속이었지만 안이 비어 있는 것을 보았다. 김명순은 안으로 들어섰다.

축사 기둥에 등을 붙이고 앉아있던 오연수는 김명순이 모퉁이를 돌아 화장실로 가는 것을 보았다. 그 순간 가슴이 철렁 내려앉았다. 지금까지 한 번도 저런 적이 없었기 때문이다. 둘은 항상 같이 다녔다. 화장실에 같이 가는 것도 물론이다. 김명순이 무서움을 타기 때문이라는 것이다. 그래서 웃음거리가 되었지만 버릇이 되어 버렸다. 그런데 이 깊은 밤에 김명순이 혼자 화장실에 가다니, 그렇다면

강폭은 1백 미터쯤 되어 보였는데 검고 흐름이 빠르다. 오전 6시 40

분. 주위는 어스름했지만 밝아오는 중이다. 밀림 안이어서 햇살이 파고 들어오지 않았기 때문이다. 김태일이 나무토막과 비닐주머니를 엮어 만든 뗏목을 물 위에 내려놓고 선희를 위에 앉혔다. 나일론 끈으로 단단히 묶은 뗏목은 사방 2미터쯤 되어 보였는데 단단했다. 김태일이 한 시간에 걸쳐 만든 뗏목이다. 권복심은 내복 차림으로 옷을 비닐봉지에 묶어 놓았는데 수영에는 자신이 있다고 했다. 김태일과 권복심은 뗏목을 밀고 천천히 강물로 들어섰다. 그리고는 흐르는 물살에 떠내려가면서 비스듬히 건너편 기슭을 향해 다가가기 시작했다.

"이 강만 건너면 된다."

뗏목 위에 웅크리고 앉은 선희에게 김태일이 말했다.

"그럼 탈출은 90퍼센트 성공한 셈이다."

"그럼요."

권복심이 물에 젖은 얼굴을 들고 맞장구를 쳤다.

"선희야. 조금만 기다리면 된다."

5장 죽음의 땅

뗏목에 매달린 셋은 1킬로미터 가깝게 비스듬히 떠내려간 후에야 건너편 기슭에 닿았다.

1백 미터를 건너는데 그 열 배의 거리를 떠내려간 것이다. 물살이 세어서 도중에 권복심은 물을 삼켜 허우적거렸지만 뗏목을 놓치지는 않았다.

기슭에 닿은 김태일이 뗏목을 부숴 강으로 떠내려 보내면서 말했다.
"아침이니까 이곳에서 몇 시간 쉽시다."
김태일부터 기진맥진한 상태가 되어 있었기 때문이다.
"피곤하시죠?"
자신도 늘어져 있으면서도 권복심이 위로하듯 말했다.
"정말 저희들 때문에 죄송해요."
어색해진 김태일이 나무 밑에 나뭇잎을 긁어모아 깔고 먼저 선희를 눕혔다. 그리고는 위쪽 나무 등걸 밑에 자리 잡고 권복심에게 말했다.
"권여사는 왼쪽을 살펴주세요. 무슨 일이 있으면 절대로 소리치지 말고 내 쪽으로 나뭇가지나 돌멩이를 던지시고."

"네, 선생님"

고분고분 대답한 권복심이 선희 옆에 눕는 것을 보고나서 김태일이 길게 숨을 뱉었다.

오전 7시 반이 되어가고 있다. 이미 주위는 환했고 나뭇가지 사이를 뚫고 들어온 햇살이 마치 레이저 광선 같다. 나무등치에 몸을 붙인 김태일은 순식간에 잠이 들었다.

꿈도 없는 죽음 같은 잠이다.

"식스는 어디에 있어?"

작전차장보 심기택이 물었다. 오전 10시, 심기택의 시선을 받은 박명수가 대답했다.

"태국 국경부근에 있을 것입니다. 임무가 끝나야 연락이 됩니다."

"급한 일이야."

손끝으로 테이블을 두드리며 심기택이 박명수를 보았다.

"보스 오더라구."

원장의 지시라는 말이었다.

"곧 연락이 올 겁니다. 그때까지 기다리는 수밖에 없는데요."

"그럼 식스한테 엔지로 가라고 해."

심기택이 말을 잇는다.

"그곳에 권회장이란 놈이 있어."

파일을 들친 심기택이 서류 한 부를 꺼내 박명수에게 내밀었다.

"이건 3국 조사보고서야. 내 앞에서 읽어보라구."

심기택이 선채로 보고서를 읽고 나서 머리를 들었다. 차분한 표정이다.

"그럼 이 일을 식스한테 맡기는 것입니까?"

"보스 오더라니까."

외면한 심기택이 다시 손끝으로 테이블을 두드리며 말했다.

"이봐, 내 얼굴에 뭐 묻었나? 왜 그렇게 보는 거냐?"

"이 일은 식스 혼자서 하기에는 무리입니다. 이건 마치……."

말을 그친 박명수의 얼굴이 굳어졌다.

그러더니 조심스럽게 묻는다.

"안전핀을 뽑은 채 버리시는 겁니까?"

"어쩔 수 없어."

"만일, 식스가 그걸 눈치채면 어떻게 합니까?"

"할 수 없지."

그러자 박명수가 심호흡을 하고 나서 다시 묻는다. 두 눈이 번들거리고 있다.

"이 작업이 그만큼 가치 있는 일입니까?"

그러자 테이블을 두드리던 심기택의 눈 끝이 멈췄다. 그리고는 머리를 들고 박명수와 시선을 맞춘다.

"보고서에는 기록되지 않았지만 그 곳에서 1급, 2급이 각각 한 명씩 실종되었어. 죽어 묻혀 졌다고 봐야겠지."

박명수가 숨을 삼켰다. 1급이란 국장급 직원을 말한다. 2급은 국장보, 모두 고위 간부급이다. 그것이 누구인가? 그때 심기택의 말이 이어졌다.

"행동요원은 7명, 모두 엔지에서 실종되었어. 1개단이 전멸된 것이나 같아."

"알겠습니다."

마침내 박명수가 어깨를 늘어뜨리면서 말했다.
"즉시 조치하겠습니다."

어깨에 나뭇가지가 떨어진 순간 김태일이 퍼뜩 눈을 떴다.

햇살이 환하다. 잠이 들기 전에는 레이저 광선이 10여 가닥 뿐이었는데 지금은 몇 배로 늘어났다. 밀림 안의 그림자는 더 줄어들었다. 머리만 든 김태일은 이쪽을 바라보는 권복심의 시선과 마주쳤다. 거리는 7미터 정도, 그때 권복심이 손으로 왼쪽을 가리켰다.

권복심이 시선을 따라 머리를 돌렸던 김태일이 숨을 들이켰다.

보트 한척이 물결을 타고 이쪽으로 다가오는 중이다. 노를 거꾸로 젓는 터라 아주 천천히 내려오면서 이쪽 숲을 살피고 있다. 보트에는 병사 셋이 타고 있었는데 가운데 병사가 노를 저었고 둘은 이쪽을 훑어보는 중이다. 거리는 50미터 정도로 가까워졌다.

"움직이지 마."

짧게 말한 김태일이 꺼내놓은 권총을 손에 쥐었다. 아직 보트는 대각선 위치에 있었으니 정면으로 다가오면 20미터 거리가 된다. 이쪽은 강에서 10미터쯤 안쪽이지만 풀잎사이로 보일수도 있다. 그렇다고 움직이기에는 너무 늦었다.

움직이면 대번에 발각될 것이었다. 보트가 점점 정면으로 다가왔다. 거리도 줄어들고 있다.

김태일은 나무 등걸에 권총 손잡이를 붙이고 총구를 겨누었다.

베레타92F의 유효 사거리는 50미터, 20미터 거리의 과녁은 10발 9중은 된다. 보트가 다가왔다. 이쪽을 주시하는 둘은 잡담도 나누지 않는다. 중국산 56식AK-47 자동보총을 앞에 총 자세로 한 채 기슭을 훑어보고 있다. AK-47의 위력은 베레타와 비교가 안 된다. 분당 발사속도 600발, 유효사거리 300미터, 이정도의 20미터 거리에서는 치명적이다. 보트는 이제 30미터 거리가 되었다.

햇볕이 눈이 부셨으므로 김태일은 눈은 가늘게 떴다. 20미터 거리가 되면서 보트의 병사와 일직선이 되었다. 그 순간 앞쪽 병사와 김태일의 시선이 마주쳤다.

물론 풀숲에 가려진 두 눈이 부딪친 것이다. 병사가 눈을 치켜뜨는 것이 보였다.

"아앗!"

그 순간 외침소리는 보트 뒤쪽에 서 있던 병사의 입에서 터졌다.

놀란 김태일이 그쪽으로 시선을 돌린 순간 김태일의 오른쪽에서 권복심이 몸을 숫구쳐 일어섰다. 권복심과 뒤쪽 병사가 시선이 마주 친 것 같다. 그때 뒤쪽 병사의 총구가 권복심쪽으로 돌려졌다.

"탕! 탕탕탕!"

총성이 강물위로 퍼져 나갔다. 먼저 뒤쪽 병사가 총을 겨눈 채로 강물 속으로 떨어졌고 다음에 앞쪽 병사가 엎어지면서 보트 왼쪽 난간을 밀어버리는 바람에 가운데 병사도 물속으로 곤두박질을 쳤다.

"탕! 탕! 탕!"

나중에 울린 세 발은 허우적거리며 떠내려가는 두 병사를 확인 사살한 것이다.

첫발을 맞은 뒤쪽 병사는 이미 보이지 않았고 뒤집힌 보트가 맨 나중에 떠내려가고 있었다.

"가자!"

몸을 숫구쳐 일어선 김태일이 소리쳤다.

이제 중국 국경수비대는 미얀마 영내로 거침없이 훑고 내려올 터였다.

오후 4시 반, 산등성이쪽을 바라보던 오연수가 숨을 들이켰다. 세 남녀가 내려오고 있다.

앞장서서 작은 여자를 부축하고 있는 것이 김태일 같다. 다음 순간 오연수가 달려가기 시작했다. 마을에서 나와 1백 미터 쯤 위쪽 비탈길 바위 밑에 앉아 기다리고 있던 참이었다.

해가 지려면 1시간쯤 남은 시간이었다. 조바심이 일어나 이곳까지 올라와 있었던 것이다.

숨을 헐떡이며 달려간 오연수를 향해 선희와 권복심이 달려 내려갔다. 그러더니 셋이 부둥켜안았다. 둘이는 소리 내어 울었고 오연수의 눈에서도 눈물이 흘러내렸다.

그들에게 다가간 김태일이 말했다.

"자, 서둡시다. 놈들이 뒤쫓아 올리요."

머리는 든 오연수와 김태일의 시선이 마주쳤다. 눈물로 번들거리는 오연수의 시선을 받은 순간 김태일이 외면했다. 그때 오연수가 말했다.

"기다렸어요."

당연한 말이였지만 김태일은 몸을 굳혔다. 영문을 모르는 권복심이 떠들썩하게 말했다.

"아이구, 강을 건너서 쉬다가 중국군을 만났답니다. 구사일생으로……."

앞장서 내려가는 김태일은 등에 닿는 오연수의 시선을 느낀다.

신소교가 뒤집힌 보트에 대한 보고를 받은 것은 오후 5시경이었다.

190

보트는 제211 순찰지역에서 20킬로미터 떨어진 곳이었다. 보트에 타고 있던 병사 세 명은 실종상태라고 했다.

"세 놈이 다 실종 되었다니 이건 사고가 아니다."

신소교가 지도를 훑어보며 말했다. 이곳은 주민 세 명이 중상을 입는 중국령의 당산 마을이다. 보트가 발견된 211초소까지는 30킬로미터나 떨어져 있다.

이윽고 머리를 든 신소교가 말했다.

"모터보트로 강을 내려가면 한 시간쯤 걸리겠다."

흐르는 물살을 타고 내려가게 되는 것이다. 신소교가 지시했다.

"서둘러라! 보트 사고는 피습당한 것이다."

오후 7시 반, 일행 8명이 횡대로 산길을 내려가고 있다. 마을을 떠난 지 두시간 반, 10킬로미터 쯤 걸은 것 같다. 앞장서 걷던 김태일이 산길 나무 밑에 멈춰 섰으므로 모두 한군데에 모였다. 제각기 땅바닥에 앉아 쉬는 사이에 김태일이 아래쪽으로 내려가 지도를 폈다.

작은 후레시로 지도를 비춰보는 김태일 옆으로 오연수가 다가와 쪼그리고 앉았다.

돌아온 후로 둘이 처음으로 둘만 있게 된 것이다. 지도에 시선을 준 채로 김태일이 말했다.

"평양에서 버스로 태국 국경까지 가는 건 위험해요. 우리 경로는 이미 다 노출되었다고 봐야 될 겁니다."

"그럼 어떻게 하죠?"

오연수가 묻자 김태일이 지도의 한쪽을 가리켰다.

"오른쪽으로 더 나갑시다. 이곳 몽나옹을 거쳐 국경 근처의 옹항을 지나 태국 국경을 뚫은 다음 치앙마이로 갑시다."

"치앙마이?"

오연수가 혼잣소리처럼 되뇌더니 머리를 들고 김태일을 보았다.

"두 배 이상 멀리 우회하는군요."

"치앙마이 길목에서 기다리고 있을 거요."

그러자 오연수가 머리를 끄덕이며 말했다.

"안내해 주신다면 따를 게요."

"치앙마이에서 한국 대사관과 접촉 할 수 있지요?"

"그럼요, 치앙마이에만 들어가면 돼요."

그러더니 오연수가 정색했다.

"저기, 저 사람들 어떻게 하죠?"

오연수의 목소리가 낮아졌다. 김태일이 머리를 돌려 오연수를 보았다. 밤이 되었지만 이십 센티미터 거리에 오연수의 얼굴이 떠었다. 별빛을 받는 눈동자가 반짝이고 있다.

이윽고 김태일이 말했다.

"이곳에서 처리 하지요."

"어, 어떻게요?"

떨리는 목소리로 오연수가 묻자 김태일의 시선이 옆쪽으로 옮겨졌다. 그때 마침 나란히 앉아있던 양채호와 김명순의 흰 얼굴이 드러났다. 둘도 이쪽을 바라보고 있었던 것이다. 어두웠던 10미터쯤 떨어졌지만 얼굴이 이쪽으로 향해져 있는 것은 분명하게 보였다. 오연수도 숨을 삼켰을 때 김태일이 자리에서 일어섰다.

그러자 둘의 얼굴이 동시에 돌려졌다.

"두분, 저를 보십시다."

일어선 김태일이 부르자 주위가 순식간에 조용해진 느낌이 들었다. 모두의 시선이 김태일과 양채호, 김명순에게 쏠려 졌는데 오연수만 외면하고 있다.

"저요?"

하고 되묻는 김명순의 목소리가 다른 사람과 같다. 양채호가 엉거주춤 일어서더니 다가왔고 김명순이 뒤를 따른다. 그들을 주시하던 김태일이 눈으로 옆쪽 바위를 가리켰다.

"저기 바위 옆으로."

김태일은 점퍼 주머니에 두 손을 찌르고 있다. 둘이 바위 쪽으로 걸었는데 어둠속이었지만 다리가 휘청거리는 것이 드러났다. 양채호는 다리는 들었다가 내리는 것이 어색하다.

둘의 뒤를 김태일이 따랐고 오연수는 마지막이다. 그들의 뒷모습을 권복심과 두 남매, 그리고 백선희가 주시하고 있다. 바위 모퉁이를 돌았을 때 김태일이 말했다.

"여기서, 이야기 합시다."

둘은 멈춰 섰고 두 걸음 쯤 떨어져서 김태일이 섰다. 김태일의 한걸음 쯤 비스름한 옆쪽 뒤에 오연수가 서있다. 바람이 조금 불면서 숲 냄새가 났다. 비린 것 같은 풀 냄새에 매운 땅 냄새가 섞여져 있다. 평야지대로 내려가면서 땅 냄새가 짙어지는 중이다. 그때 김태일이 점퍼 주머니에서 손을 꺼내었다. 그 순간 둘은 숨을 삼켰다. 손에 권총이 쥐어져 있었기 때문이다. 김태일이 입을 열었다.

"여기서 털어놓으면 놔주겠어. 여기서 헤어지는 것이지. 그러면 각자 갈 길을 가는 거야. 하지만."

숨을 들이켰다가 뱉는 김태일이 말을 잇는다.

"아니라면서 질질 시간을 끌면 이 자리에서 쏴 죽이고 가겠어. 자, 말해. 다 알고 있으니까. 거짓말하는 순간 쏴 죽일 테니까 입 벌리는 순간 긴장해야 돼."

그리고는 김태일이 둘의 중간지점에 총구를 겨누었다.

"털어놓으면 살려준다. 여기서 놔 주겠단 말야. 함께 갈수는 없으니까."

그리고는 총구를 위 아래로 흔들었다.

"자, 시간이 없다. 말 안 해도 죽인다."

그때 양채호가 말했다. 지금까지 숨도 쉬는 것 같지도 않았던 양채호다.

"이년한테 인질로 잡혀 있던 상황이였습니다. 내 처와 15살 난 아들이 엔지에 잡혀 있습니다. 둘을 살리려면 이년하고 부부 행세를 해서 남조선에 들어가야만 했습니다."

"아니요. 그 반대입니다."

그 순간 김명순의 날카로운 목소리가 울렸다. 그리고는 김명순이 두 손 바닥으로 얼굴을 가리면서 흐느껴 울었다.

"내 남편과 아들이 잡혀있지요! 이놈이 날 협박해서 끌고 가는 것이라구요!"

"에이, 이 나쁜년!"

양채호가 소리쳤고 김명순이 말을 받았다.

"이 나쁜 놈! 내 남편을 내놔!"

그때 김태일이 말했다. 흔들리던 총구가 멈췄다.

"자, 마지막 기회다. 그 입으로 거짓말이 다시 나오는 순간 죽인다."

그 순간 둘의 입이 딱 닫쳤고 머리를 돌린 김태일이 오연수에게 말했다.

"이 사람들 짐을 뒤져봐요."

그러자 오연수가 몸을 돌렸다.

그때 김태일이 둘에게 말했다.

"다 벗어."

놀란 둘이 몸을 굳혔을 때 김태일의 말이 이어졌다.

"팬티까지 다 벗어. 벗지 않겠다면 뭘 숨긴다고 본다. 자. 어서."

그러자 먼저 양채호가 상의를 벗기 시작했고 그것을 본 김명순도 뒤를 따른다. 그때 김태일이 말했다.

"마지막 기회다. 벗기 전 까지 자백 안 하면 둘 다 여기서 죽여준다. 자."

그때였다 하의를 벗어놓던 김명순이 물었다.

"살려주는 거요?"

"말했다."

"살려준다고 약속했지요?"

"그렇다."

"보내준다고 했지요?"

그때는 팬티를 벗던 양채호가 움직임을 멈추더니 말했다.

"이년이 연락을 해야 내 처자가 풀려납니다. 죽이지는 말아주시오. 그리고 보내서도 안 됩니다."

양채호가 일그러진 얼굴로 말을 잇는다.

"남조선에 들어가 연락을 해야 풀려난다고 했소. 제발 살려 주시오."

뒤에서 인기척이 났으므로 김태일은 몸을 돌렸다. 오연수와 권복심이 서 있었다. 오연수가 손에 쥔 둘의 가방을 내려놓으며 말했다.

"옷가지 뿐이에요."

"저 옷들도 뒤져봐요."

김태일이 눈으로 양채호와 김명순이 벗어놓은 옷을 가리켰다.

"저 여자가 지금 자백을 하려는 참이었지만 말요."

아무것도 없다. 벗어놓은 옷가지에서도 아무것도 발견하지 못했지만 김명순은 둘다 죽여 묻는다는 말에 두 손을 들었다.

처자가 인질로 잡혀있던 양채호는 같이 죽인다는 말에 다르게 반응했다. 자신이 먼저 죽어서 처자의 죽음을 보는 고통을 받지 않으려고 한 것 같다. 김태일은 아직도 권총을 겨눈 채다. 앞에는 벌거숭이의 두 남녀가 서있고 뒤에는 허탈한 표정의 오연수와 권복심이 서있다. 그때 김태일이 김명순에서 묻는다.

"엔지 어디에 양채호 씨 처자가 잡혀 있는가를 말해라."

"권회장이 데리고 있어요."

김명순이 고분고분 말했다.

"엔지 호텔에서 권회장만 찾으면 다 연락이 됩니다."

"연락처는?"

"모릅니다."

머리를 끄덕인 김태일이 권총을 겨눈 채 김명순에게로 다가갔다. 김명순은 다가선 김태일을 보더니 눈을 크게 떴다. 공포에 질린 표정이다. 그때 김태일이 권총을 바지 혁대에 찔러 넣었다. 그리고는 다음 순간 두 손으로 김명순의 머리는 감싸 안았다. 놀란 김명순이 입을 딱 벌린 순간 "뚜둑" 뼈가 부서지는 소리와 함께 얼굴이 뒤쪽으로 돌아갔다. 김태일이 손을 놓자 김명숙은 땅바닥으로 반듯이 넘어졌다. 앞으로 엎어졌는데 얼굴이 하늘을 보고 있다. 놀란 오연수와 권복심이 몸을 굳힌 채 입만 딱 벌렸고 양채호는 온몸을 떨기 시작했다.

"이곳에서 오늘 오후 5시쯤 떠났습니다."

신소교가 무전기에 대고 소리쳐 보고했다. 오후 10시 반이었으니 5시간 반 시차가 난다.

그러나 이제 상대의 정체가 선명해졌다. 모두 여덟 명, 남자 둘, 여자 셋, 아이 셋이다.

그중 남자 하나가 여자 하나, 아이 하나를 데리고 오후 5시경에 도착, 결국 맨 나중에 온 남녀둘이 핵심이다. 그때 왕우 상교의 목소리가 무전기를 울렸다.

"추적해라! 이곳에서도 헬기로 2개 팀을 B, C 지점에 투입 했으니까 보조를 맞추도록!"

이제 국경수비대가 전력을 쏟아 놈들을 추적하는 것이다. 2개 팀도 미얀마 영내로 투입되었다. B,C 지점은 살인범 일행이 태국 국경으로 진입 예정인 또 다른 통로를 말한다.

중국국경수비대도 살인자 일행이 탈북자들과 함께 결국 태국 영내로 진입할 거라는 것을 알고 있는 것이다. 무전기를 내려놓은 신소교가 마룻방 안을 둘러보았다.

짚더미가 어지럽게 깔린 마룻방에 사람이 머물다간 흔적이 역력히 배어져 있다. 이곳은 김태일과 오연수가 함께 있던 곳이었다.

"또 중국군 세 명을 살해했군."

같은 시간, 무전기를 내려놓은 최영철이 일그러진 얼굴로 백순태를 바라보며 말했다.

"중국군이 특공대 3개조를 파견했어. 지금 미얀마 영내에서 놈을 쫓고있다."

지도를 편 최영철의 얼굴에 희미하게 웃음이 떠올랐다. 주머니에서 볼펜을 꺼낸 최영철이 지도를 두드리며 말을 잇는다.

"예상 했던 대로 중국군은 몰이꾼 역할이고 우리가 사냥꾼이다. 왕우 상교가 협동하자는 제의를 해왔어."

북한측이 태국 영토에 먼저 들어와 있었기 때문에 어쩔 수가 없었을 것이었다.

지금은 공적을 따질 상황이 아니다. 놓치면 큰일인 것이다.

네 시간 가량을 더 걸으면서 대열은 거의 입을 열지 않았다. 김태일이 여전히 앞장을 섰지만 백선희 조차도 말을 걸지 않았다. 모두 김태일이 김명순을 죽인 것을 아는 것이다.

김명순은 김태일과 양채호가 땅을 파서 묻었다. 대충 몸만 가리고 돌덩이를 올려놓고 끝낸 것이다. 대열은 이제 일곱이 되었다.

밤 12시가 되어가고 있다. 대열은 평야지대를 걷고 있었는데 주위는 밭이다.

아직 메마른 지대였지만 인간의 흔적이 여러 곳에서 보인다. 이윽고 작은 개울가에 닿았을 때 김태일이 멈춰서더니 말했다.

"이곳에서 한 시간 휴식."

그러자 살았다는 듯이 이곳저곳에서 긴 숨소리가 나더니 성준 영미 남매는 개울가로 달려갔다. 개울가에서 발을 씻고 있는 김태일에게 양채호가 다가왔다.

"김선생께 드릴 말씀이 있습니다."

머리만 돌린 김태일 옆에 조심스럽게 앉은 양채호가 말을 잇는다.

"난 한국으로 들어가지 않겠습니다. 그 이유는 김선생이 잘 아실겁니다."

"……"

"엔지에 가서 제 처자를 찾아야 되지 않겠습니까? 나 혼자 잘 살려고 도망 나온것이 아니란 말입니다."

"……"

"그, 권회장이 누군지 알 수 없지만, 그리고 찾다가 만나지도 못하고 죽을지도 모르지만 찾으려는 노력은 해야 되지 않겠습니까?"

점점 목소리가 떨리는 것 같더니 말을 그친 양채호가 손등으로 눈물을 닦는다. 그때 김태일이 물었다.

"그래서, 여기서 엔지까지 돌아가겠단 말입니까? 돌아가서 그놈들을 상대한단 말인가요? 도대체 정신이 있습니까?"

양채호가 눈만 껌벅였고 이제는 김태일의 말이 이어졌다.

"다 같이 죽자는 것 같은데 알아서 해요. 난 상관하지 않을 테니까."

"……"

"하지만 안내자 입장은 다르겠지. 당신이 잡히면 구조사업단 탈출 루트하고 내막이 다 드러나게 될 테니까 말야."

그리고는 발을 닦고 나서 일어섰다.

그러나 20분쯤 후에 잠깐 눈을 붙이려고 개울가 바위틈에 누워있던 김태일이 다가오는 자갈 밟는 소리에 눈을 떴다. 오연수다. 발자국 소리만 듣고도 알고 있었다. 옆에 와 선 오연수가 김태일을 내려다보면서 말했다.

"양채호씨가 돌아가겠다는데요. 들으셨죠?"

김태일은 누운 채 시선만 주었고 오연수의 말이 이어졌다.

"돌아가서 잡히면 우리 루트가 다 밝혀지는데 어떡해요? 그렇다고 끌고 갈수도 없구요."

"죽입시다."

외면한채 말한 김태일이 상반신을 일으켰다. 그리고는 말을 잇는다.

"김명순과 둘이 추궁을 받을 때도 같이 죽고 싶은 것처럼 보입디다. 그럼 처자식 걱정은 안하게 될 테니까 말요."

김태일이 옆에 내려놓았던 베레타를 집어 들었더니 오연수가 질색을 했다.

오전 8시 반, 양박은 바나나 잎에 싼 점심 도시락을 들고 트럭으로 다가갔다.

트럭 짐칸에 "백화점"이라고 미얀마어로 커다랗게 써 붙인 양박의 트럭은 낡았다.

그러나 엔진은 20살 청년처럼 강하다고 솔그리드가 자랑하는 "현대"차였다. 먼저 타이어 상태를 훑어본 양박이 트럭의 짐칸 뒷문을 열고 텅 빈 짐칸을 둘러보았다. 이제 곧 상품을 실어야만 하는 것이다. 지난번에 짐칸이 지저분했다고 차주 솔그리드가 대나무 막대기로 후려치는 바람에 어깨를 다쳤다. 이놈의 잡화 트럭 운전을 당장 때려치우고 싶지만 이제 나이도 서른셋, 일자리를 찾아 헤매 다니는 것도 지쳤다. 아무곳에나 정착하고 싶다.

심호흡을 한 양박은 키를 꺼내어 "현대"차 문을 열었다. 그때 뒤에서 인기척이 났으므로 양박이 머리를 돌렸다. 사내 하나가 바짝 다가서 있었는데 장신이다. 피부와 골격을 보니 중국인 같다. 그때 사내가 입을 열었다.
"영어 할 줄 아나?"
"조금."
두 손가락으로 콩알을 집는 시늉을 하면서 양박이 웃었다. 고등학교까지는 나온 터라 손짓 발짓까지 섞으면 대화가 된다. 그런데 중국놈이 이 외진 벽지까지 오다니, 드문 일이다.
중국인이 다시 묻는다.
"이 트럭, 어디까지 가나?"
양박이 주위를 둘러보았다. 란타우 마을의 변두리에 위치한 "솔그리드" 운송의 주차장에는 양박이 운전하는 트럭 한 대만 남았다. 본래 트럭이 세대였는데 1년 전에 한대가 낭떠러지로 떨어져 폐차가 되었고 또 한대는 지금 "잡화"를 싣고 벽지를 돌고 있는 중이다.
차 짐칸에 "백화점"이라고 써놓았지만 실제는 "잡화상" 트럭인 것이다. 양박이 웃음 띈 얼굴로 대답했다.
"곧 짐을 싣고 북쪽으로 돌아다닐 겁니다."
"혼자?"
중국인이 손으로 양박을 가리키며 묻는다. 웃음 띈 얼굴이어서 양박도 따라 웃으며 머리를 저었다.
"아니, 차주하고."
양박이 "현대트럭"의 문을 손바닥으로 가볍게 두드렸다. 혼자 다니도록 솔그리드가 놔 두겠는가? 그러자 중국인이 머리를 끄덕이더니 트럭을 훑어보았다. 짐칸과 타이어도 아주 꼼꼼하게 살피고 있다.
"당신 관광객이요? 중국인?"

제 영어 실력을 점검도 할 겸 양박이 손을 저으며 물었을 때 뒤에서 인기척이 났다.

차주 솔그리드가 나타난 것이다. 비대한 몸뚱이를 흔들며 다가오는 솔그리드의 두 눈이 의심으로 번들거리고 있다. 솔그리드는 양박이 누구하고 이야기 하는 것도 싫어한다. 그저 입을 꾹 닫고 운전만 하면 되는 것이다.

"누구야? 무슨 이야기야?"

솔그리드가 소리치며 다가오더니 눈을 치켜뜨고 둘을 번갈아 보았다.

"쓸데없는 이야기 말고 빨리 가자구!"

그때였다. 중국인이 셔츠를 들치더니 권총을 꺼내었다. 소음기까지 끼워져서 권총은 길다.

솔그리드도 그것을 우두커니 보고 있었는데 다음순간 총구가 솔그리드 가슴에 붙여지더니 "푹!" 소리가 났다. 마치 스펀지를 몸뚱이로 때리는 소리 같았다.

15분쯤 후에 '현대트럭'은 비탈길을 달려 올라가고 있다. 운전석에는 양박이 앉았고 그 옆자리를 차지한 사내가 중국인, 그러니 김태일이다. 차주 솔그리드는 시체가 되어서 짐칸에 실려져 있다. 김태일이 양박에게 말했다.

"차주 시체는 가다가 산속에 묻기로 하자. 그럼 찾지 못 할 테니까."

권총을 옆에 내려놓은 김태일이 말을 잇는다.

"가다가 길가에서 내 일행을 싣고 태국 국경까지 가자. 그럼 내가 너한테 5천 불을 주마."

김태일이 주머니에서 한 묶음의 달라를 꺼내더니 그 중 절반가량을 뚝 떼어서 양박에게 내밀었다. 양박이 운전을 하면서 얼떨결에 달라를 받는다. 그리고는 손에 쥔 달라와 앞쪽을 번갈아 보았다. 100불짜리 달라다. 이 나이가 되도록 양박은 1백 불짜리 달라를 만져 본적이 없다. 솔그리드가 몇 달 전에 100불짜리 한 장을 슬쩍 보여주고는 제 지갑에 넣는 것을 보았을 뿐이다. 그때서야 양박이 입을 떼었다.

"당신은 누굽니까?"
"알 것 없어. 우리를 국경까지 실어다주고 나서 다 잊어버리면 돼."
"당신이 날 죽이지는 않겠지요?"
"난 약속을 지킨다."

그러자 양박이 길게 숨을 뱉고 나서 어금니를 물었다. 그동안 수 만번 일확천금을 꿈꾸어 왔던 것이다. 하지만 세파에 시달리면서 점점 꿈을 잃어갔다. 솔그리드의 트럭 운전사가 되면서 하루 15시간 운전에 한 달 두 번 쉬면서 받는 월급이 미화로 15불도 안 되는 것이다.

머리를 돌린 양박이 김태일을 보았다. 지금 내가 손에 쥔 돈만 해도 10년 월급이 넘는 것 같다. 양박이 떨리는 목소리로 물었다.

"저기, 짐칸에 실려 있는 차주의 지갑에 있는 돈도 내가 가져도 됩니까?"

"팡양에 나타나지 않았습니다."

신소교가 잇사이로 말하고는 손등으로 이마의 땀을 닦는다. 덥다. 오전 11시 반 팡양의 버스 터미널에서 세 번째 버스가 떠나려는 참이다. 오전 7시부터 두 시간에 한 번씩 버스가 떠난다. 터미널은 한산하다. 버스 승객도 절반이 되지 않는다. 손님이 없기 때문이 아니다.

버스 값을 아끼려고 마차를 타거나 걷기 때문이다. 40킬로미터 정도는 걷는다.

아이들도 어른 따라서 걷는 것이다. 길이 험하고 포장도 안 되어서 버스를 타도 40킬로미터 거리를 세 시간쯤 걸려야 닿는다. 신소교가 무전기를 귀에 더 붙였다. 위성 연결이 된 무전기여서 거리 걱정을 할 필요가 없지만 감이 좋지 않다.

끊겼다가 약해졌다가 한다. 부품이 중국산인 것 같다.

"어쨌든 이곳에서 기다리겠습니다."

그러자 왕우 상교의 언짢은 목소리가 울렸다.

"2조, 3조가 미얀마 북부 지역을 훑어보고 내려오는 중이다. 동무도 긴장을 풀지 말도록."

"놈들의 목적지는 C입니까?"

확인하듯 신소교가 묻자 왕우 상교가 입맛 다시는 소리부터 내었다.

"그건 확실하다. 그곳에서 탈북자들을 인수해 갔으니까, 지금도 한국 영사관 직원이 대기하고 있는 것이 확인되었다."

C는 태국의 치앙마이를 말하는 것이다.

통신이 끝났을 때 신소교가 다시 얼굴의 땀을 손바닥으로 훑으면서 투덜거렸다.

"빌어먹을 조선족 놈들."

"그럼 치앙마이 입구는 북조선 체포조만 있는 겁니까?"

부하가 묻자 신소교가 쓴웃음을 지었다.

"작전이다. 동무."

부하의 시선을 받은 신소교가 말을 잇는다.

"엉성한 그물 가지고 책임까지 질수는 없지, 상교동지께선 책임을 북조선 체포조 놈들한테 넘긴 것 같다."

남하한지 두 시간째부터 마을에서 산 아이스박스를 넣었으므로 화물칸에 생기가 일어났다.

지붕의 환풍구를 열었지만 한낮이 되면서 화물칸이 찜통처럼 되었기 때문이다. "현대트럭"은 잘 달렸다. 수명이 20년 가깝게 된 고물이었지만 기운찬 엔진음을 내며 비포장도로와 급경사길을 달려 나간다. 오후 6시 반, 트럭이 미얀마 북부 중심지역을 지나 남상리란 도시에 닿는다. 소도시다. 9시간 반 동안 2백 50킬로미터를 달려온 것이다. 이제 국경까지는 150킬로미터 정도, 내일은 국경에 닿을 것이었다. 양박은 그동안 마음을 굳힌 데다 김태일에 대한 믿음이 굳어진 것 같다.

서너 시간이 지난 후부터는 양박의 말이 많아지더니 나중에는 김태일이 듣기만 하는 상황이 되었다.

"제가 싸고 좋은 숙소를 압니다."

양박이 시내로 진입하면서 말했다.

"트럭 운전사들이 쉬는 곳 인데 집이 독채로 되어있어서 간섭도 받지 않습니다."

이제는 양박도 짐칸에 태운 남녀가 탈북자들 인줄 아는 것이다. 양박에게 탈북자는 어떤 이해관계가 없는 인간들이다. 그리고 탈북자를 숨겨주는 행위에 대해 부담을 갖지도 않는다.

미얀마 국민 대부분이 느끼는 감정이다.

과연 교외에 위치한 여행자 숙소는 한적한데다 시설도 골고루 갖춰졌고 특히 통나무집이지만 독채로 된 방을 얻을 수가 있었다. 가족용 방이다. 욕실과 주방까지 갖춰져서 음식도 해 먹을 수가 있다. 나서서 수속을 마친 양박이 일행이 숙소 안으로 들어갔을 때 김태일에게 묻는다.

"대장님, 시장에 가서 저녁거리를 사와야 되지 않겠습니까? 저하고 같이 가실까요?"

그리고는 덧붙였다.

"제가 혼자 가는 것이 낫겠지만 대장님이 불안하실 것 같아서 그럽니다."

양박의 정색한 표정을 본 김태일이 마침내 쓴 웃음을 지었다.

"양박, 너는 말이 너무 많다."

"대장이 점점 말이 없으셨기 때문이죠."

"내가 나간 사이에 무슨 일 없을까? 경찰이 찾아오거나."

"그런 일 없습니다."

머리는 저은 양박이 말을 잇는다.

"지금까지 신분증 검사한적 없습니다. 그리고 저 사람들이 무슨 죄를 지었습니까? 죄 지은건 대장하고 저하고 둘이지요."

"좋아, 가자."

"돈은 솔그리드 지갑에 있던 돈을 쓰지요."

솔그리드의 지갑에는 잡화 물건을 구입할 거금이 들어있었던 것이다. 일행을 싣기 전에 솔그리드의 시체를 외진 산속 깊숙한 곳에 묻고 바위까지 덮어 놓았지만 양박은 태국으로 같이 넘어갈 작정이었다.

밤11시, 시장에서 사온 쌀과 야채 그리고 고기로 모처럼 포식을 한 일행은 일찍 잠이 들었다. 성준 영미 남매는 물론 선희까지 웃는 얼굴을 보였고 돌아가겠다고 고집을 피웠던 양채호도 잘 먹었다. 양채호는 태국 난민수용소에서 기다리기로 오연수와 약속을 했던 것이다.

처자 문제를 해결 할 때 까지 난민 수용소에서 기다릴 작정이다. 밤

10시가 지나면서 숙소 주위는 짙은 어둠에 덮였다. 주위에 민가도 없는 터라 숙소창의 불빛만 드문드문 켜져있을 뿐이다. 숙소 밖의 계단에 앉아있던 김태일이 뒤쪽의 인기척을 들었다.

그러나 머리는 돌리지 않았다. 문이 열리는 기척을 들었을 때부터 오연수인줄 알았기 때문이다. 그때 뒤쪽의 오연수가 낮게 묻는다.

"차 키 있어요?"

머리를 돌린 김태일이 뒤쪽의 오연수를 보았다. 오연수의 두 눈이 번들거리고 있다.

김태일의 시선을 받는 오연수가 차분한 목소리로 말했다.

"우리, 뒤쪽 짐칸으로 가요."

양박은 숙소 안에서 떠들다가 잔다. 그리고 트럭 키는 물론 김태일이 갖고 있는 것이다.

말없이 일어선 김태일이 앞장을 섰고 오연수가 뒤를 따른다. 트럭은 숙소 뒷마당 어둠 속에 커다란 바위처럼 웅크리고 있다.

"백화점" 마크를 떼 내어서 그저 어두운 색깔이다. 김태일이 짐칸 열쇠를 자물통에 끼어 열었을 때다. 오연수가 뒤에서 껴안았으므로 김태일은 열쇠를 돌리고 나서 몸을 돌렸다.

오연수가 이제는 목에 두 팔을 감고 매달려왔다.

가쁜 숨결에서 오렌지 향냄새가 맡아졌다. 그때 오연수가 헐떡이며 말했다.

"하고 싶어, 아주 뜨겁게."

김태일은 오연수의 허리를 감아 안으면서 입술을 막았다.

입이 막힌 오연수가 혀를 뽑아 김태일의 입 안에 밀어 넣는다. 그때 자물쇠가 풀려있던 짐칸의 문이 저절로 스르르 열렸다.

짐칸의 뜨거운 열기가 식어가고 있다. 김태일과 오연수는 알몸인 채 부둥켜 안고 숨을 고르는 중이다. 짐칸 안은 어둡다. 그러나 서로의 얼굴 윤곽은 드러났다. 김태일이 오연수의 허리를 당겨 안으면서 말했다.

"당신이 이렇게 뜨거운 여자인지 상상하지도 못했어."

그러자 오연수가 짧게 웃는다.

"그럼 목석인줄 알았어?"

오연수도 자연스럽게 반말을 내뱉는다.

"정말 겉모습과는 딴판이라니까?"

다시 김태일이 강조했다니 오연수가 몸을 더 밀착시키면서 비벼대었다.

"도대체 무슨 말을 하고 싶은 거야?"

김태일은 오연수의 젖가슴을 입에 물었다. 그 순간 꿈틀대던 오연수가 몸을 굳히더니 젖가슴을 맡긴다. 다시 짐칸 안에 더운 공기가 품어지기 시작했다.

"이번에는 천천히, 아주 오래."

오연수가 두 손으로 김태일의 머리칼을 쓸면서 허덕였다.

"그리고 아주 뜨겁게."

다음날 오전 11시, 양박이 운전하는 트럭이 국경 앞 5백 미터 지점의 마을에서 멈춰 섰다. 이곳은 국경마을로 시장이 형성되어 있다. 미얀마 산 농산물을 사려고 태국에서 온 장사꾼들이 떼를 지어 몰려다닌다. 트럭에서 내린 김태일이 오연수와 함께 먼저 국경선이 그어진 다리 근처까지 다가갔다. 다리 양쪽에 미얀마와 태국측 막사가 세워져 있었지만 검문은커녕 나와 서있는 관리도 없다. 다리위로 수십 명의 남녀가 오가고 있다.

가게 앞에 서서 한동안 다리 위를 바라보던 오연수가 김태일에게 물었다.

"어떻게 생각해?"

"우회하자."

김태일이 다리에 시선을 준채로 말했다.

"장사꾼이 오가고 있었지만 너무 허술한 것 같아. 미얀마쪽은 막사까지 비어 있구만 그래."

"나도 좀 찜찜해."

머리를 끄덕인 오연수가 몸을 돌리면서 말했다. 오연수도 이곳은 처음인 것이다.

트럭에서 내린 일행은 이 곳 저 곳에 흩어져 있다가 오연수가 다가오자 거리 안쪽의 골목 안으로 모였다. 그때 김태일이 말했다.

"차는 이곳에 버리고 마을 밖에서 우회하여 국경을 넘어갑시다. 앞장은 내가 설 것이고 내 뒤를 멀찍이 떨어져서 둘씩 따라 오시도록."

그러자 오연수가 말을 받는다.

"맨 뒤에는 내가 따라 가겠어요. 국경을 넘으면 다시 모입시다."

이제는 모두 익숙하게 움직인다. 앞장선 김태일이 골목을 나오면서 주춤대는 양박에게 말했다. 양박은 이제 정든 트럭을 버린 것이다.

"너는 바로 내 뒤를 따라와."

한 시간쯤 지났을 때 일행은 태국 영내에 들어와 있다. 골짜기의 빈집 처마 그늘에 모여선 일행이 김태일이 땅바닥에 펼쳐놓은 지도를 내려다 보았다. 김태일이 손끝으로 한점을 짚었다.

"우린 지금 이곳에 있어요."

지도의 아래쪽 도시는 "치앙다오", 1백 킬로미터쯤 떨어져 있다. 머리를 든 김태일이 일행을 둘러보았다.

"이곳은 이제 태국입니다. 차를 얻어 타고 내려가기만 하면 됩니다."

"다 뚫고 왔어요."

오연수가 밝은 표정으로 말을 잇는다.

"이제 차를 잡아타고 치앙다오를 거쳐 치앙마이로 들어가면 됩니다. 이젠 살았어요."

김태일이 힐끗 오연수의 옆얼굴을 보았다. 그러나 열중한 오연수는 김태일의 시선을 느끼지 못한 것 같다. 오연수가 상기된 얼굴로 일행을 둘러보았다.

"한국 대사관의 관리소에서 입국 순서만 기다리면 돼요."

이곳은 도로에서 5백미터쯤 떨어진 골짜기다. 한낮의 뜨거운 햇살이 쏟아지고 있어서 조금만 움직여도 땀이 흘렀다.

태국은 덥다. 김태일이 손목시계를 내려다 보고나서 말했다.

"지금 오후1시니까 서늘해질 때까지 쉽니다. 이제 서둘건 없어요."

그리고는 몸을 돌리면서 오연수에게 눈짓을 했다. 마당을 나와 집 밖의 나무 밑에서 마주보고 섰을 때 김태일이 말했다.

"이제 난 치앙다오에서 돌아갈 거야."

"어디로?"

놀란 듯 오연수의 두 눈이 커졌다. 눈동자가 흔들리고 있다. 김태일이 오연수를 응시한 채 대답했다.

"미얀마쪽 국경은 비상이 걸려 있을 테니 라오스에서 중국으로 들어갈 예정이야."

이제는 오연수의 입술이 달랐다. 김태일이 말을 잇는다.

"도로에 나가서 서울로 연락을 해봐야 될 것 같아. 며칠간 연락을 못 했거든."

"그럼."

심호흡을 한 오연수가 말을 잇는다.

"나하고 같이 나가, 일행 옷가지하고 영미 신발도 사야 될 것 같아."

그러더니 외면한 채 말했다.

"오늘 하루는 이곳에서 쉬고 떠나도 돼. 이젠 서둘것 없어."

긴장이 풀린 때문인지 선희가 기운이 떨어져 부축해줘야만 했고 권복심까지 자꾸만 앉으려고 했다. 이곳은 빈집이었지만 마룻방이 넓었고 옆에 개울이 있어서 씻고 인스턴트식품을 끓여 먹을 수도 있는 것이다. 김태일이 머리를 끄덕였다.

"그건 지금부터 팀장이 결정하는 거야."

트럭이 드문드문 다닐 뿐인 비포장도로를 2킬로미터쯤 걸어내려 왔더니 앞쪽 길가에 오두막 대여섯 채가 세워졌고 10여 명의 남녀가 모여 서 있다. 가게다. 멀리서도 가게 앞에 벌려놓은 울긋불긋한 상품이 보인다. 거기에다 그쪽에는 트럭 두 개가 세워져 있다. 제각기 머리는 반대방향이다.

"저기서 핸드폰을 가진 놈한테 전화를 빌려야겠다."

가게를 향해 걸으면서 김태일이 말하자 오연수도 쓴웃음을 지었다.

"나도 연락해야 돼. 그동안 핸드폰 없이 견디어 넌 것이 신기하다니까."

"네가 이제는 자주 웃는구나."

오연수의 옆얼굴을 보면서 김태일이 말했다.
"국경 가깝게 오면서 웃음이 늘어났어."
"난 원래 웃음이 많아."
하면서 오연수가 정색하고 김태일을 보았다.
"중국 어디로 가?"
"그건 몰라."
"알아도 말할 수 없겠지?"
김태일이 시선을 돌렸더니 오연수가 옆으로 바짝 다가서 걷는다.
"내가 몇 살 인지도 모르지?"
"……."
"하긴 나도 묻지 않았으니까."
"……."
"그래, 우리, 앞으로 못 만나더라도 기억해둬, 나, 스물일곱이야. 고향은 서울, 인화대 영문과 나왔어."
"……."
"그리고, 나 이런 관계 처음이야. 내가 진정 바랬고, 행복하다는 거 알아줬으면 해."
그러더니 오연수가 걸음을 늦췄으므로 김태일은 혼자 앞장서게 되었다.
가게가 다가왔다. 옷가게도 있고 식당도 있다.

"기다렸다."
김태일의 목소리를 듣자마자 박명수가 말했다. 반가운 목소리다.
"너, 지금 어디야?"

"태국 영내로 들어왔습니다."

"그럼 성공했구나?"

"그런 셈입니다."

"중국 국경에 비상이 걸린 것 알고 있지?"

"압니다."

그러자 박명수는 잠깐 침묵했다. 모두 네가 한 짓이냐고 묻고 싶었을 것이다.

다시 박명수의 말이 이어졌다.

"즉시 엔지로 가도록, 그곳에서 네가 처리 해야만 할일이 있어."

"알겠습니다."

"엔지에서 나한테 다시 연락하도록."

그리고는 통화가 끊겼으므로 김태일도 길게 숨을 뱉는다. 핸드폰을 쥔 김태일이 골목 입구에 선 오연수를 손짓으로 불렀다. 옆얼굴을 보이며 서있던 오연수가 머리를 돌려 김태일을 보더니 안으로 들어온다. 김태일이 핸드폰을 건네주고는 골목 입구로 나서자 오연수가 등에 대고 말했다.

"난 옆에 있어도 괜찮아."

그러나 김태일은 골목 입구로 나가 좌우를 둘러 보았다.

트럭 한대가 더 멈춰 섰으므로 가게들 앞에는 트럭이 세대로 늘어났다. 그때 김태일에게 핸드폰을 빌려준 사내가 어슬렁거리며 다가와 섰다.

"한국산 삼성 핸드폰이 있어."

사내가 목소리를 낮추고 말했다.

"최신형인데 2백 불이야. 아주 싸."

213

사내가 웃자 앞니 사이가 커다랗게 비어져 있는 것이 드러났다. 사내에게 50불을 주고 10분 동안 핸드폰을 빌린 것이다. 사내의 시선을 받은 김태일이 머리를 저었다.

내가 바로 한국인이라고 말할 수는 없다.

통화를 마친 오연수가 다가왔는데 밝은 표정이다.
"치앙마이에서 한국 영사가 기다린다고 했어."
핸드폰을 건네주면서 오연수가 말했다.
"이제 차만 타고 떠나면 돼."
"잘 끝났다."
힐끗거리는 사내에게 핸드폰을 건네준 김태일이 가게로 다가갔다.
"여긴 먹거리도 많구만."
가게에서는 통조림에다 여러 가지 과일까지 팔고 있었으므로 20달러를 주었더니 비닐봉투 세 개가 가득 찼다. 오연수가 가게 앞에 멈춰선 트럭을 훑어보면서 말했다.
"내일 여기서 차를 잡아 떠나면 되겠네."
"흥정은 내일 해."
발을 떼면서 김태일이 주의를 주었다.
오연수가 덤벙거리고 있었기 때문이다. 밝은 표정이었다가 금방 초조한 분위기로 바뀌었고 눈동자가 흔들렸다. 오연수와 함께 땡볕속의 길을 되돌아오면서 김태일은 문득 한국에 남아있는 여동생의 얼굴을 떠올렸다. 자신의 월급을 매달 꼬박꼬박 받고는 있겠지만 얼굴 안본지가 몇 년이나 된 것 같다. 그때 뒤를 따라오면 오연수가 불쑥 말했다.
"나, 팀원 대사관에 인계하고 바로 한국으로 돌아갈 거야."

오연수는 일행을 탈북자라고 부르지 않았다. 김태일의 등에 대고 오연수가 말을 잇는다.

"내 전화번호 받아."

그러더니 김태일의 바지 주머니에 오연수의 손이 쑥 들어갔다가 나왔다. 바지 주머니에서 쪽지의 촉감이 느껴졌다.

"한국에 오면 전화 해줄 거지?"

"응."

"꼭 살아 돌아와야 돼."

"응."

"나 좋아해?"

김태일이 몸을 돌렸더니 땡볕을 받은 오연수의 얼굴이 상기되어 있다. 트럭 한대가 지나면서 자욱한 먼지를 일으켰다. 김태일이 눈으로 옆쪽 숲을 가리켰다. 야자나무와 잡초가 어지럽게 엉켜진 숲이었다.

"쉬었다가 가자."

김태일이 그쪽으로 발을 뗴었고 오연수가 잠자코 따른다. 도로에서 10미터쯤 벗어난 야자나무 밑에는 그늘이 져 있었고 서늘했다. 잡초에 가려 도로도 보이지 않는다. 나무에 등을 붙이고 나란히 앉았을 때 김태일이 팔을 뻗어 오연수의 어깨을 감싸 안았다. 오연수가 팔을 들더니 손목시계를 보았다.

"오후 2시 반이야. 여기서 30분만 쉬었다 가자."

그러더니 일어나 바지 혁대를 풀었다.

시선을 든 김태일을 향해 오연수가 상기된 얼굴로 말했다.

"안아줘."

그러더니 덧붙였다.

215

"하고 싶어."

일행이 쉬고 있는 폐가로 돌아왔을 때는 오후 4시가 되어있었다. 오는 도중에 한 시간 가깝게 쉬었기 때문이다.

오연수에게서 비닐봉지를 받아든 권복심이 뒤쪽을 힐끗거리며 묻는다.

"양선생 어디 있어요?"

"양선생이요?"

오연수가 되묻자 권복심의 표정이 굳어졌다.

"양선생 못 만났어요? 두 분 나가시고 나서 바로 따라 나갔는데, 약 사올 거 부탁한다면서요."

놀란 오연수가 김태일을 보았다. 그러자 김태일이 비닐봉지를 내던지며 말했다.

"자, 떠납시다! 지금 당장!"

중국 대륙을 횡단하고 미얀마를 거쳐 태국땅을 딛기까지 수많은 위기를 겪었던 일행이다. 두말하지 않고 서둘러 일어섰다. 짐이라야 배낭 하나씩뿐이다.

김태일이 아직 몸이 불편한 선희를 들쳐 업으면서 소리치듯 말했다.

"길로 나가지 않고 남하합니다. 뒤를 따라와요."

그러나 해가 지고 어두워질 때까지 세 시간 동안 일행은 10킬로미터도 걷지 못했다.

논길을 타고 때로는 작은 개울을 건너 꾸준히 나갔지만 속도가 느렸다.

"도로로 나가야 할 것 같아."

도로가 내려다보이는 구릉 위에 닿았을 때 오연수가 말했다. 도로 위를 달리는 차의 전조등 빛이 드러났다.

"양채호가 중국 공안에 자수했을까?"

오연수가 김태일의 옆으로 다가서며 다시 낮게 묻는다. 그때 김태일이 입술만 달싹이며 말했다.

"둘을 같이 없애버려야 했어."

오연수는 숨을 죽였고 김태일의 말이 이어졌다.

"양채호는 처자식을 인질로 잡히고 끌려왔다고 했지만 자의가 섞여졌어."

"……"

"내가 방심했어."

도로를 내려다본 김태일이 오연수를 돌아보았다.

"그놈이 중국 공안에 자수했다면 바로 북한 체포조한테로 연락이 갔을 거야. 지금 우리는 중국, 북한 양쪽의 추격을 받고 있다고 봐야 돼."

"그래도 태국땅까지 들어 올 수 있을까?"

오연수가 주저하며 되묻자 김태일은 머리를 저었다.

"지금 쫓아오고 있을 거야."

최영철이 중국 측의 정보를 받은 것은 오후 3시 반경이었다. 이번에는 공식루트를 통한 정보였는데 북한측으로서는 난데없는 횡재를 한 셈이었다. 그러나 알고 보니 일행 중 하나가 빠져나와 미얀마측 영토에서 중국 국경경비대에 전화를 한 것이다.

그리고 그 정보를 북한측에 전달해달라고 했다는 것이다. 탈북자는 자신의 이름까지 밝혔는데 양채호라고 했다. 중국 국경경비대의 참모라는 자와 전화 연결이 되었을 때 말했다.

"탈북자는 아이들 셋, 어른 하나가 남았는데 인솔자는 여자, 그리고 보호자 되는 놈이 따르고 있소. 그 보호자 되는 놈이 살인범이오."

그리고는 탈북자의 태국내 좌표를 불러 주더니 말을 이었다.

"우리는 헬기로 라오스 영공을 건너 곧장 태국으로 갑니다. 그쪽도 어떻게 하시겠소?"

"우리 태국 위치를 불러드리지요."

최영철이 서두르며 말했다.

"놈들하고 1백 킬로미터밖에 떨어지지 않았지만 우릴 태워주시면 그 살인자놈을 잡아 넘겨 드리겠소."

헬기로는 20분 거리밖에 되지 않는 것이다. 그러나 육로로 간다면 다섯 시간도 더 걸린다.

밤 7시 10분, 김태일이 손목시계에서 시선을 떼고는 다가오는 트럭을 보았다.

요란한 엔진음을 내면서 달려오던 트럭이 속력을 늦추더니 곧 멈춰섰다. 길 복판에 커다란 배낭이 두 개나 떨어져 있었기 때문이다. 운전석에서 뛰어내린 사내는 둘, 둘 다 젊다. 그중 하나가 먼저 배낭을 집어들면서 주위를 둘러보았다. 그때 김태일이 엎드렸던 길가 풀숲에서 몸을 일으키더니 운전석 쪽으로 다가갔다. 뒤쪽에 엎드려 있었던 것이다.

그때서야 두 사내는 뒤에서 나타난 김태일을 보더니 놀라 몸을 굳혔다. 그러나 제각기 하나씩 집어든 가방을 놓치지는 않는다. 그때 김태일이 허리춤에 찔러놓은 권총을 꺼내 겨누었다.

"차에 타."

영어로 그렇게 말했지만 두 사내의 행동은 제각기 달랐다. 하나는 가방을 내던진 채 몸을 돌렸고 또 하나는 번쩍 손을 들었기 때문이다.

"퍽!"

무딘 발사음이 울리면서 달아나던 사내가 두 발짝을 딛고 나서 앞으로 엎어졌다. 그러자 김태일이 총구로 손을 들고 서 있는 사내를 겨누면서 말했다.

"자 저놈을 차에 싣자구."

그리고는 버럭 소리쳤다.

"서둘러!"

사내가 주춤거렸을 때 김태일이 다시 어둠 속에 대고 소리쳤다.

"빨리 나와!"

치앙다오를 지난 트럭은 다시 속력을 내었다. 오후 7시 50분이 되어가고 있다. 미얀마에서 상품을 싣고 오려던 트럭이어서 빈 짐칸에는 다리를 맞은 차주와 네 탈북자가 탔다. 차주는 다리의 상처를 동여매었지만 손발과 입도 붕대로 묶였다. 앞쪽 운전석에는 김태일과 오연수가 나란히 앉았다. 김태일이 어둠 속에서 가방을 뒤적거리더니 100불짜리 지폐 다섯 장을 세어 핸들 위로 펼쳤다.

"자, 너한테 이걸 준다."

돈을 흔들면서 김태일이 말을 잇는다.

"치앙마이까지만 태워주면 돼. 넌 우리를 내려주고 돌아가는 거다."

"정말이요?"

젊은 운전사가 번들거리는 눈으로 달러를 흘겨보며 묻는다.

"정말로 해치지 않을 거요?"

"약속한다."

"짐칸에 실은 타놈은 어떻게 할 거요?"

"네 생각은 어떠냐?"

김태일이 오른손에 쥔 권총을 고쳐 쥐면서 묻는다. 창가에 앉은 오연수도 긴장한 듯 굳어져 있다. 그때 운전사가 말했다.

"타놈은 당신을 신고할 겁니다."

김태일은 시선만 주었고 운전사의 말이 이어졌다.

"그럼 당신은 쫓기게 돼요. 그러니까."

잠깐 말을 멈췄던 운전사가 머리를 돌려 김태일을 보았다.

"죽여서 강으로 던지면 돼요. 그럼 아무도 못 찾을 거요."

"그럼 넌?"

"타놈이 실종되었다고 말하는 거죠."

"……."

"그럼 금방 잊혀집니다."

"타놈이 차주 아니냐?"

"그렇지만……."

다시 운전사의 시선을 받은 김태일이 머리를 끄덕이며 말했다.

"알았어, 그렇게 하지."

핸들위에 펼쳐졌던 달라는 어느새 운전사의 주머니에 들어가 있다.

밤 8시 반, 치앙다오 바로 위쪽 도로에서 남하하는 차량을 체크하던 최영철이 머리를 돌려 백순태를 보았다.

"난 치앙마이까지 내려가겠다."

백순태의 시선을 받은 최영철이 말을 잇는다.

"놈들이 먼저 빠져 나갔을지도 몰라."

"그럴리가요."

이맛살을 찌푸린 백순태가 머리를 기울였다.

그러나 양채호가 보고한 시간과 맞춰보면 그럴 가능성이 있다. 벌써 다섯 시간이 지난 것이다. 재빠르게 행동했다면 트럭을 타고 치앙다오를 지났을 수도 있다. 머리를 든 최영철이 소리쳤다.

"야, 너, 이리 좀 오라우!"

그러자 어둠 속에서 양채호가 나타났다.

"너, 나하고 같이 가자우."

최영철이 말하고는 몸을 돌렸다. 뒤쪽 공터에 24인승 중국군 헬기가 대기하고 있는 것이다. 앞쪽 도로에는 사복 차림의 중국군이 국경에서 내려오는 차량을 검문하는 중이다.

아직 태국 정부의 허락도 받지 않은 상황이지만 눈이 뒤집혀 있는 터라 물불을 가리지 않는다.

9시 10분, 손목시계를 내려다본 김태일이 운전사에게 말했다.

"차를 세워."

운전사가 어두운 길가에 트럭을 세우자 김태일이 오연수에게 한국어로 말했다.

"모두 차에서 내리라고 해. 지금부터 걸어야겠어."

"아니, 왜?"

놀란 오연수가 묻자 김태일이 정색하고 말했다.

"놈들이 지금까지 가만있었을 리가 없어. 치앙다오는 지났지만 벌써 여섯 시간이 지났어. 놈들이 기다리고 있을지 몰라."

그러자 오연수가 차에서 내리더니 짐칸에 대고 소리쳤다.

"모두 내려요! 지금부터 걷습니다."

밤이 깊어지면서 차량 왕래는 뜸해졌다.

치앙다오를 지나 도로에는 차량 통행이 제법 많아 졌다가 다시 드문드문 해진 것이다.

이곳은 산비탈을 끼고 도는 모퉁이다.

그래서 차를 세운 것이다. 김태일이 차에서 내리면서 운전사에게 말했다.

"너도 내려."

"무슨 일이요?"

하고 운전사가 묻는 순간이다.

"타타타타탕!"

요란한 총성이 울리면서 운전사가 사지를 흔들면서 차 아래로 떨어졌다. 김태일이 반사적으로 몸을 날려 길가 풀숲에 엎드리면서 소리쳤다.

"길가로 뛰어!"

소리친 순간 가슴이 먹먹해진 느낌이 왔다. 절망감이다. 이 상황에서 기습을 받았으니 당했다.

"타타탕! 타타탕!"

총성이 다시 요란하게 울렸는데 5, 6정의 발사음이다. 김태일은 트럭 뒤쪽으로 돌아간 오연수를 부른다.

"오연수!"

악을 쓰듯 부르는 목소리가 쩌렁이며 울렸다. 그때 또 총성이 울리면서 여자의 비명이 일어났다. 김태일도 길가로 기어 트럭 뒤쪽으로 다가갔다. 총성은 앞쪽에서 가해지고 있다.

그러나 트럭 뒤쪽도 안전하지가 않다. 앞쪽의 휘어진 길에서 뒤쪽이 다 드러났기 때문이다.

"오연수!"

다가간 김태일이 불렀을 때 누군가 소리쳤다.

"총에 맞았어요!"

"엎드려! 이쪽으로 기어와!"

자신이 엎드린 곳은 트럭에 가려 겨우 엄폐는 된다. 김태일이 고함쳤을 때 누군가 기어왔다. 작다.

"아저씨!"

저 목소리는 윤영미다. 동생 영미와 이름이 같아서 더 애처롭게 보였던 아이, 그때 다시 요란한 총성이 울렸다.

"타타탕! 타타타타! 타타타탕!"

그 순간 다가오던 영미가 엎드리더니 움직이지 않았다.

"영미야!"

악을 쓰듯 불렀던 김태일이 눈을 치켜뜨고는 다시 뒤쪽을 보았다.

"오연수!"

대답이 없다. 이를 악문 김태일이 옆으로 몸을 굴리고는 땅바닥에 엎드려 권총을 겨누었다.

"타타탕! 탕탕탕!"

다시 총성이 울리면서 섬광이 드러났다.

거리는 50미터 정도, 섬광을 겨눈 김태일이 방아쇠를 당겼다.

"퍽,퍽,퍽,퍽,퍽!"

잠깐 섬광이 꺼진 사이에 권총을 쏘아 갈긴 김태일이 몸을 솟구쳐 트럭 뒤로 달려갔다. 세 사람이 쓰러져 있다. 권복심, 윤성준이, 그리고 맨 가에 백선희, 모두 움직이지 않는다. 그때 다시 총성이 울렸으므로 김태일은 반대편 길가로 몸을 날렸다.

6장 내일은 없다

엎드린 김태일이 바로 눈앞에서 꿈틀거리는 물체를 보았다.
누운 채 땅을 발로 문지르고 있는 것이 앞으로 나가려는 것 같다. 그 순간 눈을 치켜뜬 김태일이 와락 다가갔다. 오연수다.
"나야."
하면서 오연수의 머리를 두 손으로 안았던 김태일이 분주히 몸을 살펴보았다. 어둡다. 보이지 않는다. 그때 오연수의 입에서 낮지만 굵은 신음이 뱉어졌다. 치켜뜬 눈의 흰창이 어둠속에서 뚜렷하게 드러났다.
"어디야? 어디?"
김태일이 오연수의 몸을 서둘러 더듬으면서 묻는다. 그때 다시 요란한 총성이 울리더니 트럭의 몸체에 맞는 총탄이 날카로운 쇳소리를 내면서 튕겨졌다.
그 순간 김태일은 오연수의 배가 젖어 있는 것을 느낀다. 손바닥을 들어 보았더니 끈적이는 물체가 흠뻑 적셔져 있다. 피다. 배를 맞았다. 김태일은 울컥 치솟는 숨결을 이를 악물면서 참는다. 가망이 없다.

"나야, 내말 들리니?"

억눌린 목소리로 물은 김태일이 오연수의 몸 위로 엎드렸다. 그리고는 얼굴을 똑바로 내려다보았다. 다시 오연수의 입에서 신음이 뱉어졌다. 그러나 선명한 눈동자가 똑바로 김태일의 시선을 받는다.

"내 말 들려?"

김태일이 다시 묻자 오연수가 머리를 끄덕였다. 분명하게 끄덕인 것이다. 김태일이 이제는 오연수의 어깨를 두 손으로 부둥켜안았다.

"그래. 나하고 같이 가자. 응?"

오연수가 다시 머리를 끄덕였다.

"항상 네 옆에 있을 거다. 알았어?"

이번에도 오연수가 머리를 끄덕였다. 이제 신음도 들리지 않는다. 입 끝이 조금 올려져 있는 것이 웃는 것 같다.

"나하고 같이 있는 거야. 알아?"

김태일이 어깨를 감싸 안은 팔에 힘을 주면서 다시 말했을 때 오연수가 다시 머리를 끄덕였다. 그때 김태일은 오연수의 눈가로 흰 물줄기가 흘러내리는 것을 보았다. 두 눈은 크게 떠져 있어서 여전히 김태일을 본다.

"난, 너하고 있을 때 행복했어."

오연수의 두 눈이 반짝였다.

"가장 행복했던 시간이었어."

그때 김태일은 오연수의 눈동자가 움직이지 않는 것을 보았다. 눈동자가 흐려져 있다.

김태일은 오연수의 입에 입술을 붙였다가 떼고는 오연수의 가슴을 뒤져 지갑을 꺼내었다. 이제 오연수는 어두운 밤하늘을 응시한 채 움직이지 않는다. 김태일은 몸을 일으켰다.

그리고는 앞쪽 숲을 향해 기어가기 시작했다.

그로부터 10일 후, 오후 2시가 되었을 때 위난성 쿤밍의 한식당 '아리랑'으로 홍수일이 들어섰다. 종업원의 안내를 받은 홍수일이 "금강산룸"에 들어서자 식탁에 앉아있던 사내가 머리를 들었다. 김태일이다. 그동안 얼굴은 수척해졌지만 세련된 캐주얼 양복 차림에 금테 안경까지 끼었다. 잘나가는 상사원 차림이다.

"다시 만나서 반갑습니다."

허리를 굽혀 인사를 한 홍수일의 얼굴에는 웃음기가 떠올라 있다. 김태일은 머리만 끄덕였지만 앞쪽에 앉은 홍수일이 말을 잇는다.

"연락이 없어서 걱정했습니다. 그런데."

말을 그친 홍수일이 목소리를 낮추고 묻는다.

"탈북자들은 모두 태국 수용소에 들어갔겠지요?"

홍수일의 시선을 한동안 받은 채 움직이지 않던 김태일이 이윽고 천천히 머리를 저었다.

"다 죽었어."

"예에?"

놀란 홍수일이 눈을 치켜떴을 때 김태일은 외면한 채 말했다.

"태국 언론에도 보도가 되지 않았더군. 태국인 둘, 한국인 포함한 탈북자까지 다섯이 죽었는데도."

"그, 그럼……."

"하나는 도중에 죽고 하나는 도망쳤지."

"누, 누가 도망쳤습니까?"

"양채호."

그리고는 김태일이 쓴웃음을 지었다.

"내가 이제 그놈 보는 앞에서 처자식을 죽일 거야."

"양채호 처자식이라니요? 그, 김명순이라는 여자……."

"아냐, 그년은 위장한 남파용 간첩이야."

김태일이 상황을 설명하자 홍수일은 길게 숨을 뱉는다.

"그렇게 되었군요."

그리고는 홍수일이 들고 온 가방을 탁자위에 놓았다.

"여기 본부에서 보낸 공작금, 새 여권에 다 무기가 들었습니다."

김태일이 잠자코 가방을 들어 의자 밑에 내려놓았을 때 홍수일이 혀를 차면서 말했다.

"그, 한국인 팀장까지 당했다니 안되었습니다. 좋은 여자 같던데."

그로부터 사흘 후, 오후 3시 무렵, 베이징의 천안문 광장에서 관광객 차림의 김태일이 한국인 단체 관광객 뒤를 따르고 있다. 잠깐 멈춰선 안내자가 광장을 가리키며 설명을 시작 했을 때다. 김태일이 핸드폰의 버튼을 누르고는 귀에 붙였다. 그러자 신호가 세 번 울리더니 곧 박명수의 목소리가 울렸다.

"여보세요."

"접니다. 지금 베이징입니다."

"내일 오전 10시에 이 전화로 연락을 해라."

그러더니 박명수가 전화번호를 불러주었다.

"너한테 자료를 줄거다."

"알겠습니다."

"그리고."

박명수의 말이 이어졌다.

"그놈이 네 파트너야. 물론 네 업무를 보조하는 역할이지."

"알겠습니다."

"너하고 같이 행동 하는 거다. 자세한 내막은 그놈한테서 듣도록."

그리고는 전화가 끊겼으므로 김태일은 허리를 폈다. 마침 안내자의 설명이 끝나고 관광단이 움직이는 참이었다.

다음날 오전 10시 정각, 김태일이 이제는 북해공원 남문 근처에서 핸드폰의 버튼을 누른다. 신호음이 세 번 울리고 났을 때 곧 응답소리가 들렸다.

"여보세요."

그 순간 김태일이 핸드폰을 귀에서 잠깐 떼었다가 붙였다. 여자 목소리였기 때문이다.

한국여자다. 김태일이 번호를 확인 했더니 여자가 대답했다.

"번호 맞습니다. '식스'시죠?"

김태일은 소리죽여 숨을 뱉는다. 그러나 대답은 했다.

"만납시다. 난 지금 북해공원 남문 옆에 있습니다."

"30분 안에 가겠습니다."

그러더니 전화가 끊겼다. 이 여자가 보조원이란 말인가? 문득 가슴이 먹먹해온 것은 오연수 때문이다. 오연수의 체취가, 목소리가, 그리고 마지막 모습이 바로 조금 전의 일처럼 머릿속에 박혀있는 김태일이다. 또 여자의 시중을 들어야 된단 말인가?

갑자기 부아가 치밀어 올랐으므로 김태일은 어금니를 물었다.

229

"식스?"

갑자기 옆에서 그렇게 부르는 바람에 김태일이 몸을 굳혔다. 20분이 조금 넘었을 뿐이다. 눈을 치켜뜬 김태일이 머리를 돌렸다. 여자 하나가 서 있다. 숏컷친 머리, 쌍커풀 없는 눈, 화장기 없는 얼굴에 굳게 다문 입술, 점퍼에 바지를 입었고 운동화 차림, 등에는 여행용 배낭을 메었으니 김태일과 딱 어울렸다.

김태일의 시선을 정면으로 받으면서 여자가 대답했다.

"정미라고 합니다. 코드번호는 225, 세 자리 수죠."

전화로도 들었지만 목소리가 맑다. 나이는 스물대여섯쯤 되었을까? 눈 밑의 주근깨를 보면 두어 살 더 먹을 것 같기도 하다. 정미가 말을 잇는다.

"제 임무는 식스를 보좌하는 것입니다. 정보는 제 머릿속에 넣어졌고 연락도 제 책임입니다. 자, 가시면서 이야기하죠."

하면서 정미가 발을 떼었으므로 김태일이 말했다.

"잠깐, 가기 전에 알아볼게 있어."

정미가 발을 멈췄고 김태일이 묻는다.

"나하고 작전을 같이 하는 건가?"

"그렇습니다. 식스."

"작전지역은 어디야?"

"이미 들으셨을 텐데요. 길림성 엔지죠."

"구체적인 임무는?"

"그건 간단히 줄이면"

어깨를 부풀렸다가 내린 정미가 말을 잇는다.

"권회장이란 조선족 기업가와 그 일당을 소탕하는 것이죠."

"권회장?"

퍼뜩 눈을 치켜뜬 김태일이 묻자 정미가 머리를 끄덕였다.

"그렇습니다. 놈은 중국의 동북방면 3개성 친북파 조직 총책일뿐만 아니라 마약거래 총책, 그리고 남파 간첩의 총책이기도 합니다."

김태일은 심호흡을 했다. 김명순이 죽기 전에 한 말이 떠올랐기 때문이다. 양채호의 처자식을 권회장이 데리고 있다고 했던 것이다. 엔지 호텔에서 권회장만 찾으면 연락이 된다고도 했다. 머리를 끄덕인 김태일이 발을 떼자 정미가 옆을 따르며 말을 잇는다.

"지금부터 우리는 부부 행세를 해야 됩니다. 내 여권에도 중국 입국 스템프가 식스하고 같은날 찍혔고 베이징 공항의 입국 기록에도 그렇게 남아 있거든요. 중국 공안이 우리 둘의 여권을 한국에 조회해도 부부로 찍혀 나올 것입니다."

"……"

"기억 해두세요. 내 나이는 1985년생으로 스물여덟, 주소는 서울 영등포구 목동 13단지 1307호, 결혼은 작년 7월 12일에 했고 아직 아이는 없어요."

"……"

"식스 직업은 한국산업의 자재과 대리, 지금 한달 간 휴가로 여행중이구요. 한국 산업의 사원 명단에 기재가 되어있고 확인해 줄 것 입니다."

어느새 둘은 택시 정류장 앞에 섰고 정미의 말이 이어졌다.

"엔지에 도착할 때 까지 다 외워 놓아야 합니다. 난 동명대 중국어과를 나왔어요."

"지금 어딜 가는 거야?"

불쑥 김태일이 묻자 정미가 대답했다.

"버스 터미널, 선양을 거쳐 길림성 엔지로 들어 갈 예정입니다."
마침 빈 택시가 멈춰 섰고 택시에 오르자 정미가 유창한 중국어로 택시 운전사에게 목적지를 말했다.

"그놈이 맞나?"
하고 최영철이 묻자 양채호가 커다랗게 머리를 끄덕였다.
"예, 소좌동지, 꼭 같습니다."
몽타주를 본 양채호가 만족한 표정으로 한숨까지 뱉는다.
"이제야 꼭 같아졌습니다."
"신랑은 1미터 82나, 3정도, 맞지?"
"그렇습니다."
"체중은 날씬한 편이고."
확인하듯 말한 최영철이 옆에 선 부하에게 말했다.
"자, 몽타주를 복사해서 돌려라."
"예, 소좌동지."
"권회장한테 제일 먼저 갖다주도록."
그리고는 최영철이 다시 양채호를 보았다.
"그 놈이 권회장한테 올것 같나?"
"예, 김명순 동지가 그놈 고문을 받고 자백을 하는 것을 제가 들었단 말입니다."
양채호가 정색한 표정으로 말을 잇는다.
"끔찍했습니다. 손가락을 하나씩 잘랐는데 김동지가 결국은 권회장이란 분이 엔지에서 총괄하고 있다고 했단 말입니다."
최영철은 심호흡을 했다. 이곳은 엔지 시내의 안가다.

태국에서 오연수를 비롯한 탈북자 전원을 사살했지만 "살인자"는 놓쳤다. 그러나 그 '살인자'의 용모는 양채호가 알고 있는 것이다. 더구나 그놈이 엔지의 권회장에 대해서 알고 있다고 양채호가 말해 주었다. 김명순을 고문해서 알아냈다는 것이다. 최영철이 머리를 돌려 양채호를 보았다.

"이봐, 만일 그 놈이 이곳에 온다면 네 가족은 내가 권회장한테 말해서 풀어 주도록 하지."

밤 11시 반, 고속버스는 맹렬하게 질주하고 있다. 버스 안은 조용하다. 2층 침대버스는 침대가 넓고 실내 공기도 쾌적했다. 창가의 2인용 침대는 통로 쪽에 커튼까지 드리워져서 방에 누운 것 같다. 어두운 창밖으로 가끔 민가의 불빛이 스치고 지날 뿐 고속도로를 오가는 차량도 드물다. 그때 옆에 누운 정미가 창 쪽으로 머리를 돌리더니 눈을 떴다. 눈을 뜬 것이 검은 유리창에 거울처럼 드러났다. 그러나 김태일과 시선이 마주쳤지만 움직이지 않는다. 창에 비친 눈동자가 반짝이고 있다. 2인용 침대 티켓을 끊은 것은 정미다. 그리고는 이유도 대지 않고 제가 먼저 창가 자리를 차지했다. 신발과 상의를 벗고 누우면서 딱 한마디는 했다.

"제가 먼저 잘게요."

그러더니 세 시간을 시체처럼 자고나서 방금 깨어난 것이다. 그때 정미가 창문을 향한 채로 말했다.

"이 작자 때문에 제가 엔지에서 두 달 동안을 보냈죠."

유리창을 향한 채로 정미가 말을 잇는다.

"저한텐 이게 첫 작전입니다."

"……."
"한자리 숫자의 요원과 파트너가 되어서 영광입니다. 보통은 두자리 숫자가 팀장이 된다고 들었거든요."
"……."
"한 자리 숫자는 혼자 뛰는 요원이라고 들었는데, 맞나요?"
정미의 시선과 부딪친 김태일이 머리를 저었다.
"이봐, 그런 건 알 필요가 없는 거야."
"미안합니다."
김태일의 표정을 본 정미가 머리를 돌려 직접 보았다. 이제 두 얼굴이 이십 센티미터 간격을 두고 마주보았다. 왼쪽 엉덩이가 정미의 오른쪽 엉덩이와 닿아있었고 상큼한 향기도 맡아졌다. 버스 안은 조용하다. 앞쪽 어딘가에서 낮은 이야기 소리가 들렸고 굵은 엔진음은 전혀 소음으로 느껴지지 않는다. 정미의 눈동자를 똑바로 응시한 채 김태일이 말을 이었다.
"그건 천천히 알아도 될 거야. 업무 이야기만 하자구."
"알겠습니다."
굳어진 얼굴로 정미가 말했을 때 김태일이 말을 잇는다.
"부부로 위장했다고 부부처럼 행세할 필요는 없어, 그저 부부처럼 보이면 되는 거야."
그리고는 김태일이 베개에 머리를 붙이고 반듯이 누웠다. 눈을 감자 그때서야 버스 엔진 소음이 다시 들렸다. 옆에서 정미도 눕는 기척이 들리더니 어깨가 닿았다. 김태일처럼 천정을 향하고 바로 누운 모양이었다.

권각수가 손에 쥐고 있던 서류를 내려놓고 머리를 들었다. 테이블 건너편에 서있던 강근종이 긴장했다. 60대 중반의 권각수는 옌지에 호텔과 식당 5개, 운수회사 2개와 피복공장 4개, 대형 매장 3곳까지 소유한 억만장자다. 또한 성(省) 정부는 물론 베이징의 중앙정부에도 든든한 배경이 있기 때문에 옌지시 당국의 말단 관리쯤은 우습게 본다. 권각수는 이른바 고위층인 것이다. 고위층이 되면 시당국에서 건드릴 수가 없게 된다. 거미줄처럼 얽힌 인연의 어느 한쪽에라도 걸릴 경우에 시(市)의 공안국원 따위는 다음날에 목이 떨어질 수가 있는 것이다. 권각수가 묻는다.

"그럼 이놈이 여기로 온단 말인가?"

"네, 회장님."

강근종이 공손하게 말했다.

"황보 주임은 전 공안력을 동원하겠다고 합니다."

옆쪽 대기실에는 옌지시 공안국에서 나온 황보 주임이 기다리고 있는 것이다. 황보는 탈북자 색출 담당으로 이곳에 자주 들른다. 이맛살을 찌푸린 권각수가 다시 서류를 보았다. 서류 앞장에 몽타주가 그려져 있었는데 젊은 사내의 얼굴이다. 강근종이 말을 잇는다.

"체포조도 비상이 걸려 있습니다. 하지만 공안이 주력이니 회장님께서 불러 격려를 해주시지요."

그러자 권각수가 의자에 등을 붙이면서 말했다.

"쓰레기같은 놈들, 들어오라고 해."

몸을 돌린 강근종이 서둘러 방을 나갔다가 40대쯤의 사내와 함께 다시 들어섰다. 바로 옌지 공안국의 황보주임이다.

"회장님. 오랜만에 뵙습니다."

황보가 활짝 웃는 얼굴로 인사를 했고 권각수도 웃음 띤 얼굴로 자리에서 일어났다.

"어이구, 황주임. 기다리게 해서 미안합니다."

"아닙니다. 바쁘신줄 아는데 찾아온 제가 결례를 했습니다."

악수를 나눈 둘은 소파에 마주 앉았고 강근종은 벽 쪽에 붙어 섰다. 그때 정색한 황보가 본론을 꺼내었다.

"회장님. 북한 탈북자 체포조한테서 연락을 받으신 줄 압니다만, 이건 우리 중국정부 영토내에서 일어나는 일입니다. 따라서 모든 일은 중국정부의 통제를 받아야만 합니다."

황보의 살찐 얼굴이 긴장으로 굳어져 있었으므로 권각수는 외면했다. 황보가 말을 잇는다.

"지금 체포조가 몽타주를 돌리면서 찾는 사내는 중국 국경에서 10여명을 살인한 범죄자올시다. 따라서 길림성은 물론 동북 3성 전 공안국에 비상이 걸린 상태란 말입니다."

호흡을 고른 황보가 똑바로 권각수를 보았다.

"이번 작전의 주체(主体)는 공안국이라는 것을 말씀 드리려고 왔습니다. 또한 체포조와 관계가 깊은줄 알고 있습니다만 모든 일은 저희와 상의, 연락해주기 바랍니다. 그리고 만일……."

황보의 가는 눈이 더 가늘어졌다.

"체포조가 공안 모르게 작전을 벌인다면 추방당하게 될 것입니다. 그것을 회장님께서도 알려드리려고 왔습니다."

"그럴 리가 있겠소?"

마침내 권각수가 메마른 목소리로 말하고는 뒤에 서 있는 강근종에게 말했다.

"그것 가져와."

다롄에 도착 했을 때는 오전 6시 반, 베이징에서 10시간을 달려온 셈이다. 버스터미널에서 내린 정미가 대합실에 김태일을 세워두고는 전화를 하고 돌아왔다. 정미의 표정을 본 김태일이 묻는다.
"왜? 무슨 일 있어?"
"몽타주."
짧게 말한 정미가 김태일의 팔을 끌었다.
"당신 몽타주가 동북 3성에 다 깔렸다고 해요."
눈만 치켜뜬 김태일이 발을 떼었고 정미가 말을 잇는다.
"변장해야겠어요. 여권 사진도 바꿔야겠죠."
김태일과 시선을 받은 정미가 쓴 웃음을 짓는다.
"그런 일이 내 전문이거든요. 부부 행세는 서툴지 몰라도 말예요."

몽타주를 내려놓는 최영철이 입맛을 다셨다.
"이 병신들이 아주 광고를 하는구만."
몽타주는 공안이 제작, 배포한 것이다. 김태일의 얼굴이 거의 비슷하게 그려져 있었는데 현상금 100만 위엔까지 걸려져 있다. 대금(大金)이다. 30만 위안이면 30평짜리 집 한 채를 살수가 있는 것이다. 앞쪽에 앉은 백순태 대위가 말했다.
"권회장 사무실 주변에도 공안이 깔려있습니다."
최영철이 외면했다. 김태일이 권각수를 목표로 올지 모른다는 정보를 준 것이 바로 최영철이었기 때문이다. 공안의 협조를 받으려고 김태일의 정보를 준 것인데 주객이 전도되어 버렸다. 공안 입장에서 보면 중국 국경수비대 초소를 전멸시킨 살인범이다. 더구나 중국 영토에서 일어나는 일이니 당연한 결과였다.

"놈이 잔뜩 경계하게 만들었으니 일만 더 어렵게 되었다."

잇사이로 말한 최영철이 길게 숨을 뱉는다. 그러더니 머리를 끄덕이며 말을 잇는다.

"하긴 권회장한테 무슨 일이 일어나면 안 되지. 공안 놈들이 붙어 있는 것이 우리 공화국을 위해서는 좋은 일이야."

백순태는 대답하지 않았다. 그놈, 아직 이름도 모르는 그놈은 보통 놈이 아닌 것이다. 체포조는 뒷북만 쳤다.

사흘째가 되는 날 오후, 밖에 나갔다 돌아온 정미가 침대위에 가방을 내려놓으며 웃는다. 이마와 콧등에 깨알 같은 땀방울이 돋아나 있었는데 흰 이가 반짝였다. 민박집 독채 방안이다. 사흘 동안 방안에만 박혀 있던 김태일이 정미와 가방을 번갈아 보았다. 정미가 가방 안에서 새 여권을 꺼내더니 김태일에게 내밀었다.

"자, 여기 당신의 새 얼굴이 있어요."

여권을 받은 김태일이 펼쳤다. 그러자 새 얼굴이 드러났다. 그러나 낯이 익다. 그때 정미가 말했다.

"자, 시작해요."

머리를 든 김태일은 정미가 가방 안의 물건을 꺼내는 것을 보았다. 조그만 약병들이 수십 개, 기구에다 크게 확대한 부분 사진도 여러 장이다. 물건을 정리하면서 정미가 말을 잇는다.

"내일 아침까지 새 얼굴을 만들어 드릴게요. 내가 부부 행세는 서툴지만 이건 전문이거든요."

마침내 김태일의 얼굴에 쓴웃음이 번졌다. 그러나 입을 열지는 않았다.

최영철에게 권각수는 대단히 부담스러운 존재다. 어려운 존재라고 표현하는 것이 맞을 것이다. 지금까지 최영철은 권각수를 한 번 만났고 오늘이 두 번째다. 전에 만났을 때는 인사를 하려고 갔던 것이지만 이번에는 업무차 방문한 셈이다. 권각수는 전처럼 웃음 띤 얼굴로 최영철을 맞았지만 두 눈이 번들거렸다. 오늘도 강근종이 뒤에 서있고 둘은 소파에 마주보고 앉았다. 전에도 마실 것 따위는 묻지도 않았던 터라 최영철이 바로 본론을 꺼냈다.

"회장님께서 양채호 가족을 보호하고 계십니까?"

권각수의 시선을 받은 최영철이 말을 잇는다.

"제가 양채호한테서 다 들었습니다. 그리고 지금 공안에서 찾고 있는 놈도 회장님이 양채호 가족을 데리고 있다는 것을 다 알고 있단 말입니다."

"……"

"잡힌 김명순이가 다 자백했습니다."

"……"

"그놈이 회장님한테 갈 가능성이 높은 것은 양채호가 회장님 주변에 있을 것이라고 생각하기 때문입니다."

"……"

"그러니까 가족은 저한테 넘겨주시지요. 그럼 저희들이 소문을 내서 놈을 제 주변으로 끌어 들이겠습니다."

"……"

"그럼 회장님께선 위험 부담이 줄어드시는 것이지요."

그때 권각수가 어깨를 부풀렸다가 내리더니 말했다.

"이봐, 최소좌."

"예, 회장님."

긴장한 최영철이 상반신을 세웠을 때 권각수가 말을 잇는다.

"난 공화국에서 당 부장급 대우를 받고 있어, 알고 있지?"

"예, 회장님."

"나한테 명령할 수 있는 사람은 호위총국장, 당선전선동부장, 그리고 총참모장과 무력부장 등이지."

이제는 최영철이 숨도 죽였고 권각수의 목소리가 높아졌다.

"내 한마디면 당신은 소환돼, 한 시간 안에 말야. 내기할까?"

"아닙니다."

최영철이 하얗게 굳어진 얼굴로 말했다. 말끝이 떨린다.

"회장님께서는 오해하신 것 같습니다. 저는 회장님 대신 총알받이가 되려고······."

"건방진 놈 같으니."

잇사이로 말한 권각수가 눈을 치켜떴다.

"네 직속상관이 호위총국 작전국 제1부부장 김명술 중장이지? 김명술이가 나한테 형님이라고 하는 사이인 건 알고 있나?"

"잘못했습니다. 용서해 주십시오."

마침내 그 자리에서 일어선 최영철이가 머리를 숙여 절을 했다.

"한 번만 용서해주시면 신명을 바쳐 충성을 다하겠습니다."

두 번 버스를 세우고 검문을 받았지만 공안은 김태일의 얼굴을 보고

나서 단 1초도 시선이 머물지 않았다. 전혀 다른 모습이 되어 있었기 때문이다. 눈두덩은 두꺼워졌고 콧등이 더 넓어졌다. 틀니를 덮어 끼워서 입술이 불룩해지는 바람에 얼굴형도 달라졌다.

검은색 뿔테 안경에 머리는 짧아져서 어려 보인다. 오후 4시 반, 선양을 지난 버스는 이제 길림성 장춘을 향해 달리는 중이다. 이번에도 침대버스를 탄 터라 둘은 나란히 누워 있었는데 김태일이 머리를 돌려 창가의 정미에게 물었다.

"무기 준비는 되었어?"

"되었어요."

정미가 바로 대답했다. 침대 상반신을 세운 터라 둘은 나란히 다리를 뻗고 앉은 셈이다. 김태일의 시선을 받은 정미가 말을 잇는다.

"AK-47 소총 1정, 30발이 든 탄창 5개, 베레타92F 권총 2정, 소음기 1개, 탄창 5개, 실탄 150발, 드라구소프 저격보총, 실탄 50발, 수류탄 5발, 작업복과 운동화, 2켤레."

"권총 두 정은 왜?"

"하나는 내가 갖는 거죠."

"……"

"권총 사격은 좀 해요. 사람을 쏴 본적은 없지만."

"……"

"난 실전에 투입 되지는 않지만 호신용은 있어야죠."

"권각수의 아지트 위치는?"

"지도로 만들어 놓았으니까 엔지에서 보여드리죠. 경호원이 50여 명이나 돼요."

"……"

"억만장자죠, 엔지 근처에 별장이 4채나 있어요. 별장마다 여자가 있고."

"……"

"북한 고위층이 오면 대부분 권각수의 별장에서 머물죠."

그때 다시 버스가 멈춰 섰으므로 둘은 창밖을 보았다. 또 검문이다. 공안과 군인 10여 명의 모습이 보였다. 버스 쪽으로 공안 두 명이 다가오는 중이었는데 뒤를 군인 둘이 따르고 있다. 그것을 본 정미가 김태일에게 묻는다.

"만일의 경우에 대비해야겠는데, 식스가 체포되면 어떻게 하죠?"

"일단 나부터 체크할 테니 내가 걸리면 모른 척해. 모르는 사이라고."

"결혼한 사이로 만들어 놓았는데."

"그건 나중에 체크 될 거야."

문이 열리더니 공안 둘이 들어섰다. 이층 침대버스의 이층 자리여서 공안의 머리통이 보인다. 공안 하나가 이 층 계단으로 올라왔다. 버스에는 승객이 다 차 있었는데 그중 서너 명은 한국 관광객이다. 이번에는 공안이 일일이 신분증을 확인했으므로 김태일은 여권을 꺼내 들었다. 그리고는 정미에게 말했다.

"이곳은 공안, 군인 합쳐서 십여 명이 있어. 내가 끌려 내려가게 되면 총을 빼앗아 다 죽일 거야."

정미의 얼굴이 하얗게 굳어졌고 앞쪽을 응시한 채 김태일이 말을 잇는다.

"우선 저놈 목뼈를 부러뜨리고 권총을 빼앗아 아래층 놈을 쏘아야겠지."

여권을 부채처럼 가볍게 흔들면서 김태일이 다가오는 공안을 바라보고 있다. 얼굴에 웃음기까지 띄운 채 김태일이 말했다.

"그 다음에 버스 문 앞에 선 군인 두 놈을 쏘고 소총을 빼앗는 거야. 그때부터 총격전이지."

그때 다가온 공안이 김태일에게 손을 내밀었다.

"신분증."

중국어였지만 김태일도 알아듣고 여권을 내밀었다. 공안이 여권과 김태일을 번갈아 보더니 시선이 정미에게로 옮겨졌다. 그리고는 여권을 김태일에게 돌려주면서 정미에게 말한다.

"신분증."

'국제무역'사무실로 들어선 박판일에게 오윤배가 다가왔다.

"대표님, 준비 되었습니다."

"음, 아직 시간은 있어."

손목시계를 내려다본 박판일이 옆쪽 사장실로 들어섰고 오윤배가 뒤를 따른다. 오윤배는 손에 묵직한 알루미늄 가방을 쥐었다. 소파에 앉은 박판일 앞쪽 탁자에 가방을 내려놓은 오윤배가 말을 잇는다.

"모두 53만 불입니다. 나머지 3천 불 정도는 금고에 넣어뒀습니다."

"알았다."

벽시계가 오후 6시 반을 가리키고 있다. 이곳에서 '대명호텔'은 사거리 하나 거리였으므로 걸어서 5분 거리, 7시 반에 권회장을 만나 가방을 전해주면 되는 것이다. 앞에 놓인 생수병 마개를 딴 박판일이 한 모금 삼켰을 때 앞에 앉은 오윤배가 말을 잇는다.

"대명호텔에 공안이 20명이나 깔려 있다더군요. 그리고 체포조도 대여섯 명이 나와 있답니다. 거기에다……."

말을 멈춘 오윤배가 입안의 침을 삼켰다. 그것은 박판일도 알고 있는 것이다.

권갑수의 '대명그룹' 회장실이 위치한 '대명호텔'에는 경호원 30여 명이 상주하고 있다. 마치 사병(私兵) 무리 같은 경호원들은 무장 상태가 군인 이상이었고 전문가집단이었다.

다구나 정부 당국에서도 경비원의 무장 상태를 묵인해주고 있는 상황인 것이다. 그때 박판일이 쓴웃음을 지었다.

"한 놈이라는데 간댕이가 부었지. 여길 어떻게 온다고 그래?"

"그놈이 남조선 정부에서 보낸 놈일지도 모른다고 합니다."

"하긴 여럿이 뒈졌으니까."

소파에 등을 붙인 박판일이 말을 잇는다.

"남조선 놈들이 머리에서 열을 품을 만 하지."

박판일의 『국제무역』은 간판만 무역이지 실제로는 고리대금업이다. 권갑수가 운영하는 회사 중 사무실도 보잘것없고 가장 말석을 차지하는 회사지만 알짜배기다. 수익을 가장 많이 내고 있는 것이다. 오늘도 박판일은 수금한 돈을 달러로 바꿔 권갑수에게 직접 전해주려고 기다리는 중이다. 이것이 일주일분의 순익인 것이다.

"퍽! 퍽!"

두 번의 무딘 소음이 들린 순간 박판일과 오윤배가 서로의 얼굴을 보았다. 그리고 다음순간 오윤배가 용수철이 튕겨 올라가는 것처럼 일어섰다. 40대의 오윤배가 운동신경이 빠른 것이다. 그러나 그때 옆쪽 문이 벌컥 열렸으므로 둘의 몸이 굳어졌다. 사내 하나가 들어서고 있다. 무표정한 얼굴, 검은색 뿔테 안경을 썼고 콧날이 길다. 그리고 사내의 손에 소음기가 끼워진 기다란 권총이 들려져 있다.

"너, 너, 누구야?"

하고 오윤배가 안간힘을 쓰면서 물은 순간이다.

"퍽!"

소음이 들리면서 가슴을 정통으로 꿰인 오윤배의 몸이 뒤로 젖혀지더니 벽에 부딪치며 넘어졌다. 다시 사내의 권총 총구가 박판일에게로 옮겨졌다.

"이, 이것 봐."

손을 저으며 말했던 박판일은 눈앞이 흐려졌다. 절망이다. 사내의 눈빛에서 조그만 틈도 보이지가 않았기 때문이다.

"퍽!"

다시 발사음이 일어났고 가슴에 충격을 받은 박판일이 테이블에 뒷머리를 부딪치며 넘어졌다.

"다섯입니다."

강근종이 그렇게만 말했다. 인명피해를 말한 것이다. 눈을 치켜뜬 강근종이 말을 잇는다.

"그리고 수금한 돈을 털렸습니다. 가방 안에 53만 불이 들어있었습니다. 제가 환전상 송가한테 방금 확인했습니다."

돈 이야기는 사람보다 여섯 배는 더 같다. 저녁 8시 10분, 대명그룹은 비상이 걸렸다. '국제무역' 사무실에 강도가 침입하여 사장과 전무를 포함한 직원, 경호원까지 다섯 명이 피살된 것이다. 그리고 권각수에게 입금시키려던 미화 53만 불을 털린 것이다. 그것이 가장 중요하다. 그때 권각수가 말했다.

"오늘 현금이 모이는 것을 알고 있는 놈이다. 환전상 송가놈 주변이 수상하다."

"그래서 애들을 그쪽으로 보냈습니다."

"공안은?"

"지금 '국제무역' 근방에 가득 깔려 있습니다. 회장님."

손바닥으로 이마의 땀을 닦은 강근종이 권각수를 보았다.

"회장님."

권각수의 시선을 받은 강근종이 말을 잇는다.

"강도놈의 총 솜씨가 보통 놈이 아닙니다. 모두 한발에 심장을 관통시켜 죽였단 말입니다."

"……."

"그리고 들어가고 나간 흔적이 전혀 잡히지 않았습니다. 전문가 솜씨입니다."

"그러니까 송가놈 주변을 캐어 봐."

짜증난 얼굴로 권각수가 강근종을 노려보았다.

"현상금도 걸어. 그렇지. 10만 위엔을 걸도록 해라."

그때 문득 권각수의 얼굴이 굳어졌다.

몽타주를 뿌린 살인범의 현상금도 10만 위엔이었기 때문이다. 머리를 돌린 권각수가 강근종에게 말했다.

"최소좌을 불러."

놀란 정미가 펼쳐놓은 가방 안을 보았다. 백 불짜리 뭉치가 가득 차 있다. '국제무역' 사장실에서 탈취해온 돈 가방인 것이다. 밤 11시 반, 엔지 교외의 주택가는 조용하다. 가끔 차량의 엔진음만 울릴 뿐이다. 이곳은 2층 단독주택으로 이른바 안가(安家)다. 아래층의 노인 장 씨 부부는 20년째 국정원의 정보원 노릇을 해오는 터라 터줏대감이나 같다. 그 20년 동안에 두 자식이 대학까지 졸업을 했고 지금은 둘 다 서울에서 직장을 다닌다. 국정원으로써는 두 아들이 인질인 셈이다.

"눈치 채지 않았을까요?"

정미가 묻자 김태일이 머리를 끄덕였다.

"다섯 명을 똑같이 가슴을 쏴 죽였으니까."

정미는 이제 입을 다물었고 김태일이 말을 잇는다.

"권각수를 죽이는 것만으로는 의미가 없어. 그놈이 데리고 있는 인질도 찾아야겠고 미얀마에서 도망친 놈도 찾아야 할 테니까."

"누가 도망쳐요?"

하고 정미가 물었지만 김태일은 대답하지 않았다. 정미가 다시 묻는다.

"그럼 내가 할 일을 말해 주세요."

"체포조가 권각수 근처에 모여 있을 거야. 그놈들 중 한 놈을 잡아야겠어."

"숙소를 알아내란 말인가요?"

"그중 한 놈 위치면 알려주면 돼. 난 근처에 접근하기가 어려워서 그래."

"알겠어요."

자리에서 일어서던 정미가 아직도 벌려진 채 놓인 돈 가방을 눈으로 가리키며 묻는다.

"이 가방은 어떻게 하죠?"

"숨겨둬."

"보고 할까요?"

"마음대로."

그러자 힐끗 김태일에게 시선을 준 정미가 가방을 닫으면서 말했다.

"당분간 보고하지 않겠어요. 물론 오늘 다섯 명 처형 사건은 보고 하구요."

"……."

"작전 중에 발생한 이런 자금은 작전요원이 임의로 처리해도 되거든요."

가방을 든 정미가 방을 나가면서 말을 잇는다.

"내일 아침에 일찍 나가겠어요. 두 시간에 한번 씩 보고를 하죠."

방문이 닫쳤을 때 김태일은 심호흡을 했다.

그러자 정미가 남기고 간 향내가 맡아졌다. 은근하면서도 뭔가 자극적인 향이었다.

"시체를 보고 왔습니다."

권각수 앞에 선 최영철이 머리를 든 채 말을 잇는다.

"이건 제 생각입니다만 그놈이 온 것 같습니다."

"그놈이라니?"

잇사이로 물은 권각수가 눈을 치켜떴다.

"그, 살인자 말인가?"

"예, 회장님."

"그놈을 보낸 것이 한국 국정원이라고?"

"그것은 분명합니다."

"그런데 왜 나한테 직접 오지 않고 강도처럼 회사를 습격했지?"

"작전입니다."

해놓고 최영철도 지그시 권각수를 보았다.

"제가 말씀드렸다시피 놈은 회장님 주위를 건드릴 것입니다. 양채호를 찾으려고 우리도 찾겠지요."

"……"

"그 놈이 보호하던 탈북자들과 한국에서 간 인도자가 몰사했거든요. 물론 제가 한 것입니다만."

어깨를 편 최영철이 말을 잇는다.

"그러면 제가 양채호를 미끼로 내놓고 놈을 유인하겠습니다."

밤 12시 반이다. 방안은 조용하다. 뒤쪽 벽에 붙어서 있던 강근종은 문득 양채호의 가족을 떠올렸다. 본지 오래 되었지만 교외의 안가 지하실에 갇혀 살아있기는 할 것이다.

'평양식당'을 나온 이봉구와 배성호는 서둘러 옆쪽 골목으로 들어섰다. 밤 9시 반, 골목 안은 어둡고 인적도 없다.

"그래, 얼마 받은 거야?"

이봉구가 묻자 배성호가 주머니에서 한 뭉치의 지폐를 꺼내었다. 10위엔, 5위엔, 가장 큰 돈이 50위엔짜리 한 장이다. 어두웠으므로 눈앞에 돈을 들이댄 배성호가 혀를 찼다.

"모두 3백위엔쯤 되겠는데."

"그 새끼, 돈을 이렇게 쥐여주면 어떻게 하란 말야? 개새끼."

"놔둬, 다음에 또 받으면 돼."

배성호가 손에 쥔 돈을 반으로 나눠 이봉구에게 내밀었다.

"오늘 2백위엔 받았다고 하자. 그 놈은 술이 취해서 얼마 준지도 몰라."

둘은 식당에서 만난 전복남한테서 빌려준 돈을 받아낸 것이다. 전복남은 여관집 아들로 노름을 좋아해서 돈을 빌리지 않은 놈이 없다. 둘은 전복남에게 각각 5백위엔씩을 빌려주었는데 지금까지 3천 원도 더 받아 내었을 것이다. 둘에게 전복남은 마르지 않는 샘과 같은 존재인 것이다. 돈을 주머니에 넣은 이봉구가 웃음 띤 얼굴로 말했다.

둘은 권각수의 경호원이다.

"자, 가자구, 내일 새벽에 경비 서려면 세 시간밖에 잠을 자지 못 하겠구만 그래."

그때 옆쪽에서 나무 부러지는 소리가 들렸으므로 이봉구가 머리를 들었다.

배성호가 앞으로 넘어지는 중이다.

"어? 이봐."

하고 배성호를 향해 한쪽 손을 내밀었던 이봉구는 뒷머리가 빠개지는 것 같은 충격을 받고는 비틀거렸다. 다시 한 번 뒤통수를 가격당한 이봉구가 앞으로 쓰러졌지만 땅바닥에 엎어지지는 않았다. 다가선 김태일이 허리를 감아 안았기 때문이다.

밤 11시 20분, 샤워를 마친 권덕수가 응접실로 나왔다.

"얼음 몇 개 타요?"

양진화가 묻자 권덕수는 리모컨을 쥐면서 대답했다.

"응, 세 개."

밝은 목소리다. 이제 개운한 몸으로 위스키 한잔에 몸을 데우고 나서 양진화와 꿀맛 같은 섹스를 하는 것이다. 하루 종일 긴장한 터라 섹스가 끝나면 꿈도 꾸지 않고 자게 될 것이다.

양진화가 쟁반에 얼음을 탄 위스키를 가져왔다. 양진화도 가운 차림이다. 슬리퍼도 신지 않은 맨발이 눈에 띄었으므로 권덕수는 입안에 고여진 침을 삼켰다. 양진화는 가운 밑에 아무것도 걸치지 않았을 것이다.

"요즘 왜 그렇게 바빠요? 전화를 받지도 않고?"

옆에 바짝 붙어 앉은 양진화가 코가 막힌 것 같은 목소리로 묻는다. 36세였지만 30도 안 된 것 같다. 56세인 권덕수와는 20년 차이가 나는 것이다. 권덕수가 한손에 잔을 쥔 채 다른 손으로 양진화의 어깨를 감싸 안았다.

"너, 차 바꿔줄까?"

"차요?"

되물은 양진화가 권덕수를 보았다. 불빛에 반사된 눈동자가 번들거리고 있다.

양진화는 룸살롱 경력이 10년이 넘은 "도사"다. 반년 전 베이징에서 퇴물이 되어 옌지로 떨어진 양진화는 인생의 전성기를 맞게 되었다. 옌지의 룸살롱에 취업한 첫날에 "거물" 권각수의 동생 권덕수를 만나게 되었기 때문이다. 그날 밤 권덕수를 "죽여"준 양진화는 이제 명의야 권덕수의 것이었지만 50평형 아파트 안주인이 되었다.

권덕수의 세 번째 애인이 된 것이다. 권덕수가 한 모금 위스키를 삼키고는 말을 잇는다.

"내가 한국산 『리포』로 바꿔주마, 그 차가 아주 인기더라."

"정말요?"

깨지는 목소리로 말한 양진화가 두 팔로 권덕수의 목을 감싸 안았다.

"여보, 나 어쩌면 좋아."

쓴웃음을 지은 권덕수가 양진화의 허리를 감아 안으면서 몸을 일으켰다. 마음이 급해졌기 때문이다.

"가자, 방으로."

그 순간이다. 베란다 쪽 유리창에 뭔가 부딪는 소리가 났다. 그리고는 얼굴에 위스키가 쏟아졌으므로 양진화는 이맛살을 찌푸렸다. 그 순간 권덕수가 비틀거리면서 넘어지는 바람에 찡그렸던 양진화는 소파에 엉덩방아를 찧으면서 깔깔 웃었다.

"아유, 여보."

그리고는 몸을 비틀어 일어난 양진화가 입을 딱 벌렸다. 두 눈도 치켜 떠져 있다. 다음순간 양진화의 입에서 아파트가 떠나갈듯 한 비명이 터졌다.

"키아악!"

바로 옆에 누운 권덕수의 얼굴에 주먹만한 구멍이 뚫린 것이다. 코 부분이다. 뚫린 구멍으로 흰 뇌수와 함께 피가 쏟아져 나왔는데 권덕수는 늘어진 채 사지에 경련을 일으키고 있다.

전화기를 귀에 붙인 권각수는 석상이 된 것 같았다. 숨도 쉬지 않고 눈도 깜박이지 않는다. 입도 꾹 닫은 채여서 이제 송화구에서도 말이 흘러나오지 않았다. 방금 권각수는 아파트에 있던 동생 권덕수가 피살되었다는 소식을 들은 것이다.

그것도 구경이 큰 저격총에 맞아 얼굴에 주먹만 한 구멍이 뚫린 것이다. 이윽고 권각수가 말했다.

"좋아, 내가 이쯤으로 눈 한번 깜박일 것 같으냐? 그럼 해보자."

한마디씩 차분하게 말을 뱉은 권각수가 전화기를 내려놓고는 뒤에 서

있는 강근종을 보았다.

"지하실에 있는 두 놈을 죽여서 시내에 버려."

"예."

일단 대답을 했지만 강근종의 얼굴이 누렇게 굳어졌다.

"두 놈 다 말씀입니까?"

확인하듯 묻자 권각수가 강근종을 보았다. 두 눈이 번들거리고 있었고 악문 입술 끝이 떨린다.

"둘 다."

권각수가 한자씩 또렷하게 말했다.

"지금 당장."

밤 11시 40분이 되어가고 있다.

오전 12시 20분, 대명호텔 로비에 서 있던 윤근수가 현관 쪽을 보더니 서둘러 발을 떼었다.

현관의 유리문을 열고 밖으로 나온 윤근수가 소리쳤다.

"야, 이 새끼들아! 다 어디갔냐!"

그러자 왼쪽 벽에서 두 사내가 나왔다. 오른쪽 주차장 입구에서도 세 사내가 나타났다. 부르는 소리에 앞쪽에 주차된 승합차 문이 열리더니 두 사내가 이쪽을 보았다.

그리고 보니 그 옆의 승용차 안에도 세 명이 들어가 있다. 모두 경호원이다.

왼쪽 벽과 오른쪽 주차장에서 나타난 다섯이 윤근수의 부하들이었고 승합차에 들어가 있는 사내 둘은 북한 체포조 요원, 그리고 승용차 안의 셋은 공안이다. 모두 10명이 호텔 정문을 지키고 있었는데 잠깐 사이에 윤근수의 시야에서 사라졌던 것이다. 윤근수가 다가선 다섯을 향해 눈을 부라리며 말했다.

"개새끼들아, 누가 잠복근무 하라고 했어? 왜 딴 데 기어들어가 있는 겨?"

다섯은 외면한 채 대답하지 않았고 부아가 일어난 윤근수가 구둣발로 앞에선 부하의 정강이를 걷어찼다. 아직도 승합차 승용차의 공안, 체포조가 이쪽을 바라보고 있었기 때문에 기를 세우려는 의미도 있다.

"이 개새끼들아, 똑바로 경비 서! 지금이 어떤 때라고!"

회장의 친동생이 저격을 당해 죽은 상황이다. 호텔 정문에 다섯, 로비에 다섯, 비상구에 다섯, 회장이 묵고 있는 10층에 열다섯, 이렇게 호텔 안에만 30명의 경호원이 배치되어 있는 것이다. 다섯 명한테 한 번씩 "쪼인트"를 깐 윤근수가 심호흡을 한 순간이다. 앞에 서 있던 다섯도 윤근수가 뒤로 벌떡 넘어지는 것을 보고도 잠깐 동안 멍한 표정으로 서있었다.

그러다 2초쯤 지났을 때 둘은 넘어진 윤근수에게 다가갔고 둘은 주위를 둘러보았으며 하나는 아직도 정강이가 아픈 다리를 깨금발로 디딘 채 서 있었다.

"아앗!"

놀란 비명은 두 명한테서 일어났다. 그리고 제각기 좌우로 뛰었는데 나머지 셋도 무엇인가를 알아차리고는 사방으로 흩어졌다. 반듯이 넘어진 윤근수의 이마에도 어른 주먹이 들어갈 만큼 구멍이 뚫려 있었기 때문이다.

"또 저격이야?"

황보가 비명처럼 외치더니 주먹으로 책상을 쳤다. 오전 12시 40분, 지금 황보는 공안국의 주임실에 앉아 비상전화를 받는 중이다. 권덕수가 저격총을 맞아 머리통에 강아지가 들어갈 만한 구멍이 생겼다는 보고를 받은 것은 한 시간전 그것을 정리해서 장촌시의 성(省) 공안국장에게 보고한 것이 30분도 안되었다. 그런데 다시 호텔 현관 앞에서 권각수의 경비조장 하나가 똑같이 저격을 당했다는 것이다.

"비상!"

전화기를 내려놓은 황보가 고함을 쳤다.

그러자 주임실에 모여 있던 간부들이 제각기 부동자세로 섰다. 황보가 다시 소리쳤다.

"비상출동! 시내 전역의 도로를 막고 검문검색을 실시하도록! 모든 숙박업소를 검문하고 차량도 정지시켜 검문을 한다. 실시!"

명령을 받은 간부들이 밖으로 뛰쳐 나갔을 때 부관 양효가 다가와 섰다.

"주임동지, 이건 북남간 전쟁 같습니다."

황보의 시선을 받은 양효가 말을 잇는다.

"중국땅에서 전쟁을 일으키다니, 이건 공식 항의라도 해야 될 것 같은데요."

"공식 항의?"

황보의 눈썹이 좁혀졌다. 눈동자가 흔들리고 있다. 양효는 재주꾼이다. 책임질 일을 안 해서 진급이 느리지만 지금까지 한 번도 징계를 먹거나 견책을 당한 일이 없다. 이윽고 황보가 얼굴을 일그러뜨리며 웃었다.

"그렇군, 성(省)에 건의해서 북남간의 전쟁을 항의하는 것이 낫겠다."

"가만 놔두면 공안 당국의 치안 문제만 부각된단 말씀입니다."

양효가 생기 띈 얼굴로 거들었다.

"현재까지 친북계 조선족 인사와 조선족만 살해당했습니다. 그것도 부각 시켜서 보고 하시는 것이 나을 것입니다."

"그렇지."

황보가 커다랗게 머리를 끄덕였을 때 문을 노크도 하지 않고 간부 하나가 들어섰다.

"주임동지."

간부가 핏발선 눈으로 황보를 보았다. 가슴이 철렁 내려앉은 황보가 시선만 주었을 때 간부가 보고했다.

"조금 전에 시장 앞에서 검문을 하던 공안 두 명이 피살당했습니다. 총격을 받았는데 두 명 다 심장을 맞았습니다."

황보와 양효가 서로의 얼굴을 보았다. 이제는 중국인이 살해당했다.

오전 1시 10분, 시내 중심가인 엔지 대국(大國)호텔 앞을 지나던 공안 둘은 길 건너편에서 새벽 공기를 찢는 비명을 들었다. 여자의 비명이다. 놀란 둘이 길을 가로질러 뛰어갔을 때 여자가 손으로 길가 건물을 가리키며 소리쳤다.

"사람이 죽어있어요!"

공안들은 이미 권총을 빼들고 있었는데 지금이 특급비상 상황이었기 때문이다.

주위는 행인도 뜸했으므로 여자가 가리키는 곳이 선명하게 드러났다. 셔터를 내린 가게 앞에 사람 둘이 엉켜 쓰러져있다. 다가간 공안들은 먼저 피비린내를 맡았다. 그리고 치켜뜬 사내들의 눈을 보았는데 산 인간의 것이 아니었다.

"한국인입니다."

정보과장 광유가 황보에게 보고했다. 오전 3시 반, 황보는 아직도 공안청 주임실에 앉아있다. 시선만 주는 황보에게 광유가 말을 잇는다.

"손발에 묶였던 흔적이 남아있고 입에도 테이프 자국이 있습니다. 잡아두고 있다가 현장에서 사살하고 묶은 것을 떼어낸 것 같습니다."

"도대체."

했다가 황보가 시선을 들었다.

"실종신고 들어온 건 없나?"

"없습니다. 다만 여권이 제각기 주머니에 넣어져 있는 것이 좀 이상합니다."

"……"

"둘 다 입국일자가 한 달이 넘어 있더구만요, 그래서 한국대사관에 연락은 했습니다."

황보는 어깨를 늘어뜨렸다. 공안 피살에 이어서 이제는 한국인 둘이 죽었다. 이미 처형 당한 것 같다. 엔지에서 사상 최대의 연쇄살인이 일어나고 있다.

오전 8시 40분.

을지로 3가의 허름한 3층 건물 2층 사무실 안에 세 사내가 둘러앉았다. 방금 도착한 국정원 작전차장보 심기택 앞에 연락관 오성열과 박영수가 앉은 것이다. 긴장한 심기택의 시선을 받자 오성열이 입을 열었다.

"오늘 새벽에 엔지에서 실종되었던 김기승 과장과 유봉형 과장이 거리에서 시체로 발견되었습니다."

전화상으로 먼저 간략하게 보고를 받은 터라 심기택은 머리만 끄덕였다. 오성열의 말이 이어졌다.

"주머니에 여권을 넣고 있어서 시신은 바로 한국 영사관에 연락이 되었고 지금 엔지병원 영안실에 안치되었습니다."

"……."

"중국정부는 피살자 신분에 대한 의견이 없습니다. 어서 시체나 인도해 가기를 바라는 분위기입니다."

그때 심기택이 머리를 들고 박영수를 보았다.

"권각수의 짓인가?"

그러자 박영수가 기다렸다는 듯이 대답했다.

"예, 어젯밤 권각수의 동생 권덕수가 저격총에 맞아 사망했습니다."

"……."

"권각수의 자회사 하나가 털려 현금 50만 불이 강탈당했고 5명이 사살 되었습니다.

"……."

"권각수의 호텔 경비조장 하나가 저격을 당해 호텔 로비에서 죽었습니다.

"이건 전쟁이군."

외면한 심기택이 혼잣소리처럼 말했다.

"공안이 눈치 채겠는데."

"식스는 엔지를 난장판으로 만든 다음 권각수를 처리 하려는 것 같습니다."

"잡히면 안 돼."

마침내 눈의 초점을 잡은 심기택이 똑바로 박영수를 바라보며 말했다.

"지금부터 식스하고 연락을 끊도록."

"알겠습니다."

이제는 박영수가 외면하고 대답했다.

"식스는 연락이 안 되면 금방 눈치를 챌 것입니다."

"권각수 이놈."

눈을 치켜뜬 심기택이 잇사이로 말을 잇는다.

"궁지에 몰리면 공안에 불겠지. 당연히 북한측도 협조할 테고. 하지만 꼭 없애야 돼."

이번엔 과장급 둘까지 살해됨으로써 국정원 3국의 요원 9명이 희생되었다. 중국땅에서 북한을 배후에 둔 권각수와 국정원과의 전쟁이다.

엔지의 실제 상황은 더 절박하다. 공안 둘이 피살됨으로써 당국은 비상 상태로 돌입했고 권각수와 함께 용의자 색출에 나섰다. 이미 권각수와 공안 당국은 밀착된 것이다.

"한국 국정원 요원이요."

권각수가 뱉듯이 말하고는 테이블에 서류를 놓았다.

"국정원이 중국땅에 들어와 저지른 위법 사실입니다. 공안이 참조 하시지요."

황보가 서류를 보았지만 집지는 않았다. 오후 2시 반, 대명호텔의 권각수 사무실에는 공안과 권각수 조직의 간부회의가 열리고 있다. 장방형 테이블에 양측의 간부 10여명이 둘러 앉았는데 황보는 권각수와 손발을 맞출 필요성은 인정했지만 찜찜한 표정이다. 권각수의 배경 때문에 함부로 대하지는 못하고 투정부리는 어린애처럼 군다. 다시 권각수가 말을 잇는다.

"놈의 목표는 납니다. 내가 국정원 작업에 방해가 되기 때문에 국정원에서 암살자를 보낸겁니다."

이제 범인의 윤곽은 드러났다. 실체만 잡으면 되는 것이다.

"그렇다면"

공안 간부 하나가 입을 열었다.

"오늘 새벽에 죽은 한국인 둘은 어떻게 된 겁니까? 이 서류를 보면 국정원 요원이라고 되어있는데."

테이블 위의 서류를 펴본 간부의 얼굴은 굳어져 있다.

"회장님 부하들이 죽인 겁니까?"

"내가 그럴 리가 있습니까?"

정색한 권각수가 쓴웃음을 지었다.

"북한 측이겠지요. 난 법을 지키는 사람이요. 그건 기억해 두셔야 될 겁니다."

은근한 압력이 느껴지는 발언이다. 그때 황보가 헛기침을 했으므로 모두의 시선이 모여졌다. 황보가 똑바로 권각수를 보았다.

"탈북자 잡아서 수용해놓고 계시지요?"

불쑥 묻자 권각수는 심호흡부터 했다. 그리고는 천천히 머리를 젓는다.

"탈북자라니? 내가 왜 그놈들을 잡아서 수용을 합니까? 오해가 있으신 것 같은데."

"탈북자 가이드로 온 한국인들을 처형 하셨지요?"

이제는 권각수가 시선만 주었고 방안에 무거운 정적이 덮여졌다. 황보의 시선과 5초쯤 마주치고 있던 권각수가 이윽고 정색하고 말했다.

"실례하겠습니다. 내 동생 장례식 준비를 해줘야겠어요. 그놈도 나 때문에 죽어서 말입니다."
그리고는 권각수가 자리에서 일어섰다.

정미가 머리를 돌려 김태일을 보았다. 오후 7시 반, 김태일은 깊게 잠이 들어서 마치 죽은 것 같다. 거의 다섯 시간 동안을 이쪽에 얼굴을 보이고 모로 누운 채 꼼짝하지 않는 것이다. 주위는 조용하다. 이곳은 엔지에서 서북쪽으로 20킬로미터쯤 떨어진 조선족 마을. 그러나 10여 채 뿐인 민가 중 사람이 살고 있는 집은 세 집 뿐이다. 그것도 노인 부부 두 쌍과 한집은 할아버지 한분 뿐인터라 주민수가 다섯이다. 그런데 어제부터 주민이 둘 늘었다. 주위는 조용하다. 국도에서 5백 미터 정도 떨어진 산골 마을이다. 이런 마을이 엔지 주변에 수십개 널려 있어서 모두 다 수색할 수는 없을 것이다. 지금 엔지는 전쟁터가 되었다. 엔지에서 실종 되었던 국정원의 김기승, 유봉형이 시체로 발견 되었고 공안은 모든 숙박업소와 유흥업소를 검문하고 있다. 이미 성(省)에서도 감찰관이 파견 되어서 분위기는 더욱 흉흉했다. 정미가 윗쪽 식탁에 차려놓은 저녁상을 힐끗 보았다. 신문지를 덮어 놓은 지 벌써 한 시간이 지났다. 김태일은 어제 저녁에 나갔다가 오늘 새벽 6시쯤 들어와서는 말없이 무기를 손질했다. 그리고는 점심을 먹고 나서 쓰러져 잠이 들더니 깨어나지 않는다. 정미는 오늘 아침에 잠깐 시내로 나가 상황을 살펴보고 나서 돌아왔지만 앞으로는 연락을 안 할 작정이었다. 본부는 당분간 통신을 폐쇄했기 때문이다.
"나, 나가야 돼."
불쑥 뒤에서 목소리가 울렸으므로 정미는 깜짝 놀랐다. 몸을 돌린 정미는 김태일이 일어나 앉아 있는 것을 보았다. 잠에서 깬 사람 같지가 않은 멀쩡한 얼굴이다.

"저녁은요?"

정미가 묻자 자리에서 일어선 김태일이 머리를 저었다.

"탈북자 체포조가 양채호를 미끼로 내놓았어. 그곳은 저격총을 사용할 수가 없는 곳이야."

침대 옆쪽 탁자로 다가간 김태일이 수류탄과 탄창을 챙기면서 말을 잇는다.

"권각수 경호원이 불렀어. 말단 경호원까지 알고 있는 정도라면 체포조가 미끼로 내놓은 것이지."

"그럼 어쩌시려구요?"

"죽여야지."

간단하게 말했던 김태일이 덧붙였다.

"그놈 가족은 권각수가 데리고 있는 모양이지만 그건 관심 없어."

정미가 시선만 주고 있다. 양채호가 배신자라는 건 대충 들었다. 중국 국경을 넘다가 탈북자 체포조의 기습을 받아 한국인 인도자까지 다 몰사 했다는 것도 안다. 그러나 김태일은 지금 목표를 벗어난 방향으로 간다. 김태일의 목표는 권각수의 제거인 것이다. 김태일이 거침없이 옷을 벗더니 검정색 작업복으로 갈아입는다. 중국군 작업복이다. 주머니가 많이 달린데다 헐렁해서 걸치기가 편하고 천이 질기다. 김태일이 저고리 가슴 주머니에 수류탄을 넣더니 AK-47 접이식 자동소총을 집어 탄창을 확인하고 있다. 그때 정미가 말했다.

"언제 돌아오실 거죠?"

김태일의 대답이 없자 정미가 다시 묻는다.

"저한테 언제까지 기다리라든지, 어디로 이동하라든지 말해 주셔야죠."

그러자 김태일이 탄창을 바지 주머니에 넣으면서 정미에게로 돌아섰다. 차분한 표정이다.

"나한테 내일은 없어."

정미의 시선을 잡은 채 김태일이 말을 잇는다.

"이 일을 하면서 한 번도 내일은 생각한 적이 없었던 것 같다."

"……."

"그렇지."

쓴웃음을 지은 김태일이 머리를 끄덕였다.

"넌 나하고 같을 수는 없지."

"……."

"내일 밤까지 내가 돌아오지 않으면 넌 이곳을 빠져 나가도록 해."

"이제 제가 도울 일도 없나요?"

겨우 정미가 묻자 김태일이 천천히 머리를 저었다.

"없어. 넌 할일을 다 했어."

"그럼 저기 저녁은 먹고 가세요."

정미가 눈으로 신문지를 덮은 저녁상을 가리켰다.

"저녁 같이 먹고 헤어져요."

그러자 손목시계를 본 김태일이 식탁으로 다가갔다.

"그러지. 같이 먹자."

배성호의 시체가 발견된 곳은 '평양식당' 옆 골목의 쓰레기통 안이었다. 경호원 둘이 실종되어 백방으로 찾던 권각수의 심복 강근종은 배성호와 이봉구가 평양 식당에서 같이 나갔다는 것을 확인했다.

"이봉구는 납치되었다."

잇사이로 말한 강근종이 천천히 머리를 끄덕였다.

"그래서 놈이 우리 안가(安家)를 파악하고 있었던 거다."

오후 7시 반이다. 이미 시간이 만 하루 가깝게 지난 것이다. 강근종이 전화기를 들면서 부하에게 말했다.

"난 회장님께 연락 할테니까 넌 최소좌한테 말해. 놈이 안가는 다 파악하고 있다고 말야."

이봉구는 5년간 권각수의 측근 경호원이었던 것이다. 안가 세 채의 위치는 물론 경호 상태까지 다 안다. 그리고 최영철의 본거지까지 아는 것이다.

7장 인조인간

　양채호는 담배를 입에서 떼고 귀를 기울였다. 옆방의 두런거리는 말소리가 그쳤고 현관문 쪽에서 누구를 부르는 소리가 났다. 이곳은 엔지 변두리의 2층 저택으로 정원도 있고 문 옆에는 경비실도 갖추고 있다. 본래 당 간부의 공관으로 사용되었던 건물로 방이 8개에 응접실이 두 개, 담장도 높아서 안가로는 적당했다. 벽시계가 밤 10시 반을 가리키고 있다. 오늘로 이곳에 갇힌 지 나흘째, 체포조는 분주하게 움직였지만 양채호는 방과 이 층 끝쪽의 화장실만 오가면서 시간을 보냈다. 하루 세끼 식사는 방에 배달해 주면서 감시원은 뭘 물어도 대답한 적이 없다. 언제까지 이렇게 갇혀 있어야 되는지 알 수도 없는 상황이라 이틀째 되는 날부터 양채호는 식욕을 잃었다. 그렇다고 굶어 죽을 수는 없었기 때문에 몇 술씩 억지로 떠먹어 연명은 한다. 그때 방문이 벌컥 열리는 바람에 양채호는 입에 물려던 담배를 떨어뜨렸다. 서둘러 담배를 집으면서 보니까 백순태 대위다. 체포조의 부대장이었으므로 양채호는 담배를 재떨이에 비벼 끄면서 똑바로 섰다.

"이봐, 요즘 식사를 안 한다면서?"

다가선 백순태가 눈을 가늘게 뜨고 양채호를 보았다.

"왜? 식욕이 떨어졌나?"

"아닙니다. 대위동지."

당황한 양채호가 서두르듯 말을 잇는다.

"요즘 위가 아파서 그렇습니다."

"네 가족은 권회장이 데리고 있어. 내가 확인했어."

백순태가 똑바로 양채호를 보았다.

"하지만 우리가 권회장한테 이래라 저래라 할 입장이 안 되어서 말야. 네가 우리 업무에 협조했다고는 말 했지만 김명순인가 하는 그 여자가 죽은 것이 분한 모양이야."

"……."

"어쨌든 좀 기다려."

"예, 대위님."

그렇게 말해준 것만으로도 감지덕지한 양채호는 목이 메었다. 그때 백순태가 말했다.

"이봐, 방을 옮겨. 베란다 옆방으로."

베란다 옆방이면 이층에서 가장 좋은 방이다. 화장실에 가면서 보았더니 앞쪽은 유리벽이어서 정원과 길 건너편 건물도 다 보인다. 양채호의 표정을 본 백순태가 말을 이었다.

"전망도 좋고 기분 전환도 될 거다. 당장 옮기라구."

대명호텔 7층은 권각수의 저택이나 같았다. 방 세 개를 터서 응접실 겸 침실을 만들고 주위의 방 6개가 경호원들 숙소다. 엘리베이터와 비상계단에는 24시간 3교대로 다섯 명씩 경비를 섰으니 대통령급 경호다. 밤 12시. 권각수는 창문에 두꺼운 커튼을 내린 채 응접실에서 TV를 보고 있다. 옆에 앉아있는 여자는 박윤미. 권각수의 세 번째 애첩이다. 본래 시내의 아파트에 살림집을 차려 주었지만 상황이 이렇게 된 터라 권각수가 호텔로 불러들인 것이다.

"저기, 저는 장례식장에 안가도 돼요?"

술안주를 챙기던 박윤미가 물었으므로 권각수는 시선만 주었다. 나이가 60이었지만 권각수의 피부는 윤기가 흘렀고 눈빛도 맑다. 권각수의 시선을 받은 박윤미가 긴장했다. 내일이 머리통에 터널이 뚫린 동생 권덕수의 발인인 것이다. 권각수는 지금까지 권덕수의 장례식장에 얼굴을 비치지도 않았다.

"안 가도 돼."

권각수가 한 모금에 양주를 삼키고는 소파에 등을 붙였다. 음을 소거시킨 TV에서는 쇼가 진행되고 있다. 소리 없이 뛰고 추는 남녀들이 마치 미친연놈들 같다. 박윤미가 땅콩을 내밀자 권각수는 입으로 받아 씹는다. 죽은 권덕수는 친동생이었지만 각별한 사이는 아니다. 권각수의 차가운 성품 탓도 있을 것이다. 어쨌든 제 앞가림도 못하는 놈을 20여 년 동안이나 이것 저것 일을 맡겨 호강하면서 살게 해주었으니 미련도 없다.

"아유, 더워."

혼잣소리처럼 말한 박윤미가 창가로 다가가더니 커튼을 당기려고 끈을 잡았다. 그때 권각수가 물었다.

"뭐 하는 거냐?"

"창문 좀 열려구요."

박윤미와 시선을 마주친 권각수가 이윽고 입술을 비틀고 웃었다. 박윤미는 권덕수가 심장마비로 급사 한줄로 안다. 그렇게 언론에도 보도되었기 때문이다. 당국은 사회 분위기가 불안해지는 것을 원치 않는 것이다. 언론쯤은 누르면 입도 뻥긋 못한다. 권각수가 입을 열었다.

"놔둬라."

"네, 회장님."

비서 출신의 박윤미가 고분고분 대답하더니 창가에서 비켜섰다. 그 순간이다. 권각수는 유리창에 뭔가 부딪는 소리를 들었고 커튼이 안쪽으로 펄럭이는 것을 보았다. 커튼이 박윤미의 상반신을 휘감더니 곧 박윤미가 커튼을 뜯어 내리면서 앞으로 쓰러졌다. 그 순간 검은 창이 드러났고 부서진 흰 파편이 반짝였다.

"아앗!"

저도 모르게 고함을 친 권각수가 소파 밑으로 몸을 던졌다.

"경호원! 경호원!"

권각수가 악을 쓰며 부르자 옆방의 경호원이 우르르 몰려왔다.

"불을 꺼라!"

엎드린 채 권각수가 외쳤을 때였다.

"악!"

비명이 울리더니 누군가 소리쳤다.

"저격이다!"

둘을 맞췄다. 총신을 분리시켜 가방에 넣으면서 김태일이 암시 스코프에 드러났던 영상을 떠올렸다. 먼저 쓰러진 인물은 여자다. 커튼 뒤의 그림자를 겨냥해서 맞췄는데 커튼이 뜯겨지면서 드러난 모습은 여자였다. 권각수의 여자일 것이다. 그리고 두 번째는 방안으로 뛰어 들어온 경호원 중 하나, 권각수는 몸을 피해서 보이지 않았다. 1680m 거리의 8층 건물 옥상에서 쏜 것이다. 드라구노프 저격총을 분해해서 가방에 넣은 다음 김태일은 등에 메고 일어섰다. 어두운 계단을 내려와 건물 밖으로 나왔을 때 앞쪽 사거리에서 후레시 불빛이 어지럽게 흔들거리는 것을 보았다. 대명호텔은 거리의 끝 쪽이다. 이쪽까지 달려오려면 차를 탄다고 해도 최소한 5분은 걸릴 것이다. 몸을 돌린 김태일이 인도의 건물 쪽으로 붙어서 발을 떼었다. 12시가 넘은 시간이었지만 번화가여서 오가는 행인이 많다. 도시 전체가 비상 상황이었고 수시로 불심검문이 일어났지만 통금은 있을 수가 없기 때문이다. 김태일도 서둘러 발을 떼 었다.

"20분 전에 대명호텔의 권회장 방이 저격을 받았습니다.
수화구에서 부하의 숨 가쁜 목소리가 울렸다. 백순태는 전화기를 고쳐 쥐었고 다시 부하의 말이 이어졌다.
"권회장은 무사합니다. 하지만 방에 같이 있던 여자하고 경호원 하나는 현장에서 즉사했습니다."
"도대체 어떻게 경호를 했길래 저격을 당하는 거야?"
쓴웃음을 지은 백순태가 비웃었다.
"근처 건물은 장악하지 않았다는 거냐?"
"주위 1.5킬로미터 반경 내의 고층건물은 모두 체크하고 있었다는 겁니다."
"……."
"지금 태명호텔 주변은 난리가 났습니다. 공안이 호텔을 중심으로 반경 2킬로미터를 통금 구역으로 만들고 대규모 병력을 투입하고 있습니다. 그래서 저도 간신히 빠져 나왔습니다."

"알았어."

전화기를 내려놓은 백순태가 손목시계를 보았다. 12시 반이 되어가고 있다.

"그 새끼는 빠져 나갔을 거야."

백순태가 앞에 선 부하에게 말했다. 불빛을 받은 두 눈이 번들거리고 있다.

"대명호텔에서 안가까지 도보로 몇 분 걸리지?"

그러자 부하가 잠깐 생각하더니 대답했다.

"도보로는 20분쯤 걸립니다."

그러자 백순태가 주위를 둘러보는 시늉을 했다.

"그 놈이 올 때가 되었는데 말야."

부하의 시선을 받은 백순태는 쓴웃음을 짓는다.

"대명호텔에다 저격을 하고나서 말야."

김태일은 이미 와 있었다. 건물이 보이는 길 건너편 골목의 담장에 붙어 서서 암시 스코프로 베란다 쪽을 바라보는 중이었다. 커튼도 없는 베란다 안쪽 방은 불이 환하게 켜져 있었다. 그리고 방안 소파에 앉아있는 양채호의 상반신이 선명하게 드러났다. 서성대다가 자리에 앉은 양채호는 불안한 표정이다. 양채호와의 직선거리는 375m, 이 층 저택은 지대가 높았기 때문에 숲에 가린 뒤쪽만 제외하고 3면이 아래쪽에 노출되어 있다. 방어용으로는 부적격한 위치였다. 눈에서 스코프를 뗀 김태일이 갑자기 멀어진 베란다를 바라본 채 한동안 움직이지 않았다. 가로

등도 없어서 칠흑처럼 어두운 골목 안이다. 이곳저곳에다 배설을 했기 때문에 지린내가 머리가 아플 정도로 맡아졌다. 김태일의 눈앞에 오연수의 모습이 떠올랐다. 마지막 순간의 얼굴 모습이다. 오연수의 죽음은 무기를 들고 싸우다 죽은 전사(戰士)보다 더 장렬했다. 조용히 숨이 끊어진 모습이 아우성치면서 죽은 투사(鬪士)보다 더 처절했다. 엔지에 온 목적도 권각수의 제거보다 양채호의 처형이다. 물론 양채호를 보낸 배후가 권각수였지만 김태일은 용납하지 않았다. 저놈을 어떻게든 잔인하게 죽이리라, 그래야 오연수의 영혼의 한이 풀어질 것 같았다. 이윽고 김태일이 발을 떼었다.

숨을 죽인 정미가 손에 쥔 베레타를 바꿔 쥐고는 손바닥의 땀을 바지에 문질러 닦았다. 그러고는 다시 권총을 쥐었다. 두런거리는 목소리가 잠깐 그치더니 발자국 소리가 다가왔다. 둘이다. 이제 목소리가 분명히 들린다.

"어느 집인지 알 수 없다면 다 수색해야 되는 거 아녀?"

하나가 투덜거리듯 말하자 다른 목소리가 받는다.

"저기 아래쪽부터 훑어서 올라 오는게 낫겠다. 그런데 이놈의 마을은 꼭 귀신이 나올 것 같군 그래."

"이봐. 그만두자."

하고 하나가 말했다. 둘은 어느덧 정미가 붙어선 담장 바로 건너편까지 왔다.

"탈북자들이 하루 이틀 자고 가는 거야, 영감이 여자를 얼핏 보았다고 하지 않어? 아마 떠돌이 탈북녀일 것이라고."

"젠장."

이제 둘은 담장 바로 건너편에서 멈춰 섰다. 공안이다. 공안이 동네 주민중 하나의 신고를 받고 온 것이다. 노인 중 하나가 자신을 본 것 같다. 김태일은 방에 박혀만 있었으니까 자신은 조심한다고 했지만 집 안에 있던 노인이 발견했을 것이다. 그리고는 공안에 신고를 했다. 엔지 시의 비상이 걸렸고 검문검색이 강화되어있다는 것은 이미 소문이 퍼져 있는 터였다. 거기에다 범인이 현상금까지 걸려있는 것이다. 그때 공안 하나가 말을 잇는다.

"그래. 그만두자. 괜히 으스스하기만 하다."

어둠 속에서 말소리만 들리는 터라 정미도 등에 찬기운이 스치고 지나는 느낌을 받는다. 마당 끝의 화장실에 가려고 일어나지 않았다면 바깥의 인기척을 듣지 못할 뻔했다. 그러다가 난데없이 가택수색을 들어오면 꼼짝 못하고 잡혔을 것이다. 공안의 발자국 소리가 멀어지자 정미는 길게 숨을 내뱉었다. 그때였다. 마을 입구 쪽에서 자동차 엔진음이 울리더니 전조등 빛이 휘익 비쳐왔다. 놀란 정미가 숨을 죽였을 때 이제는 개 짖는 소리가 들렸다. 수색견이다. 정미는 온몸이 굳어지는 것을 느꼈다. 이 상황에서 개가 가장 위험하다.

정옥례는 눈을 떴지만 잠이 덜 깨었다. 그래서 헛소리처럼 물었다.

"아이구, 선아. 문 열었냐?"

그 순간 정옥례는 오늘밤은 손녀딸 선이가 제 엄마 방에서 잔다는 것을 깨달았다. 바람이 휘몰려 들어와 커튼이 펄럭거리고 있다. 습기를 낀 눅눅한 바람이다. 올해 여름은 비가 많이 뿌리더니 9월이 되어도 비가 잦다.

"어이구 다리야."

관절염으로 몇 년째 고생을 하는 터라 정옥례는 자리에서 겨우 몸을 일으켰다. 그때였다. 뒷머리에 강한 타격을 받은 정옥례가 신음을 뱉지도 못하고 앞으로 엎어졌다. 다음순간 방안에 불이 켜지면서 윤곽이 드러났다. 방에 서 있는 사내는 김태일이다. 김태일이 손에 쥔 테이프로 정옥례의 손발을 묶고 입까지 막았다. 그때서야 정신을 차린 정옥례가 눈을 치켜떴지만 목구멍에서 앓는 소리만 흘러나온다. 김태일이 정옥례를 내려다보면서 말했다.

"남편 잘못만난 죄라고 생각해라."

정옥례는 권각수의 본처인 것이다. 엔지시 서쪽의 고급 주택가에서 딸 식구와 함께 살고 있는 정옥례는 권각수를 만난 지 2년도 더 되었다. 권각수가 첩을 셋이나 거느리고 있다는 것도 알았지만 팔자소관으로 치부하고 살아온 정옥례다. 갑자기 나타난 강도가 난데없이 남편 잘못만난 죄라고 했는데도 그에 대한 의문보다 옆방에 있을 딸 영주와 손녀딸 선이가 걱정이 되었다. 그때 김태일이 정옥례의 생각을 읽은 것처럼 말했다.

"네 딸인가? 아이는 손녀딸이고? 잘 묶어 놓았으니까 신경쓰지 마라."

나뭇가지에 긁히고 돌멩이에 채인 온 몸이 성한 곳이 없는 것처럼 느껴졌지만 정미는 기를 쓰고 앞으로 전진했다. 뒤쪽에서 개 짖는 소리는 점점 멀어지고 있다. 만일 집안에 있었다면 바로 수색견이 찾아냈을 것이다. 마을 뒤쪽 산을 타고 오른 지 30분쯤 된 것 같다. 바위가 많은 산이어서 가파른데다 높다. 가쁜 숨을 뱉으며 정미는 김태일을 떠올렸다. 내일 밤 김태일이 저 마을로 돌아오지 않도록 해야 한다. 그러려면 비상 연락을 하는 수밖에 없다.

권영주는 서른다섯인데 정옥례와 함께 산지 5년째가 된다. 물론 딸 선이를 데리고 왔다. 조선족 남편 박상환이 무능하다는 이유로 결혼한 지 3년 만에 이혼을 하고 나서 친정어머니한테 돌아온 것이다. 무남독녀여서 제멋대로 자란 권영주는 안하무인이었다. 가정부를 마치 종처럼 부렸고 손찌검까지 하는 터라 반년이상 배겨내는 가정부가 없다. 오전 2시 반, 지금 권영주는 김태일의 어깨에 걸쳐져 있다. 입은 테이프로 막혔고 손발도 묶인 상태에서 온몸이 마대자루에 넣어진 상태다. 의식이 있는 상태였기 때문에 몸이 어깨에 걸쳐 꺾여져 있지만 가끔씩 상반신이 들렸다가 내려간다. 그러나 발버둥이나 큰 요동을 치지 않는다. 그랬다가 몇 번 얻어맞았기 때문이다. 김태일은 골목골목으로 꺾어 걸었다가 잠시 벽에 붙어서서 쉬기도 한다. 주택가 뒤쪽으로 나와 교외로 빠져나가는 중이어서 이쪽은 인적이 드문 지역이다. 등에 무기가 든 배낭까지 매었으므로 김태일은 비 맞은 듯 땀을 쏟는다. 저택의 경비는 허술했다. 본처하고는 거의 왕래를 안 한 터라 잊고 있었는지도 모른다. 대문 옆 두 칸짜리 방에 노인 부부를 문지기 겸 경호원으로 삼았고 행랑채에는 운전사가 거주했다. 본처의 행세는 한 셈이었다. 김태일은 골목 끝에서 자루를 내려놓고 잠시 쉬었다. 자루 안의 권영주가 쪼그리고 앉았으므로 둥근 덩어리가 되었다. 그 덩어리의 머리 부분을 김태일이 허리에 찬 권총 끝으로 건드리면서 말했다.

"조심해. 급하면 널 죽여 버리고 갈 테니까 쓸데없는 짓 말어."

권각수가 잊고 있었던 딸 권영주의 납치 소식을 들었을 때는 오전 3시 반이다. 묶여있던 저택 운전사가 겨우 풀고 나와 보고를 한 것이다. 보고를 받은 권각수는 한동안 멍한 표정으로 앉아 있었다. 세 시간 전에 저격을 받아 박윤미와 경호원 한 명이 사살되었다. 지금은 방을 옮겨 6층의 객실로 내려와 있는 상황인 것이다. 이윽고 머리를 든 권각수가 앞에 서 있는 강근종을 보았다.

"누가 죽었어?"

억양없는 목소리로 묻자 강근종이 머리부터 저었다.

"죽은 사람은 없습니다. 운전사가 맞아서 머리가 터졌지만 모두 묶여 있다가 풀려났습니다."

"……."

"하지만 따님은 그놈이 자루에 넣어서……."

"내가 잊고 있었어."

마침내 권각수가 잇사이로 말했다.

"내 딸하고 손녀가 거기 살고 있다는 것을 말야."

"……."

"그놈이 내 딸까지……."

했다가 퍼뜩 머리를 든 권각수가 강근종을 보았다. 눈동자의 초점이 없다.

"이 새끼야. 너라도 그쪽 경비를 강화시켰어야 되는 거 아냐?"

"죄송합니다."

강근종이 머리를 숙였다. 그 또한 잊고 있었던 것이다. 권각수부터 시작해서 세 명의 애인, 그리고 안가 두 곳에다 소유 기업체 12곳의 테러 방비를 하는 것만 해도 눈이 돌고 머리가 빠개질 지경이었다. 권각수 자신부터 몇 년간 잊고 있던 본처와 딸의 주변까지 신경을 쓸 정신이 있었겠는가? 그때 권각수가 말했다.

"그놈이 영주를 산채로 데려갔다면 협상을 하려는 의도다. 기다려

보자."

"예, 제 생각도……."

"하지만 무조건 양보는 안 해."

권각수가 번들거리는 눈으로 강근종을 보았다.

"기회를 노렸다가 그놈을 없애는 거야. 무슨 말인지 알겠나?"

"예, 회장님."

강근종은 소리죽여 숨을 뱉는다. 자신의 무남독녀 외동딸을 미끼로 놈을 잡는다는 말이다. 놈의 작전을 역이용하겠다는 의미인 것이다. 하긴 딸을 만난 지도 오래 되었다.

핸드폰이 진동을 했으므로 김태일은 몸을 굳혔다. 핸드폰으로 연락을 해올 사람은 단 하나, 정미 뿐이다. 이 전화는 본부에서도 모른다. 주위를 둘러본 김태일이 핸드폰을 꺼내 들었다. 액정화면에 오전 4시 10분이라고 찍혀 있다. 발신자 번호는 역시 정미다. 전화기를 귀에 붙인 김태일이 응답했을 때 정미가 말했다.

"저, 지금 마을 뒤쪽 산을 넘고 반대편 개울가에 있어요."

정미의 목소리는 가라앉아 있다. 김태일은 듣기만 했고 정미가 말을 잇는다.

"갑자기 마을에 공안이 들이닥쳐서 도망쳤는데 잘못 발을 디뎌서 발을 삐었어요."

김태일은 숨을 들이켰다. 걸을 수가 없으니까 연락을 했을 것이다.

인간의 미래는 사소한 계기로 인하여 바뀌어 진다. 그것을 운명이라고 부르면서 순응하는 사람도 있지만 김태일은 그것이 모두 필연이라고 생각하는 유형이다. 정미가 쫓기게 된 건 방심했기 때문이다. 마을을 들락이다 주민 중 한 명의 눈에 띄었을 것이다. 재수가 없었던 것이 아니다. 김태일이 말했다.

"꼼짝 말고 그 곳에 있어, 내가 곧 갈 테니까."

그리고는 김태일이 머리를 돌려 권영주를 보았다. 시선이 마주치자 권영주의 눈동자가 마구 흔들렸다. 이곳은 정미가 마련해놓은 엔지 시내의 안가다. 폐업한 상점의 뒷방을 사용하고 있는 터라 닫힌 셔터를 뜯어내고 가택수색을 해야만 발견이 된다. 김태일이 권영주를 응시하고 말했다.

"널 죽이고 가야겠다."

입은 테이프로 막은 터라 권영주는 눈만 크게 떴다. 뒤로 손을 묶인 채 권영주는 벽에 등을 붙이고 앉았다. 마대를 벗겨낸 후에서 팬티 차림의 하반신이 통째로 드러났다. 무릎 위에 턱을 붙인 채 잔뜩 쪼그리고 앉았는데 두 발목을 테이프로 단단히 감겨졌다. 날씬한 몸매였다. 다시 김태일이 말을 잇는다.

"널 데려온 건 네 애비가 잡아두고 있는 탈북자들과 교환하기 위해서다."

뒤늦게 현실을 느낀 권영주가 떨기 시작했다. 온 몸이 경련을 일으킨 듯 떨고 있다. 그것을 본 김태일이 얼굴을 일그러뜨리며 웃었다.

"하지만 그럴 여유가 없어진다면 넌 죽어야겠지."

김태일이 바지를 걷어 올리고는 종아리에 차고 있던 칼을 꺼내 권영주의 목에 붙였다. 권영주의 떨림이 멈춰졌고 눈동자의 흔들림도 그쳤다. 그때 김태일이 물었다.

"내가 5분 시간을 줄 테니까 네 목숨과 바꿀 조건을 생각해내라. 네 애비의 약점이거나 비밀도 좋다. 그것이 그럴듯하다면 살려줄 것이고 안 되면 네 목을 베고 나갈 테니까."

　바위틈에 박혀있던 정미가 눈을 떴다. 햇살이 환하게 비치고 있다. 핸드폰 시계를 확인했더니 오전 6시 반, 2시간 쯤 꿈도 꾸지 않고 잔 것이다. 이곳은 개울 위쪽의 바위틈, 큰 바위가 많은 곳이어서 몸을 숨기기는 적당하다. 그러나 수색견이 온다면 금방 찾아낼 것이었다. 물줄기가 바뀌는 바람에 개울 바닥이 드러났고 군데군데 물웅덩이만 있는 곳이어서 사람들도 모이지 않는 곳이다. 다시 발목에 통증이 왔으므로 정미는 이를 악물었다. 발목이 퉁퉁 부어 오른 데다 이제는 무릎까지 시리다. 발을 접지른 것이 아니라 부러진 것 같다. 아직 발목에 손도 대지 못한 채로 놔두었는데 이대로 둔다면 병신이 될 것이다. 그때 위쪽에서 돌 구르는 소리가 들렸으므로 정미는 소스라쳤다. 몸을 굳힌 정미가 숨도 죽였을 때 쥐고 있던 핸드폰이 진동을 했다. 손바닥을 펴자 김태일의 번호가 찍혀져 있다. 정미는 서둘러 핸드폰을 귀에 붙였다.
　"여보세요."
　그때 바위 위쪽에서 김태일의 목소리가 울렸다.
　"응, 여기 있군."
　머리를 든 정미가 위에서 내려다보는 김태일의 시선과 마주쳤다. 그 순간 정미는 저도 모르게 주르르 눈물을 쏟았다. 당황한 정미가 손등으로 눈을 닦으면서 말했다.
　"미안해요, 식스."
　김태일은 시선을 준 채 입을 열지 않았다.

　"그 새끼가 우리 안가를 모르는 게 아닐까?"

최영철이 묻자 백순태는 머리를 저었다.

"권회장의 경호원 이봉구는 안가에 심부름을 온 적도 있습니다."

"그런데 그 자식이 왜?"

"그 시간에 권 회장 방을 쏜 것 같습니다."

"그러고 나서 권 회장 본처 집으로 쳐들어갔다고."

잇사이로 말한 최영철은 머리를 기울였다.

"양채호한테 관심이 없는 것이 아닐까?"

"그럴 리가요?"

정색한 백순태가 말을 잇는다.

"양채호가 배신했기 때문에 탈북자와 인도자까지 몰사 했다고 믿고 있을 겁니다."

최영철은 입을 다물었다. 베란다 쪽 방으로 양채호를 옮긴 것은 먹잇감으로 내놓은 것이나 같다. 미끼 역할은 아닌 것이다. 양채호는 모르고 있었지만 어젯밤 안가는 비어 있었다. 김태일이 저격을 했거나 저택 안으로 습격해왔다고 해도 상대는 양채호 하나뿐 이었던 것이다. 최영철은 구태어 저택 안에 매복 장치 따위도 만들어 놓지 않고 철수했다. 그 것은 양채호를 내주고 권각수와 그 살인마와의 대결로 만들려는 심보였다. 그것이 이득인 것이다. 쓸데없는 공명심으로 피해를 받을 필요는 없는 것이다. 그때 백순태가 말했다.

"이제 권회장 딸이 놈한테 납치 되었으니 곧 연락이 올 것입니다."

최영철이 머리만 끄덕였다. 일단은 둘의 싸움을 보는 것이다.

잠에서 깬 김태일은 먼저 따듯한 온기를 품은 물컹한 촉감을 인지했다. 다음에 옅은 향내가 맡아졌다. 김태일은 눈을 떴다. 그 순간 눈앞에 검은 바위가 펼쳐졌다. 바위틈으로 햇볕이 쏟아지고 있다. 그때 목소리가 울렸다.

"깼어요?"

시선을 돌리자 이쪽을 내려다보는 정미의 얼굴이 드러났다. 정미는 김태일과 나란히 앉아있는 것이다. 다만 김태일이 누워있는 옆에 상반신을 세운 채 두 다리를 뻗은 자세다. 손목시계를 본 김태일이 혼잣소리처럼 말했다.

"벌써 11시군. 내가 먹을 걸 가져와야겠다."

"배고프지 않아요."

정미가 정색하고 말했지만 김태일은 몸을 일으켰다. 이곳은 개울가에서 1킬로미터쯤 떨어진 바위산 중턱이다. 정미를 이곳까지 옮겨온 김태일은 바위틈에서 네 시간을 자고 일어난 것이다. 이곳에서 마을이 있는 도로 까지는 4킬로미터 가깝게 된다. 김태일이 바위틈으로 밖을 둘러보면서 말했다.

"오늘 밤에 일을 마치고 내일 새벽에 이곳을 떠날 작정이야. 그러니까 넌 이곳에서 기다려."

"미안해요. 제가 방해만 되었어요."

외면한 채 정미가 말하자 김태일은 쓴웃음을 지었다.

"천만에, 너 때문에 내가 호흡을 고를 수가 있었어. 잠깐 방향을 바꾸면서 정리할 시간을 갖게 되었다구."

말을 하면서 김태일이 바위 밖으로 나갔으므로 정미는 끝까지 다 듣지 못했다.

권각수가 눈을 치켜뜬 채 입을 꾹 다물고 있다. 방안은 숨소리도 들리지 않는다. 앞에 선 강근종은 몸을 굳힌 채 방바닥만 내려다보고 있다. 대명호텔의 권각수 방 안이다. 방 안에는 7, 8명의 사내가 모여 있었지만 모두 입을 다물고 있다. 오전 11시 반, 권각수의 딸 권영주가 납치 당한지 10시간이 넘었으나 흔적도 찾지 못했다. 지금 엔지 시내에는 공안과 탈북자 체포조, 그리고 권각수의 부하와 정보원들이 새까맣게 깔려있는 상황이다. 이윽고 머리를 든 권각수가 입을 열었다.

"기다려, 그놈이 연락을 해 올 것이다."

이제는 권각수가 외면한 채 말을 잇는다.

"그래서 데리고 갔을 테니까."

그때 전화벨이 울렸으므로 방안의 모든 시선이 전화기로 옮겨졌다. 방에 설치된 직통전화다. 강근종이 다가가 전화기를 집는다.

"여보세요."

그러자 수화구에서 사내의 목소리가 울렸다.

"권회장을 바꿔주시오. 저, 최영철 소좌올시다."

"나, 강근종이요. 나한테 말하시오."

강근종이 차갑게 말을 받는다. 그때 잠깐 주춤했던 최영철이 말을 이었다.

"그놈한테도 약점이 있습니다. 바로 탈북자들이오."

강근종이 숨을 죽였고 최영철의 말이 이어졌다.

"그놈은 남조선에서 파견된 해결사요. 그러나 우리가 잡고 있는 탈북자를 미끼로 삼아 그놈을 밖으로 끌어냅시다."

"잠깐만 기다리시오."

마침내 강근종이 끌려들었다. 권각수의 시선을 받은 강근종이 송화구를 손바닥으로 막고는 짧게 설명을 하고나서 최영철에게 말했다.

"말해보시오."

"먼저 탈북자 두 명쯤 처형해서 길바닥에다 내놓겠소. 그리고 소문을 내는 거요. 매일 둘씩 처형하겠다고."

최영철의 목소리에 웃음기가 섞여졌다.

"그놈이 나타날 때까지 일 년 동안이라도 매일 처형 할 수가 있소."

"……."

"그럼 그놈이 연락을 해오겠지. 아마 남조선 당국에서 그놈한테 압력을 넣을 테니까."

강근종이 다시 권각수를 보았다. 이제 강근종의 두 눈이 생기를 띄고 있다.

빵과 우유, 그리고 생수 3병을 산 비닐 주머니를 들고 김태일이 비포장 도로를 걷는다. 오후 2시 반, 함께 걷는 행인들은 남루한 옷에 제각기 등에 자루를 매었거나 보따리를 들었는데 김태일도 비슷한 차림이다. 검정색 작업복에 등에는 곡식 자루를 매었고 손에 오래된 지팡이를 쥐었다. 그리고 얼굴도 백발에 주름살 투성이었고 햇볕에 찌든 피부는 썩은 퇴비같다. 허리가 굽어서 기우뚱거리며 걷는 모습이 위태롭게 보인다. 모두 정미가 가르쳐준 기술이다. 길가에 선 공안 두 명이 김태일을 보더니 제각기 몸을 돌리고는 잡담을 나누었다. 이곳은 정미가 숨어있는 바위산에서 10킬로미터 정도 떨어진 마을 근처다. 엔지시로부터는 25킬로미터 거리에 있었지만 공안이 널려있는 것이다. 김태일은 버스 정류장으로 다가가 마을 사람들과 함께 버스를 기다렸다. 옷에서 시큼한 냄새가 났고 눈에 눈곱이 끼어있는 행색이어서 사람들은 시선도 마주치려고 하지 않는다. 이윽고 고물 버스가 다가왔으므로 김태일은 주머니에서 5위엔짜리 헤어진 지폐를 꺼내 들었다. 버스비는 이곳에서 엔지까지 5위엔이다. 도중에서 내려도 요금은 같다.

눈을 뜬 권영주가 벽시계를 보았다. 오후 4시 반이다. 꼬박 다섯 시간을 잔 것이다. 갈증이 났으므로 권영주는 몸을 비틀고 상반신을 세웠다. 손이 뒤로 묶여 있었지만, 몸을 상하좌우로 움직일 수는 있다. 몸을 비틀면서 엉덩이로 방바닥을 비비듯이 밀어 탁자로 다가간 권영주가 주전자 주둥이를 입안에 넣었다. 물을 채운 주전자는 손잡이에 끈을 묶어서 벽의 옷걸이에 매달아 놓았기 때문에 넘어질 염려가 없다. 벌컥이며 물을 삼킨 권영주가 긴 숨을 뱉고 나서 탁자에 등을 붙이고 앉는다. 이곳은 아마 지하실일 것이다. 사방이 막힌 시멘트 방 안이다. 벽에 시계가 하나 붙여져 있고 탁자와 물주전자가 놓여진 3평쯤 되는 방. 천정의 형광등이 24시간 켜져 있는 터라 흰 벽지를 마른 방안은 마치 냉장고 안 같다. 그러나 공포심은 일어나지 않는다. 사내는 밤에 돌아온다고 했다. 그리고 죽이지 않고 돌려 보내주겠다고 말했던 것이다. 그래서 권영주는 밤이 되기만 기다리고 있다. 어서 사내가 돌아오기만 바라고 있는 것이다.

하룻밤을 자고 났지만 상처는 낫지 않았다. 부은 것만 조금 가라앉았을 뿐 고통은 더 심해졌다.
"부러진 것은 아냐, 이틀만 쉬면 근육이 풀릴 거야."
상처를 감은 붕대 위로 물파스를 뿌려주면서 김태일이 말했다. 오후 5시 반이 되어가고 있다. 10월 말이어서 벌써 산에는 그늘이 졌다. 이제 30분 쯤 후면 어두워질 것이다.

"이곳에서 여섯 시간만 기다려, 내가 엔지에서 일 마치고 돌아올 테니까."

김태일이 말하자 정미는 정색하고 대답했다.
"식스, 난 상관하지 말아요. 내가 당신을 부른 건 실수였어요."
김태일은 시선만 주었고 정미는 말을 잇는다.
"내가 알아서 할 테니까 가세요, 식스."
"기다리라고 했어."

김태일의 목소리가 굵어졌으므로 정미는 숨을 죽였다. 억지소리를 한 것이다. 혼자서 어떻게 감당할지 생각도 해본 적이 없다. 상반신을 편 김태일이 똑바로 정미를 보았다.

"시내 안가에 권각수의 딸을 묶어놓았어. 내가 돌아가지 않으면 며칠 후에는 죽을 거야."

"……"

"그 여자한테서 권각수가 정부집 지하실에 마약공장을 차려놓고 있다는 것을 알아내었어. 그 여자는 제 어머니와 저를 돌보지 않는 권각수에 대해서 불만을 품고 있더군. 거짓말 같았지만 마약 공장은 사실인 것 같았어."

"그래서 다시 들어가겠다는 것인가요?"
"저것이 있으니까."

김태일이 바위 위에 놓인 가면을 손으로 가리키며 말했다. 고무로 만든 가면은 그 동안 틈틈이 정미가 제작한 것이다. 정미는 시중에서 파는 재료를 사용하여 김태일의 얼굴에 맞는 가면 세 개를 만들었다.

"그리고 밤에는 행동하기가 편해."

그리고는 김태일이 다시 손목시계를 보았다. 시계를 볼 것도 없이 주위는 이미 어두워져 있다.

　머리를 든 양채호가 눈을 좁혀 뜨고 아래쪽을 내려다 모았다. 이쪽은 지대가 높은 데다 앞쪽이 탁 트인 베란다. 하나 둘 켜지기 시작한 불빛이 이제는 시내 전체로 번져 졌다. 집안은 조용하다 오직 문만 잠겨 있을 뿐 집안이 비어 있다는 것을 이제 양채호도 안다. 한동안 불빛을 내려다 본 양채호의 얼굴에 쓴웃음이 떠올랐다. 그러더니 소리 내어 말한다.
　"난 후회하지 않아."
　방 안의 불은 환하게 켜져 있어서 아래쪽에서는 밝은 무대를 올려다 보는 것 같을 것이다. 그러나 양채호에게는 관중석의 불빛만 보일 뿐이다. 불빛을 둘러보면서 양채호가 말을 잇는다.
　"누구라도 다 그랬을 거다. 가족을 지키려면 무슨 짓을 못해?"
　그리고는 양채호가 눈을 다시 가늘게 떴다. 그러자 눈앞에 권각수에게 잡혀있는 아내와 두 딸의 얼굴이 떠올랐다. 어느덧 양채호의 얼굴에 다시 웃음이 떠올라 있다.

　문이 열렸을 때 권영주는 다시 깜빡 잠이 들었던 참이었다. 눈을 뜬 권영주는 방으로 들어선 노인을 보았다. 얼굴이 주름 투성이었지만 장신에 눈빛이 강하다. 다가온 노인의 손에는 번쩍이는 칼이 쥐어져있다. 권영주의 시선이 칼에 꽂혔고 몸이 굳어졌다. 노인이 다가와 칼을 들이댄 순간 권영주는 눈을 감았다. 숨도 죽였다. 그때 노인이 뒤로 묶인 나이론 줄을 잘랐다. 두 손이 늘어진 순간 권영주가 다시 눈을 떴다. 이제는 노인이 발목을 묶은 줄을 끊는다. 그때 권영주가 말했다.

"돌아오실 줄 알았어요."

노인이 머리를 들었지만 입을 열지는 않았다. 권영주가 말을 이었다.

"또 하나 알려드릴 일이 있어요. 이것은 아마 아버지도 기억하지 못하고 있을 것입니다."

김태일은 권영주의 두 눈이 번들거리고 있는 것을 보았다. 상반신을 편 김태일을 올려다보면서 권영주가 손목을 주무르고 있다. 그러면서 다시 말한다.

"하지만 난 지금도 똑똑하게 기억하고 있지요."

방안으로 들어선 백순태의 표정을 본 최영철이 긴장했다. 백순태는 잔뜩 이맛살을 찌푸리고 있다. 이곳은 대명호텔 근처의 안가다. 권각수가 은신해있는 대명호텔 옆으로 옮겨온 것이다. 공안으로 둘러싸여있는 이곳이 안전했기 때문이다. 그때 다가선 백순태가 말했다.

"조장동지, 양채호가 자살했습니다."

퍼뜩 눈을 치켜뜬 최영철은 대답하지 않았고 백순태의 말이 이어졌다.

"베란다에서 목을 맸습니다. 불을 환하게 켜놓았기 때문에 아래쪽 주민이 보고는 신고를 했습니다.

"……."

"수십 명이 신고를 했다고 합니다. 그래서 지금 공안이 5호 안가에 가득 차 있습니다."

"……."

"권회장한테 이야기 하는 것이 낫지 않겠습니까? 이제 권회장이 양채호 가족을 데리고 있을 필요는 없지 않겠습니까?"

백순태의 시선을 받은 최영철이 얼굴을 일그러뜨리며 웃었다. 그리고는 그때서야 입을 열었다.
"조금전에 납치되었던 권회장 딸이 살아 돌아왔어."
놀란 백순태가 입을 다물었고 이제는 최영철의 말이 이어진다.
"권회장이 경호원을 시켜 딸을 호텔로 데려가려고 했다가 거부당했다는구만. 딸이 가지 않겠다고 한 모양이야."
"……"
"그래서 지금 딸은 공안 조사를 받고 있지. 그놈이 살려준 이유를 캐고 있는 모양이야."
그러더니 최영철이 길게 숨을 뱉는다.
"아무래도 오늘밤 무슨 일이 일어날 것 같다, 예감이 좋지 않아."
벽시계가 오후 8시 반을 가리키고 있다.

권각수의 정부 박유나의 저택은 이 층 양옥이다. 본채 옆에 창고로 쓰는 시멘트 단층 건물이 있고 1백 평 정도의 정원이 있는데 대문 옆에는 경비실도 갖춰져서 정부 고관의 저택같다. 밤 10시 반, 김태일이 저택 건너편 골목에서 나오고 있다. 헐렁한 작업복 차림에 등에는 배낭을 매었고 손에 무겁게 보이는 검정색 비닐 봉지를 쥐었다. 골목을 나온 김태일이 건너편 저택을 보았다. 저택과의 거리는 50미터 정도, 15미터 폭의 도로를 건너 우측으로 꺾어진 1차선 도로를 30미터쯤 들어가야 저택 정문인 것이다. 인도에는 오가는 행인이 많다. 이쪽은 상가지역이어서 아직도 도로 양쪽의 상가는 손님들이 들락이고 있다. 골목 끝에서 멈춰선 김태일이 잠깐 주위를 둘러보았다. 그리고는 비닐 봉지 안에 손을 넣어 안에 든 수류탄의 안전핀을 뽑았다. 옆을 행인들이 지났지만 관심을 보이는 사람은 없다. 안전핀을 뽑은 수류탄을 꺼낸 김태일이 길 건너편의 대각선 방향 전신주를 향해 힘껏 던졌다. 마침 김태일 옆을 지나던 아가씨가 시선을 주었지만 어둠속을 날아가는 수류탄을 보지는 못했다. 김태일은 수류탄을 던지고 나서 바로 도로로 들어섰다. 오가는 차량을 피해 도로를 반쯤 건넜을 때다.

"꽈광!"

엄청난 폭음이 울리면서 길 건너편 도로 안쪽에 세워진 전신주의 전압기가 폭발했다. 폭발과 함께 전압기 파편이 튀어올라 도로에까지 떨어졌다. 다음순간 주변은 암흑세상이 되었다. 상가의 모든 전기가 끊긴 것이다. 김태일은 도로를 건너뛰어 저택으로 향하는 일차선 도로로 들어섰다. 그리고는 다시 비닐봉지 안에서 수류탄을 꺼내 이제는 이빨로 안전핀을 잡아 뜯었다. 저택은 어둠에 덮여 정문의 철문만 희미하게 보일 뿐이다. 김태일은 다시 수류탄을 던졌다.

"꽈광!"

폭발음과 함께 철문의 한쪽이 하늘로 치솟았다가 떨어졌다. 그때 다시 김태일이 꺼내 던진 수류탄이 경비실의 유리창을 뚫고 들어가 폭발했다.

"꽈광!"

불덩이와 함께 파편이 밤하늘로 솟아 올랐다.

폭발음이 울리면서 전기가 나갔을 때 김판수는 창고 지하실에서 마약 작업을 감시하고 있었다.

"불을 켜!"

버럭 소리친 김판수는 아직 그 폭음의 정체를 파악하지 못했다. 지하실의 노동자들이 웅성거렸으므로 그것이 더 신경 쓰였다. 경황 중에 사고가 일어날 수 있는 것이다. 지난달에 아편 200g이 분실되었다. 아직 범인을 찾지 못했지만 찾는다면 총살이다. 그때 또다시 폭음이 울렸는데 이번은 가깝다. 아직 공장 안의 불을 켜지도 못한 터라 김판수는 악을 썼다.

"비상! 모두 문을 지켜라!"

그때 또다시 폭음이 울리자 여자들이 따라서 비명을 질렀다. 김판수는 이를 악물었다. 습격인 것이다. 공안이다. 공안이 마약 공장을 적발했다. 누군가가 양초를 켜들고 이쪽으로 다가왔는데 흔들리던 불빛이 꺼져버렸다. 그 순간이다.

"꽈꽝!"

폭음과 함께 천정이 무너져 내렸으므로 지하실은 아비규환의 지옥이 되었다. 비명과 외침이 일어나면서 곧 불길이 퍼졌다. 불길 속을 뛰는 남녀가 마치 지옥에 빠진 군상처럼 보였으므로 김판수는 잠깐 얼이 빠졌다.

"타타탕!"

그때 요란한 총성이 울리더니 여자들의 비명도 더 높아졌다. 공안이 무지막지하게 총까지 쏘는 것이다.

김태일은 이미 본채의 현관옆에 서있다. 이제 옆쪽 창고는 폭삭 내려 앉은채 불길에 쌓여 있었는데 아우성을 치면서 가운 차림의 여자들이 뛰어나오고 있다. 마약 공장에서 일하는 일꾼들이다. 그때 본채 현관 밖으로 사내 둘이 뛰쳐 나왔는데 제각기 손에 권총을 쥐었다. 아직 짙은 어둠에 덮여 있었지만 창고의 불빛에 두 사내의 일그러진 얼굴이 다 드러났다.

"타타타타탕!"

김태일이 쥐고있던 AK-47 접이식 자동소총이 요란한 발사음을 내었고 두 사내가 사지를 휘저으며 쓰러졌다. 바로 옆쪽 기둥 뒤에서 쏜 것이다. 한발도 빗나가지 않았다. 김태일은 곧 작업복 주머니에 남아있던 수류탄 두발을 꺼내었다. 그리고는 이빨로 안전핀을 연거푸 뽑고 이층에 한 개, 나머지 한 개는 열려 젖혀진 현관 안으로 집어 던졌다.

"꽈꽝!"

먼저 이층 창문으로 들어간 수류탄이 폭발하면서 벽이 허물어져 내렸다.

"꽈꽝!"

현관 안에서 또 한 번의 폭발이 일어나더니 불길이 치솟았다. 김태일은 정원을 가로질러 뛰었다. 창고를 빠져나오던 여자 하나와 어깨를 부딪쳤지만 곧 함께 정문을 빠져 나왔고 AK-47을 접어 저고리 속에 감춘 김태일이 아직도 어둠에 덮인 도로로 뛰어 나왔다. 폭발 구경을 하려고 도로에 몰려나온 행인들은 불길에 정신이 팔려 김태일을 거들떠보지도 않았다.

"마약 공장이었습니다."

정보과장 광우가 상기된 얼굴로 보고했다. 밤 11시 20분. 엔지시 공안국 안 공안 주임실 안에는 황보와 간부 대부분이 모여있다. 황보는 굳어진 얼굴로 시선만 주었고 광우가 말을 잇는다.

"공장이 폭파되고 공장 노동자 둘, 경비원 셋이 총격을 받아 죽었습니다. 하지만 공장에서 아편 75kg 정도를 회수 할 수 있었습니다."

그러자 간부들이 술렁거렸다. 아편 75kg이면 엄청난 물량이다. 도매

가격으로도 3백만 불이 넘는다. Kg당 5만 불 이상으로 팔렸기 때문이다. 황보가 헛기침을 하자 모두 조용해졌다. 황보가 광우에게 묻는다.

"권각수는 어떻게 반응하고 있나?"

"부상당한 부하 넷이 있는데다 정부도 화상을 입고 병원에 입원했지만 호텔에서 나오지 않습니다."

황보가 잇사이로 말을 잇는다.

"그놈 배경이 어디까지 통하는지 알 수 없지만 이번에는 빠져나가기 힘들 거다."

"가만있지는 않을 겁니다."

그때 누군가 거들었으므로 황보가 시선을 들었다. 부주임 양호성이다. 양호성이 웃음 띤 얼굴로 말을 잇는다.

"하지만 신중하게 움직여야 될 것 같습니다. 마약 공장이 권회장과 관계가 있는지 더 조사를 해야……."

황보가 시선을 둔채로 움직이지 않는다. 양호성이 바로 권각수의 줄이었기 때문이다. 동업자라고 해야 맞는 표현이 될 것이다. 그래서 양호성은 부과장에서 과장, 부주임까지 빠르게 승진했다. 권각수의 자금지원과 고위층의 비호가 있었기 때문일 것이다.

황보의 시선을 받은 양호성이 비대한 몸을 흔들면서 말을 잇는다.

"그 저택이 권회장 여자의 소유 아닙니까? 그 여자가 주동 했을지도 모릅니다."

황보는 입을 열지 않았다. 방안의 분위기는 갑자기 가라 앉았고 이제 아무도 나서지 않는다.

그시간에 김태일은 엔지시 외곽에 위치한 공장단지 안에 들어와 있다. 밤이 길어서 공장 대부분은 불이 꺼졌고 가로등만 드문드문 비치고 있다. 가끔 공장 종업원이 좁을 길을 오갈뿐 단지 안은 한적하다. 그러나 뒤쪽 길 건너편은 불빛이 환한 주택가여서 을씨년스럽지는 않다. 이윽고 김태일이 멈춰 선 곳은 골목 입구다. 눈앞에 3미터가 너는 시멘트 담장이 길게 뻗쳐진 안쪽으로 3층 시멘트 건물이 보였다. 건물 중심에 20미터쯤 되는 굴뚝이 솟아 있었는데 '극동산업'이라고 커다랗게 상호가 적혀져 있다. 심호흡을 한 김태일이 저고리 안에서 AK-47 자동소총을 꺼내 들고는 탄창을 확인했다.

"타타타타타"
문밖에서 요란한 총성이 울렸을 때 박성일은 펄쩍 뛰듯이 놀랐지만 다음 순간 벽으로 달려가 벽장 안에 세워둔 AK-47 소총을 꺼내 쥐었다.
"타타타탕!"
다시 총성이 울리더니 밖에서 경비원의 외침소리가 울렸다.
"적이다! 습격이다!"
박성일은 반대쪽으로 내달려 철문을 열었다. 그 순간이다.
"타타탕!"
사무실 안에서 총성이 울렸고 박성일은 어깨와 등에 총탄을 맞고 쓰러졌다. 늦은 것이다. 연락을 받고 공장은 비상경계를 편 상태였지만 기습을 받았다. 가물가물한 상태로 의식이 꺼져가던 박성일은 다시 외침소리를 듣는다. 안쪽의 공장에서 울리는 소리다.
"빨리 문을 닫아!"
그때 누군가 박성일의 등을 밟고 지나갔다. 의식이 끊기던 박성일은 입안에 고인 피를 품고 나서 눈을 감는다.

사내의 등을 밟고 반쯤 열린 문을 총구로 민 김태일이 안을 보았다. 그 순간 총성이 울렸다.
"타타탕!"
아래쪽에서 이쪽을 겨눈 사내와 동시에 시선을 마주친 터라 김태일이 비껴섰고 총탄이 문에 맞아 요란한 소리를 내며 튕겨나갔다. 철문인 것이다.
"타타타탕!"
이번에는 김태일이 문 사이로 아래를 향해 내갈겼다. 총탄이 기계에 맞아 튀더니 그 중 한 발이 사내의 얼굴에 맞았다. 사내가 두 팔을 벌리며 쓰러졌다. 그 순간 김태일은 공장 안을 보았다. 7, 8명의 사내가 기계 사이에 웅크리거나 엎드려 있다. 그리고 기계는 아직도 가동되고 있다. 그런데 기계 위에 펼쳐진 종이는 돈이다. 지폐인 것이다. 거리가 10미터쯤 떨어져 있었지만 지폐는 붉은 색이다. 중국 위엔 지폐인 것이다. 100위엔 짜리다.

총성과 함께 화재가 발생했으므로 주택가에서는 난리가 났다. 그래서 공안에 신고한 사람만 20명이 넘었다. 사건이 발생한 지 10여 분 안에 공장으로 진입한 공안은 대경실색을 했다. 총격을 받고 피살당한 사람들 때문이 아니다. 공장 지하실에서 지금도 가동되는 위조지폐 작업현장을 보았기 때문이다. 그래서 공안주임 황보가 도착한 것은 공안이 진입한지 20분도 안되었을 때다. 현장을 본 황보가 눈을 부릅떴다. 그러더니 함께 차를 타고 온 부주임 양호성도 손으로 가리키며 말했다.
"이 놈을 당장 체포해라."
양호성이 굳어진 채 입술만 달싹였고 공안들은 당황했다. 그러자 황보가 목소리를 높였다.

"내가 책임진다. 이놈도 대역죄를 지은 권각수의 일당이다. 체포해!"

그러자 정보과장 광우가 따라 소리쳤다.

"뭘 하느냐! 주임의 명령이다! 체포해!"

그때서야 공안들이 달려들어 양호성을 좌우에서 잡았다.

"주임, 이게 무슨 일입니까?"

양호성이 항의했지만 목소리가 떨렸다. 어제까지만 해도 공공연히 권각수의 보호자임을 내세우고 다니던 양호성이다. 권각수가 성(省)의 고위층이나 베이징의 간부들과 어울렸을 때 양호성을 빠지지 않고 참석했다. 그것을 모두 아는 것이다. 이제 권각수의 위조지폐 공장이 발견된 이상 주변 인물은 당 총서기 일지라도 숙청된다. 그것을 말단 공안들도 알고 있는 것이다. 황보가 옆에 널린 시체는 거들떠도 보지 않고 다시 소리쳤다.

"현장은 그대로 보존해라! 여기서 일하던 놈들도 그대로 잡고 있어야 한다!"

그리고는 뒤로 팔이 묶인 채 옆에 서 있는 양호성을 흘겨보았다.

"네 놈들은 총살이야! 이 반역자들."

김태일이 길 옆의 개울을 따라 걷는다. 이제 정미가 기다리는 바위산으로 향하는 것이다. 위조지폐 공장을 알려준 사람은 권영주다. 권영주가 어렸을 때 아버지 권각수를 따라 공장에 가보았던 것이다. 권각수는 잊고 있었지만 권영주는 기억하고 있었다. 그리고 어머니와 가족을 버린 아버지에게 복수를 한 것이다. 밤 12시 반이 되어가고 있다. 김태일도 서둘러 발을 떼었다. 권각수를 직접 죽이지 않아도 중국 공안이 처리

할 것이었다. 오히려 더 잘 된 셈이다. 양채호를 살려둔 것이 조금 걸렸지만 놔두기로 했다. 그 놈 운명에 맡기는 것이다.

절름거리며 다가온 정미가 김태일 앞에 삶은 감자가 담긴 그릇을 내려놓았다. 오전 8시 반. 반쯤 열린 문밖으로 마당이 보인다. 흙으로 만든 담장은 낮아서 건너편의 헐벗은 산과 황무지도 다 드러났다.
"할머니가 오늘 물품을 구입해오면 출발 준비는 끝나요."
마루 끝에 앉은 정미가 옆모습을 보이며 말을 잇는다.
"발목이 조금 시큰거릴 뿐이지 걷는 건 문제가 없어요."
김태일은 잠자코 감자를 집어 껍질을 벗겼다. 이곳 안가로 옮겨온 지 오늘로 닷새째, 그동안 연락은 말할 것도 없고 바깥소식을 듣지 못했다. TV는 물론 신문도 보지 않은 터라 어떻게 되었는지 알 수가 없다. 이곳은 엔지에서 서북방으로 20여 킬로미터 떨어진 산골짜기다. 국도에서도 4킬로미터 정도나 떨어진 벽촌으로 민가는 4채 뿐인 마을에 두 채에만 노인 부부가 산다. 모두 조선족 노인으로 김태일은 2층 한 채인 백병삼 씨 집에서 은신하고 있다. 머리를 돌린 정미가 김태일을 보았다.
"전 통신이 끊겼어요. 식스의 지시를 받으라는 것이 마지막이었죠. 어떻게 하실 건데요?"
정미는 물론, 김태일도 마지막 단계에서 핸드폰을 버렸다. 마약공장을 습격하던 날 밤에 김태일은 자신과 정미의 핸드폰을 슬쩍 엔지 시내의 식당 주방 아궁이에다 던져버린 것이다. 핸드폰은 켜지 않아도 추적이 되기 때문이다. 김태일이 씹던 감자를 삼키고나서 말했다.
"나도 연락이 단절 되었지만 오늘 밤 시도는 해보겠어. 그리고 나서 결정을 하지."

"절 데려가요."

김태일의 시선을 받은 정미가 굳어진 얼굴로 말을 잇는다.

"아니, 절 이곳에서 빠져나가게 해 주세요. 이젠 집에 가고 싶어요."

어느덧 정미의 목소리가 떨렸고 얼굴이 붉어졌다. 그러나 기를 쓰고 시선을 내리지 않는다.

"한국을 떠난 지 일 년 반이 되었어요. 코드번호 225도 데리고 간다고 말해주세요."

최영철에게 조근복은 하늘 같은 존재다. 그것을 구체적으로 표현하면 생사여탈권을 쥔 저승사자, 또는 신(神)이라고 해도 맞다. 현역 조선인민군 중장이며 제1호위부 제2국장으로 김정일 위원장의 뒤를 이은 김정은의 신변 경호를 책임진 실세중의 실세다. 지금 그 조근복이 눈앞에 앉아 있는 것이다. 말 한마디에 최영철이 천국과 지옥을 오갈 수 있도록 만드는 인물, 조근복이 가는 눈을 더 가늘게 뜨고 최영철을 보았다.

"이번 권각수 사건은 남조선 국정원의 작전이다. 남조선이 파견한 요원에 의해서 자행되었다."

최영철은 부동자세로 서서 듣는다. 사건에 휘말린 탈북자 체포조 또한 치명상을 입었다. 요란만 떨면서 뒷북이나 쳤다. 지금 생각하면 놈의 목표가 아니었던 것이 천만 다행이다. 그때 조근복이 말을 잇는다.

"그놈의 요원 번호는 식스, 6이다. 그 놈을 아나?"

"예?"

했다가 다시 부동자세로 선 최영철이 대답했다.

"모릅니다, 국장동지."

이곳은 8군단 사령부가 위치한 평안북도 정주시의 8군단 군단장실 안이다. 군단장 이경일 대장이 조근복에게 방을 비워준 것만 보더라도 호위부 2국장의 위세를 알 수가 있다. 최영철은 조근복의 호출을 받고 엔지에서 밤을 새워 달려온 것이다. 그때 조근복이 뒤쪽에 선 대좌에게로 머리를 돌렸다.

"이봐, 이 자한테 상황을 갈쳐 주라우, 이거, 순 무식한 놈 아이가?"

조근복의 말에 최영철의 온몸에 소름이 돋았다. 잠깐 동안 눈앞이 하얗게 되었다가 다시 보였다. 그때 대좌가 말했다.

"잘 들어, 동무."

"예, 대좌동지."

최영철은 제 목소리가 다른 사람의 것처럼 들린다. 대좌의 말이 이어졌다.

"중국 국경에서 동무의 체포조를 살해한 놈이 바로 이 놈 식스다. 그 식스가 이곳으로 온 거다. 알겠나?"

최영철은 숨을 들이켰다. 양채호를 인질로 내놓고 있었던 이유가 바로 그것이다. 그렇지만 아직 상부에는 그 놈과 중국 국경에서 일어난 사건을 보고하지 않은 것이다. 그런데 어떻게 2국장이 알고 있단 말인가? 순간 최영철의 등에서 주르르 식은땀이 흘러내렸다. 마치 얼음덩이가 굴러가는 것 같다. 대좌가 똑바로 최영철을 보았다.

"그놈은 또 베트남에서 우리 사업에 엄청난 피해를 입힌 놈이기도 하다. 모두 한 놈이 저지른 일이야."

베트남은 또 무엇인가? 눈의 초점을 잡은 최영철에게 이제는 조근복이 말했다.

"하긴 동무 같은 자가 그놈을 상대하기에는 벅찼을 것이다. 그놈은 남조선 국정원이 공들여 키워놓은 비장의 무기니까."

조근복이 의자에 등을 붙이더니 입술 끝을 비틀고 말했다.

"그 놈 번호가 6인 이유를 아나? 한 자릿수 번호는 혼자 뛰는 「살인자」 다. 국정원 요원으로 등록도 되지 않은 특별한 놈들이지."

그리고는 조근복이 정색하고 최영철을 보았다.

"우리도 국정원에 정보원이 있다. 곧 그 놈과 접촉이 될 테니까 우리한테 기회가 올 것이다."

이제는 숨도 쉬지 않는 최영철을 향해 조근복이 한마디씩 힘주어 말한다.

"너한테 마지막 기회를 줄 테니까 그놈을 잡아라. 알겠나?"

"기다렸다."

김태일의 목소리를 들은 박영수가 대뜸 말했다. 그러나 차분하게 말을 잇는다.

"작전 성공이다. 권각수는 비밀리에 베이징 당국이 소환해갔는데 아마 재산이 몰수되고 처형당할 것이다."

김태일은 듣기만 했고 박영수의 말이 이어졌다.

"즉시 칭다오로 이동해라. 그곳에 도착하면 영사관의 오수복 영사를 찾아라. 그때까지 네 거취가 결정 될 테니까."

그리고는 전화가 끊겼으므로 김태일이 전화기를 내려놓고 몸을 돌렸다. 상가 건물안의 공중전화여서 주위에 가득 찬 남녀의 소음이 귀를 메우고 있다. 오늘은 김태일이 단정한 캐쥬얼 여행자 차림이었는데 낮에 할머니가 명품 매장에서 사온 것이다. 그러나 얼굴형은 김태일과 다르다. 붉은기가 도는 넓은 얼굴형에 비만형 체격이 되었다. 이번에는 정미가 직접 얼굴과 몸매를 꾸며주었다. 발은 뗀 김태일은 문득 정미는 자신의 분신이니만치 처리를 묻지 않아도 된다고 생각했다. 물을 여유도 없었지만 묻지 않았던 것이 오히려 다행이었다. 시내의 경계 상태는 많이 느슨해져 있었으므로 김태일은 조선족이 운영하는 단고기 식당에 들렀다. 오후 7시 반이어서 식당 안은 저녁 손님이 가득차 있다. 겨우 구석쪽 빈자리를 찾아 탕과 소주를 시킨 김태일이 식당 안을 둘러보았다. 30여 명의 손님 중 절반이 한국 관광객이었고 10명 쯤은 조선족, 그리고 나머지는 중국인이다. 혼자 온 손님은 김태일까지 셋. 중국인 하나에 조선족 하나가 각각 출입구 옆과 주방 앞쪽 자리에 앉았다.

"이제 백두산 관광도 물 건너 갔어."

40대쯤의 사내가 떠들썩한 목소리로 말했다. 바로 옆 테이블에 둘러앉은 한국인 관광객 넷 중 하나다.

"백두산이 한국 사람한테나 유명하지 어디 히말라야나 알프스 돌아다닌 놈들한테 명함이나 내밀겠어?"

이미 수육 안주에 소주병이 다섯 개나 놓인 터라 술기운이 올라있는 참이다. 실컷 구경 해놓고 이렇게 씹어대는 사람은 어디에나 있는 법이다. 이런 인간은 히말라야에 데려다 놓아도 또 딴소리를 한다. 그때 앞쪽 사내가 말을 받는다.

"임마. 너는 여자만 있다면 흑두산이라도 아무소리 안할 놈이여. 입 닥치고 술이나 마셔."

그때 김태일은 출입구 옆에 앉은 사내가 주방 앞쪽에 앉은 사내에게 눈짓을 하는 것을 보았다. 둘은 일행이었던 것이다. 그리고 김태일에게 한 번도 시선을 주지 않았다. 다른 사람들은 김태일이 들어선 순간부터 힐끗거렸다가 곧 제 할 일로 돌아갔지만 이 둘은 달랐다. 그것은 이미 김태일을 보았다는 증거다. 쓴웃음을 지은 김태일이 자리에서 일어섰다. 화장실은 주방 옆이다. 김태일이 주방 쪽으로 다가서자 사내의 몸이 굳어졌다. 테이블 위에는 반쯤 먹다만 탕그릇이 놓여 있었는데 오래 되었는지 국물이 굳어졌다. 사내가 수저를 들고 탕그릇을 휘젓다가 김태일이 옆을 지나자 상반신을 세웠다. 화장실로 들어선 김태일이 창문을 보고나서 길게 숨을 뱉었다. 창문은 상반신이 빠져나갈 만큼은 되었기 때문이다.

마을로 통하는 산길로 들어선 김태일이 손목시계를 보았다. 밤 10시 반이다. 식당에서 나와 곧장 버스를 타고 은신처로 돌아오는 길이다. 놈들은 공안이다. 수상한 한국인을 검문하려는 목적이었을 테니 지금쯤 자신의 인상착의가 전 공안에 배포되었을 것이다. 그러나 오늘밤 이곳을 떠난다. 은신처에서 기다리고 있을 정미와 함께 북상했다가 차를 얻어타고 칭다오로 갈 것이다. 김태일이 백병삼씨 집에 도착 했을 때는 11시가 조금 넘었다. 집주인에게 나올 적에도 이야기를 하지 않은 터라 김태일은 행낭채 쪽 담장위에 손을 얹고는 훌쩍 몸을 솟구쳐 담장쪽에 한쪽 발을 얹었다가 곧장 안으로 뛰어내렸다. 그리고는 좁은 마당을 가로질러 행랑채로 다가갔다. 건너편 본채에도 불이 켜졌고 커튼 사이로 할머니가 오가는 것이 보였다. 백병삼씨가 두런거리는 목소리도 들린다. 행낭채로 다가간 김태일이 마루에 오르면서 낮게 말했다.

"나야. 왔어."

그러자 불을 켠 방안에서는 대답이 없다. 숨을 들이켠 김태일이 잠깐 주춤했다가 허리춤에 찔러 넣은 베레타92F를 꺼내 쥐고는 문을 열었다. 방안은 환하다. 그러나 비었다. 방안을 휘둘러본 김태일은 이상이 없다는 것을 확인했다. 뒤쪽 마당 건너편 본채에서 백병삼씨가 다시 기침을 했고 할머니의 고시랑거리는 목소리가 울린다. 김태일은 신발을 신은 채로 방으로 들어섰다. 이곳은 주방겸 거실이다. 침실은 안쪽에 두 개가 나란히 있다. 첫 번째 방은 비었다. 끝 쪽 방이 정미의 침실이다. 방으로 들어선 김태일이 멈춰 섰다. 침구위에 접혀진 쪽지를 보았기 때문이다. 권총을 허리춤에 찌른 김태일이 쪽지를 집어 전등 밑으로 다가가 펼쳤다.

"식스, 저 갈게요. 안녕."

그것뿐이다. 이름도 적지 않았다. 그러나 김태일은 백지에 달랑 써진 8글자를 읽고 또 읽었다. 그리고는 한참만에야 쪽지를 접어 주머니에 넣고 방을 나왔다.

산둥(山東)성 칭다오는 인천 공항에서 비행기로 한 시간 거리다. 거기에다 중국과 시차가 한 시간이어서 인천에서 오전 8시에 출발하면 같은 시간에 도착한다. 김태일이 칭다오에 도착한 것은 그로부터 사흘 후다. 오전 11시 반, 짝퉁시장 안 공중전화기를 든 김태일이 버튼을 누른다.

"예, 한국 영사관입니다."

여직원의 한국말을 들은 순간 김태일은 숨을 삼켰다. 그 순간 오연수와 정미의 얼굴이 연달아 떠올랐기 때문이다.

"오수복 영사 부탁합니다."

김태일이 말하자 상대는 주춤한 느낌이 들었다. 2초쯤 가만있었기 때문이다. 그러더니 다시 묻는다.

"누구라고 하셨지요?"

"오수복 영사."

그러자 여자가 차분해진 목소리로 말했다.

"잠깐만 기다리세요."

김태일은 전화기를 귀에 붙인 채 주위를 둘러보았다. 낡은 빌딩은 짝퉁 물건을 사려고 온 한국인 관광객으로 가득 차 있다. 바로 눈앞의 시계방에서 로렉스, 오메가 등 고급시계가 중국 돈 50위엔, 한국 돈 9천원으로 팔리는 것이다. 그때 수화구에서 사내의 목소리가 울렸다.

"예, 전화 바꿨습니다."

"오수복 영사세요?"

김태일이 묻자 사내가 되물었다.

"코드 번호는?"

"식스."

"오후 1시에 제로한테 연락을 하시죠."

그리고는 통화가 끊겼으므로 김태일은 전화기를 내려놓고 발을 떼었다. 제로는 박영수다. 사람들에 밀리듯 계단을 내려가던 김태일이 앞쪽을 걷는 여자의 뒷모습을 보고 숨을 들이켰다. 정미의 뒷머리와 똑같다. 그러고 보니 체격도 비슷했다. 점퍼에 바지 차림이었지만 날씬한 몸매, 등에는 배낭을 메었다. 서둘러 다가간 김태일이 여자의 옆모습을 보았다. 아니다. 다른 얼굴이다. 걸음을 늦춘 김태일의 얼굴에 쓴웃음이 번졌다.

오후 1시, 전화기를 귀에 붙인 김태일이 바다를 응시하며 앉아있다. 이곳은 칭다오의 바닷가, 바다 건너편이 인천쯤 된다. 이제는 대포폰을 산 터라 주위에는 아무도 없다. 앞쪽 모래사장에 서너 쌍의 남녀가 있을 뿐이다. 11월 중순의 흐린 날씨다. 이윽고 박영수의 목소리가 울렸다.

"여보세요."

"저, 식스올시다."

"좋아. 너에게 새 임무를 준다."

박영수가 대뜸 말했다.

"네 보좌역으로 코드 247번이 접촉해올 것이다."

그러더니 잊었다는 듯이 말을 잇는다.

"참 네 번호는 지금부터 파이브, 5번이다. 식스는 폐기되었다."

〈끝〉